COMME
DEUX FRÈRES

Axel Kahn est directeur de l'institut Cochin et a été membre, douze ans durant, du Comité national consultatif d'éthique. Il est l'auteur de plusieurs best-sellers : *Et l'homme dans tout ça ?* (2001), *L'avenir n'est pas écrit* (avec Albert Jacquard, 2001), *Raisonnable et humain* (2004).

Jean-François Kahn, directeur du journal *Marianne*, est l'auteur de nombreux essais d'intervention retentissants, dont *La Pensée unique* (1995), *Le Camp de la guerre* (2004), *Dictionnaire incorrect* (2005).

Axel Kahn
et Jean-François Kahn
avec la collaboration de Théophile Hazebroucq

COMME
DEUX FRÈRES

Mémoire et visions croisées

Stock

TEXTE INTÉGRAL

ISBN 978-2-7578-0190-1
(ISBN 2-234-05767-1, 1re publication)

© Éditions Stock, 2006

Le Code de la propriété intellectuelle interdit les copies ou reproductions destinées à une utilisation collective. Toute représentation ou reproduction intégrale ou partielle faite par quelque procédé que ce soit, sans le consentement de l'auteur ou de ses ayants cause, est illicite et constitue une contrefaçon sanctionnée par les articles L.335-2 et suivants du Code de la propriété intellectuelle.

À Camille, Jean et Olivier,
À tous ceux pour qui ils ont compté,
À tous les autres.

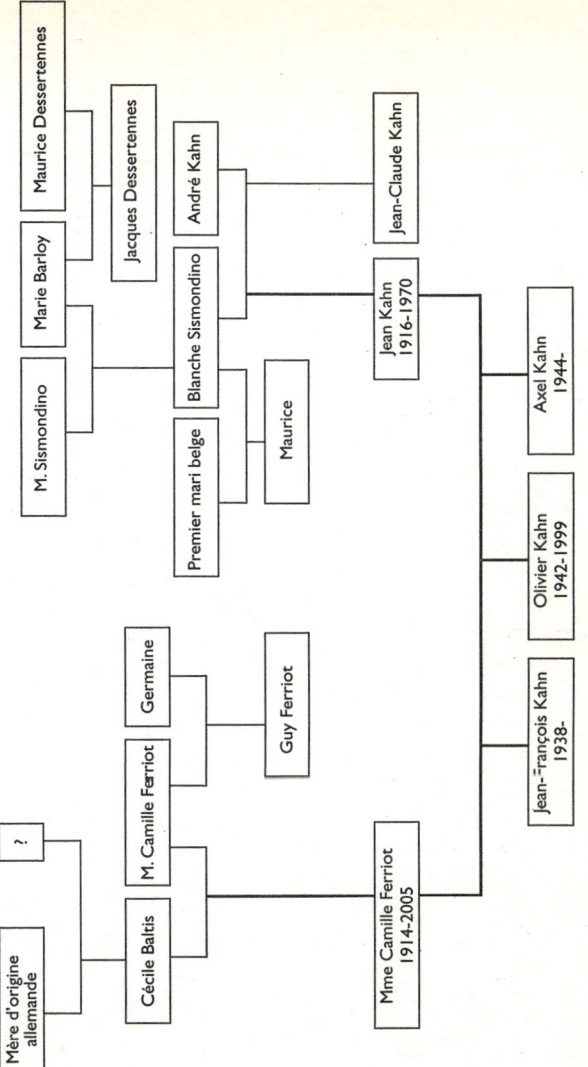

Arbre généalogique très simplifié de la famille de Jean-François et d'Axel Kahn.
La multiplicité des mariages et des enfants de plusieurs lits chez les grands-parents et arrière-grands-parents rend la généalogie complexe...

Poème de Jean Kahn,
père de Jean-François, Olivier et Axel

30 mars 1968

*À Olivier,
Jean-François et Axel*

Demeure de père en fils hypothéquée,
Retour offensé des mêmes errements,

Un sourd désordre parcourt notre
lignée
est peut-être notre transmission
même,
noblesse sans quartier ;

par les âges, par les terrains,
une filiation aveugle, une rigueur sans fin,
luisance et immense nuit,
et nous voici, dans l'interrogation
à laquelle nous savons quoi répondre,
– responsables.

Sur un segment de deux ou trois
générations notre regard inspecte
un horizon, un fragment d'histoire,
un morceau de coquille brisée.

Ce que nous avons reçu en échéance,
nous ne savons d'où,
est le contraire du talent à faire
fructifier :
un déficit à résorber,
une perversion dans l'alliage
et toute la lignée porte comme un
sort
le mauvais aloi.

Dans le désordre le plus privé
l'ordre public entre en connivence
et notre tradition vicariant
à la fois son tourment et sa loi,
se sature d'un sel d'expérience.

Nous nous sommes passé
la Vistule et l'Allemagne
comme un refus et une plaie au cœur –
l'Alsace nous fut accueillante Égypte.
Nous avons épousé des Gentilles ;
et des villages et des arrondissements
nous avons fait les figures fascinantes
où nous lisons comme dans les lignes
de la main
la permanence des ghettos effacés.

Nous-mêmes sommes à décrypter,
lecture à plusieurs niveaux,
chacun de nos actes, chacune de
nos décisions
roule en écho dans les cavernes
sans fond de l'antérieur,
l'écho revient chargé d'une
émotion inexprimable.

Fortuit lignage poursuivant
sa rigoureuse fugue
tout vibrant de nécessaire
dissonance
formant grappe sérielle du ver
uni au fruit
et l'histoire lourde mémoire
humiliée
– nous entre – tiennent dans un
oubli de nous-mêmes,
humus d'erreur et de science.

Il était une fois, la famille Kahn.

Camille, la mère, fille d'un petit industriel de la Champagne méridionale;

Jean, le père, intellectuel issu de la bourgeoisie parisienne;

Olivier, étoile mondiale de la chimie, l'un des pères du magnétisme moléculaire;

Et puis, Jean-François et Axel, le journaliste et le biologiste, l'aîné et le plus jeune des trois fils.

Seuls, ces deux-là restent. Ils ont tous deux passé la soixantaine; ils s'apprécient, s'aiment à leur manière, mais se connaissent peu.

Dans ce livre, où ils partagent leurs souvenirs et leurs analyses, vont-ils rattraper le temps perdu?

I

Notre père

Jean-François Kahn – La chronique de notre famille m'a toujours intrigué. Tu as entrepris des recherches généalogiques, qui m'ont longtemps laissé indifférent. Nos grands-parents paternels venaient bien d'Europe centrale, n'est-ce pas?

Axel Kahn – C'est en effet une piste possible, mais je n'ai pas trouvé trace d'ancêtres en Russie, en Ukraine ni en Biélorussie. Nos aïeux étaient installés dans l'est de la France depuis très longtemps; Kahn est un nom juif alsacien. Il est fort probable que notre famille paternelle soit issue d'un rabbin, à l'existence attestée au début du XIXe siècle. Après la guerre de 1870, les Kahn ont émigré à Nancy, où ils ont acquis la franchise des Nouvelles Galeries.

C'est là que notre grand-père André a suivi ses études de droit. Mobilisé en 1914, il a été brancardier, puis il a été versé en 1915 au service juridique de l'armée, où il défendait les soldats accusés de mauvais comportement, de désertion… Il avait rencontré sa future femme, Blanche Sismondino, une *goy*, avant la guerre. Il lui a écrit quasiment tous les jours de 1914 à 1918! Tu as publié ces lettres, des décennies après, dans *Mémoires de guerre d'un Juif patriote*. Le titre était très pertinent, quand j'y pense... Sous l'Occupation, lorsque son entourage lui conseillait de quitter la France au vu des persécutions subies par les Juifs, il lui semblait parfaitement inconcevable que lui, vétéran de Verdun, fût considéré différemment des autres anciens combattants. Il a donc refusé de s'exiler et s'est trouvé contraint de porter l'étoile jaune à partir de 1941. Notre mère m'a conté le désarroi incrédule d'André la première fois qu'il est venu la voir, l'étoile cousue sur sa veste. Je possède encore cette étoile, le mot «juif» écrit en lettres vaguement gothiques, témoignage éprouvant de l'ignominie qui peut se manifester au sein même d'un des peuples les plus cultivés du monde. Cela aurait pu être pire pour notre grand-père, mais il en a néanmoins été profondément affecté, d'autant plus qu'il n'était pas religieux...

J.-F. K. – Ah ça, non! Il vouait une admiration sans bornes à Clemenceau et à sa laïcité radicale. André avait été très fortement imprégné par le sentiment national de ses parents, qui les avait poussés à quitter l'Alsace occupée après la défaite de 1870.

Après son retour à la vie civile, obsédé par la Grande Guerre, il était impossible de lui parler d'un autre conflit. Lorsque nous évoquions par exemple la guerre d'Algérie, il ne la prenait pas au sérieux! Ce n'était pas une vraie guerre! Son attitude était très partagée; c'est la raison pour laquelle, paradoxalement, toute ma génération a davantage été marquée par la guerre de 1914 que par celle de 1940. Jusqu'à l'âge de trente ans, j'ai grandi entouré d'adultes comme l'aumônier de la famille, nos grands-pères, notre nourrice, etc., qui racontaient exclusivement la Première Guerre mondiale, et pas la Seconde. Je pourrais détailler par le menu la vie dans les tranchées, pas celle du maquis. Cette fixation a malheureusement porté certains, André y compris, au pacifisme ambigu de l'entre-deux-guerres. Sa première réaction a été de se tourner vers Pétain. Pas par fascisme, bien entendu, mais en souvenir de Verdun, et pour ne pas remettre ça! Les pétainistes se recrutaient à droite comme à gauche. Déjà, par découragement, ils préconisaient la rupture avec le modèle républicain français. Le pétainiste, finalement, est éternel. Je l'ai rencontré.

A. K. – Lorsque notre grand-père a épousé Blanche, après l'armistice de 1918, elle était déjà la mère d'un petit garçon prénommé Maurice. L'histoire, très romanesque, est typique des grandes familles bourgeoises. Devenu riche banquier, André ne vouait pas une affection extraordinaire à son beau-fils : Maurice était un homme superbe, qui profitait à plein de la belle vie des folles années d'après-guerre. Son insouciance et son train de vie dispendieux l'ont conduit à signer des chèques sans provision. Comme cela se faisait dans ce genre de milieu, notre grand-père a couvert ses dettes, mais lui a enjoint en expiation de partir aux colonies pour se faire oublier. Par malheur, il y est mort des fièvres dans les années 1930.

L'affaire, déjà douloureuse en elle-même, a revêtu une importance traumatique pour la famille.

Notre grand-mère, qui avait accouché à dix-sept ou dix-huit ans, n'avait en effet jamais présenté Maurice comme son fils, mais comme son frère. Sous ses dehors jouisseurs, lui-même ne devait pas très bien vivre la situation. La dernière lettre qu'il a envoyée à Blanche commençait ainsi par ces mots : « Comment vas-tu, petite sœur ? C'est bien ainsi que tu veux que je t'appelle, n'est-ce pas, maman ? » Bref, jusqu'à très tard, notre père Jean et son frère étaient convaincus qu'il s'agissait de leur oncle, et non de leur demi-frère ! Sa fin tragique s'est muée en drame familial, gros de remords et de rancœurs. Papa n'a jamais pardonné à sa mère de lui avoir menti et caché que Maurice était en réalité son aîné.

J.-F. K. – Combien d'années les séparaient ?

A. K. – Papa est né en 1916... Au moins une dizaine.

Un autre événement familial est resté gravé en lui. C'était en 1934 ; papa militait alors aux Jeunesses communistes. La mésentente était profonde entre notre riche banquier de grand-père et son jeune bourgeois de fils engagé au sein des forces révolutionnaires. Or André a fait faillite lors du krach et a attenté à ses jours, heureusement sans succès. Après sa tentative de suicide, il a régulièrement fait venir Jean à son chevet, pour une sorte de réconciliation. Papa m'a très longuement parlé de ces moments privilégiés où son propre père s'était tourné vers lui pour trouver des remèdes à son infortune. Suite à ce revers, qui ne l'avait pas ruiné mais néanmoins atteint dans sa superbe,

André est devenu avocat d'affaires et s'est installé dans le XVIe arrondissement de Paris.

J.-F. K. – Il s'est reconstruit une aisance certaine grâce à cela. Je me souviens d'un petit gros sympathique, d'un bourgeois flaubertien typique : drôle, cultivé, cynique, voltairien...

A. K. – ... et qui se délectait de livres cochons cachés tout en haut de sa bibliothèque ! Son enfer...

J.-F. K. – Notre famille maternelle était moins grande-bourgeoise, elle...

A. K. – C'est certain. Jeune homme, notre grand-père maternel avait séduit et engrossé la maîtresse d'école du village de Mussy-sur-Seine aux feux de la Saint-Jean, en juin 1913, pour donner naissance à notre mère Camille. Ils se sont mariés, mais ont rapidement divorcé. La petite enfance de maman s'est partagée équitablement entre ses parents, puis, de six à dix-sept ans, elle a vécu exclusivement avec sa mère, à la vie sentimentale pour le moins tumultueuse. Celle-ci a toutefois fini par épouser en secondes noces un médecin des colonies, en Algérie. Notre grand-mère maternelle, une femme très belle, n'acceptait pas que sa fille, moins jolie, la vieillît. Au fil du temps, leurs relations sont devenues de plus en plus tendues et, à dix-sept ans, maman a quitté l'Algérie pour regagner son village natal...

J.-F. K. – ... et y croiser la route de papa.

A. K. – La famille de Blanche, la mère de papa, possédait une maison de campagne à Mussy. Juste avant la Révolution française, les fossés de cet ancien fief des évêques de Langres avaient été comblés et réaménagés en une promenade d'environ trois cents mètres de long.

Aux deux extrémités se tenaient la maison de notre grand-père maternel Camille et celle de notre arrière-grand-mère paternelle Marie, chez qui Blanche, André et leurs enfants venaient passer leurs vacances. Papa et maman se sont rencontrés là-bas, à la faveur de leurs déambulations à l'ombre des tilleuls.

J.-F. K. – Et tu habites désormais cette fameuse maison de campagne, qui constitue en quelque sorte le noyau de la famille. De mon côté, comme je te le disais, la question des racines m'a longtemps été totalement indifférente. Je ne me pardonne pas de n'avoir jamais demandé à nos parents de me raconter leur histoire. Je me sentais avant tout homme parmi les hommes, et citoyen du monde. M'interroger sur mes origines, mon sang ou mes gènes me semblait en soi réactionnaire. Je persiste à le penser en partie, mais je veille désormais à ne plus être excessif dans cette conviction.

Car, si nous n'avons rien d'exceptionnel, nous sommes tout de même le produit de cette rencontre totalement improbable au milieu d'une promenade, devenue une espèce de mythe fondateur pour nous. Il y aurait un roman à écrire sur ce lieu, typiquement rimbaldien, qui vit la réunion incongrue de quatre souches familiales qui n'avaient rien à voir les unes avec les autres. Il n'est qu'à songer à l'union de cette lignée bourguignonne de la France profonde qui a œuvré dans la vigne, puis le tonneau, et enfin le bois, pour terminer par la fabrication de jouets, et de cette grande bourgeoisie juive parisienne en villégiature... La conjonction s'avère d'autant plus étonnante que notre grand-mère suisse allemande, originaire de Freiburg, était horriblement antisémite, et que les Sismondino, italiens, étaient plébéiens. Tous ceux-ci n'auraient en fait jamais dû se rencontrer.

Je ne sais pas dans quelle mesure nous nous sommes partagés les fruits de ces composantes, il te revient de m'éclairer sur la répartition des gènes. Ce qui est certain, c'est qu'elle s'est opérée de façon inégale. Notre frère Olivier, grand et blond, était de type «germain», ce qui n'est pas mon cas... Il doit donc y en avoir un plus juif que les autres, mais je ne sais pas lequel c'est!

A. K. – Il est vrai que tu n'étais pas très concerné par notre généalogie à l'époque. Mais tu as eu la chance de parler avec Marie, la mère de Blanche, notre arrière-grand-mère.

J.-F. K. – En effet. Elle était alors bien sûr très âgée, mais encore très énergique et, surtout, d'une méchanceté insondable! Son souvenir me restera cependant à jamais, parce qu'elle m'a raconté la Commune de Paris. Elle y avait presque assisté! À six ans, juste après la Semaine sanglante, elle s'était rendue à Paris en compagnie de sa mère. Elles marchaient au milieu des cadavres qui jonchaient le sol; on lui recommandait de ne pas regarder, parce que ce n'était pas pour les petites filles. Plus tard, il m'a été donné de rencontrer le dernier coiffeur de Victor Hugo (un apprenti), le prince Youssoupoff, qui m'a raconté, dans le noir, comment il avait assassiné Raspoutine. Dantesque! Et, surtout, en 1966, Kerensky, celui qui fut renversé par Lénine en 1917, m'a lui-même fait le récit de sa mésaventure.

A. K. — Il me revient une anecdote à propos de la dureté des femmes Sismondino. En mai 1940, la drôle de guerre était achevée. Les Allemands dévalaient sur la France, pour la submerger en cinq semaines. Tout le pays était jeté sur les routes. Bien que Mussy se trouvât dans la haute vallée de la Seine, entre Troyes et Dijon, là comme ailleurs, les paysans du coin cédaient aux peurs communes en temps de guerre : les Prussiens, les Uhlans allaient violer les femmes, massacrer les enfants, etc. Papa servait alors dans l'armée...

J.-F. K. — Oui, il faisait partie d'un régiment polonais de blindés, pendant la drôle de guerre. Comment se débrouillait-il, à propos, lui qui n'a jamais appris à conduire? Il ne devait savoir piloter que des chars!

A. K. — Probablement, oui. Toujours est-il que maman s'était réfugiée là où elle était née. Non pas dans son ancienne maison, mais à l'autre bout de la promenade, chez la grand-mère de son époux, Marie, qui s'était fait mal à une jambe et ne pouvait marcher. D'un certain âge, celle-ci voyait avec horreur l'arrivée des Allemands et a voulu participer à l'exode. Maman a donc été forcée de prendre la route, toi sur le dos et notre arrière-grand-mère dans une carriole! Vous n'êtes pas allés très loin. À Avallon, vous avez été rattrapés par l'avancée allemande. Vous vous êtes arrêtés, mais tu piaillais : tu avais faim. Maman, germanophone grâce à sa mère, s'est enhardie et s'est dirigée vers des soldats de la Wehrmacht postés à quelques pas. Par mesure de sûreté, elle a commencé par leur demander s'ils comptaient tous les tuer et, devant leur réponse négative et hilare, les a priés de lui donner du lait pour toi. Ils se sont pliés de bonne grâce à sa requête. Mais lorsqu'elle vous a rejoints, elle s'est littéralement fait agonir d'injures par la vieille femme, qui lui reprochait d'avoir pactisé avec l'ennemi! Tout le restant de sa vie, notre arrière-grand-mère parlera d'elle comme d'une femme au patriotisme et à la vertu suspects.

J.-F. K. – Nous n'avons pas connu le deuxième mari de notre arrière-grand-mère Marie, qui s'appelait Maurice Dessertennes. Ce n'était pas le père de notre grand-mère, Blanche. Mais quel rôle il a joué dans l'imaginaire familial, à la réflexion! C'était le peintre, l'artiste de la famille. Sans doute n'était-il qu'un petit peintre, mais, pour nous, c'était un très grand... D'ailleurs, il peignait de grands tableaux!

A. K. – J'ai presque tout conservé à Mussy. La maison est un véritable musée, elle abrite certaines œuvres réellement magnifiques. Mais lorsqu'elle s'est mariée avec lui, notre arrière-grand-mère s'est montrée intraitable : «C'est bien beau la peinture, mais ça ne fait pas vivre son homme. Tu vas te trouver un vrai métier qui nous permette d'émarger à notre rang!» Il s'est docilement exécuté et a obtenu la charge de décorateur en chef de Larousse, ce qui a lancé sa gloire immémoriale au sein la famille. Il avait sous sa responsabilité la totalité de l'illustration des différents dictionnaires de la maison, et il faut reconnaître que ses planches étaient sublimes. Il gagnait de la sorte très bien sa vie et pouvait continuer à peindre pour son plaisir.

J.-F. K. – C'était un académique tardif. Il avait beaucoup de talent, mais accusait un retard de quarante ans sur la peinture de son époque, alors en pleine vague impressionniste. Il peignait des ânes sur fond de neige ou l'entrée des Croisés dans Jérusalem pour la énième fois. En fait, sa grande spécialité, c'était Louis XI inspectant ses cages. Typiquement la caricature du peintre du XIXe...

A. K. – ... Y compris dans son allure : il portait un grand chapeau, une barbe blanche, et il scrutait fièrement l'avenir de son regard altier. Une véritable image d'Épinal...

J.-F. K. – Oui, il avait quarante ans de retard même dans sa posture!

A. K. – Cela dit, parler de retard en art fait-il sens? Le progrès artistique n'existe pas selon moi. Dessertennes n'était tout simplement pas en phase avec son temps.

J.-F. K. – Admettons. Nous non plus, peut-être! La troisième figure familiale d'importance pour moi est celle de notre grand-mère maternelle, Cécile Baltis, le drame de maman au fond. Cette femme si belle, si riche grâce à ses amants, ex-chanteuse d'opéra et d'opérette, bref, si brillante, ne se reconnaissait absolument pas en sa fille et la rejetait. Il est vrai que notre mère, en dépit de toutes ses qualités, n'était pas très jolie. Notre grand-mère appartenait de surcroît à cette génération précocement fasciste. Elle traitait les Algériens de façon exécrable et avait épousé les thèses racistes dès la fin des années 1920.

A. K. – C'est peut-être plus complexe que cela ; maman se souvenait que sa mère avait pris un amant juif lors de vacances en Forêt noire...

J.-F. K. – Fort bien, mais elle a toujours refusé de rencontrer notre père parce qu'il portait un nom juif ! Et elle n'a pas assisté au mariage de sa propre fille pour la même raison ; elle s'est contentée d'envoyer un cadeau. Elle n'a jamais non plus consenti à voir l'engeance de cette union, Olivier et moi en l'occurrence. Donc nous ne l'avons jamais connue. Excessivement antisémite, elle est très logiquement devenue la maîtresse d'un colonel allemand pendant l'Occupation. À la Libération, les maquisards sont venus la trouver, sans doute pour la fusiller sans autre forme de procès, tant ses affinités étaient connues. Mais elle venait de s'enfuir pour l'Allemagne quelques jours auparavant, en compagnie de son officier. Dans une valise, elle avait emporté les bijoux et l'argent qu'elle avait amassés au cours de sa vie aventureuse. La suite n'est pas certaine, mais, d'après ce qui a pu en être reconstitué, son amant l'a abattue d'une balle dans la tête pour la dépouiller.

Quand on lui a appris que sa mère avait été tuée, maman a demandé : «Par qui?» «Les Allemands!» «Je préfère», a-t-elle soupiré. À peu de chose près, elle aurait pu avoir une mère fusillée pour collaboration ; elle a eu une mère assassinée par l'ennemi. Ce dénouement s'est avéré capital, pour elle comme pour nous, n'est-ce pas?

A. K. – Probablement, en particulier pour ce qui concerne notre rapport à la judéité. Car nous avons tous trois été élevés dans la religion catholique et baptisés. Maman était très croyante, notre grand-mère également. Nous avons donc découvert nos racines juives au fil de notre vie ; elles ne nous ont pas été transmises par notre famille. L'une des lettres d'André à Blanche que tu as publiées souligne ainsi la force de sa fibre patriotique et, *a contrario*, la faiblesse de son attachement communautaire. Sur le front, il a appris à la lecture des journaux qu'un Dreyfus – un autre! – était poursuivi devant les tribunaux pour avoir vendu des armes et du blé aux Allemands. «Ce Dreyfus-là, écrivait notre grand-père, justifie tout le mal qu'on peut penser de sa race!»

J.-F. K. – Oui, contrairement à ses parents, très religieux, André était intensément laïque, et même anticlérical, à tel point qu'il avait totalement rompu avec le judaïsme. Il était aussi devenu très conservateur. Pétainiste en 1940, il a très mal réagi lorsque papa est entré dans la Résistance. C'était pour lui un geste de subversion inacceptable. C'est tout juste s'il ne l'a pas chassé de chez lui en le traitant de bandit! Après avoir pris connaissance de l'appel du 18 juin, papa a décidé de se rendre à Londres avec des camarades. Dénoncés par leur colonel, ils ont été arrêtés à la frontière espagnole par des gendarmes français et emmenés au camp d'Argelès, qui servait à parquer les républicains espagnols. Il est parvenu à s'en évader pour entrer assez rapidement dans la clandestinité. Plus tard, il est devenu FTP, maquisard, etc.

Et comme la judéité ne lui importait pas non plus, en raison de son engagement internationaliste, nous avons été élevés en-dehors de toute référence à cette origine. Nous l'ignorions tout bonnement, puisque nous n'en entendions jamais parler. De ce fait, notre relation à cette ascendance s'est accomplie de façon individuelle; chacun se l'est construite au cours de son existence.

A. K. – Un événement significatif est toutefois survenu au cours de la guerre, lorsqu'il a fallu nous affubler d'un autre nom que Kahn, peu protecteur. Les demi-Juifs n'ont pas été inquiétés, mais la précaution n'était pas superflue. Papa avait commencé à travailler dans une institution privée, où il se faisait appeler Dessertennes, du nom du deuxième mari de sa grand-mère, Marie. Maman a préféré que nous portions son nom de jeune fille, Ferriot. Cet état de choses est demeuré inchangé durant toute notre enfance. La reconquête de mon patronyme originel relève d'une décision personnelle : j'ai, comme toi, décidé, au lycée, qu'il n'y avait aucune raison de rejeter cette souche-là.

J.-F. K. – Croix-de-feu avant guerre, maman était vichyste en 1940. Mais la rafle du Vél' d'hiv' l'a totalement fait basculer dans le patriotisme résistant. Elle a un temps, ensuite, été MRP, c'est-à-dire catho-centriste, puis elle n'a plus cessé de glisser vers la gauche. Au moment de la rafle, j'étais encore le seul enfant et nos parents m'ont envoyé à la campagne pour plus de sûreté. C'est ainsi que je suis arrivé, en 1942, dans un village qui s'appelait Le Petit-Pressigny.

A. K. – L'un des professeurs, collègue de papa dans l'institution où il enseignait, lui avait conseillé l'endroit.

J.-F. K. – J'avais été mis en nourrice, comme on disait, une première fois chez une paysanne qui me frappait! Maman m'avait retrouvé tout bleu lors de sa première visite : ma tête avait presque doublé de volume! Je le sais uniquement parce qu'elle me l'a raconté, car je n'ai conservé aucun souvenir de cette période, sinon dans mes cauchemars, où une affreuse mégère me battait. Maman m'a donc confié à une veuve de guerre, Mme Moreau. Elle venait me voir de temps à autre. Notre père, lui, partageait son temps entre l'enseignement et l'activité clandestine.

Mme Moreau savait bien sûr que j'étais d'origine juive, et d'autres villageois devaient s'en douter; sinon comment expliquer autrement l'arrivée soudaine d'un petit garçon dans un endroit aussi reculé? En tout cas, je n'ai jamais été confronté, de près ou de loin, à une quelconque manifestation d'hostilité là-bas. La France n'était pas un bloc homogène d'antisémitisme. Loin de là!

En 1946, j'ai passé des vacances chez une dame communiste rescapée des camps de concentration. Elle était passée de cinquante-cinq kilos à cent vingt! J'ai alors commencé à me former une idée plus précise de la spécificité juive. Mais, d'une façon générale, de 1945 à 1948, elle était absente des débats publics. Entre autres parce que les Juifs eux-mêmes l'occultaient. L'idée selon laquelle les Français, antisémites, fussent-ils communistes ou résistants, auraient nié la dimension juive, est fausse. En fait, tous, Juifs comme non-Juifs, étaient si hantés par les conséquences dramatiques de l'accent porté sur ce particularisme qu'il leur a semblé que la meilleure réponse consistait *a contrario* à n'en pas tenir compte, à l'occulter. Il s'agissait d'intégrer complètement le Juif dans le creuset citoyen et national.

A. K. – L'une des causes qui expliquent que la Résistance ait été davantage mise en lumière que les génocides juif ou tzigane tient à la caractéristique des communautés juives en France. À l'époque, elles se situaient très loin de ce qu'elles sont aujourd'hui; notre grand-père en était la parfaite illustration. Le courant principal parmi les milieux israélites de notre pays se voulait intégrationniste : il ne cherchait aucunement à rappeler l'exceptionnalité du destin juif. Bien au contraire, la volonté de le banaliser au sein des souffrances du peuple français dominait. Au fil des immigrations suivantes et de la décolonisation, la conscience juive française s'est modifiée et a conduit à la reconsidération de cette tragédie.

J.-F. K. – Et puis, le phénomène génocidaire était tellement effarant qu'il était difficilement concevable. Par exemple, début 1944, un vague cousin de maman, réputé bizarre, est revenu du STO à la faveur d'une permission. Il lui a alors révélé que les Juifs étaient envoyés dans des camps pour y être exterminés au gaz. Notre mère l'a répété à papa, qui se trouvait dans le maquis. Sa réaction spontanée a parfaitement traduit sa complète incrédulité : « Ce cousin Marcel, il est vraiment de plus en plus bizarre ! Il raconte n'importe quoi ! »

Il y a également une cause sémantique à cette occultation. En 1945, j'avais presque sept ans lorsque nous accueillions les déportés à leur descente du car au Petit-Pressigny. Ce terme fourre-tout recouvrait indistinctement les six cent mille STO, le million de prisonniers, les rescapés des camps, etc. La confusion était totale. Les vrais déportés, survivants des camps, n'étaient en réalité que soixante-dix mille. Et sur le nombre, seuls deux mille cinq cents étaient juifs ! En plus, ces derniers sont rentrés tardivement, puisqu'ils revenaient de camps situés très à l'est. Les anciens déportés que j'ai alors entendus, des amis de nos parents pour la plupart, nous parlaient de Buchenwald, Dachau et Mauthausen. Mais c'étaient des communistes ou des gaullistes. Ils ne parlaient que de ce qu'ils avaient vécu, la concentration, et pas l'extermination.

En 1947, papa et maman m'ont emmené à une exposition à la mairie du XIVe sur les camps : c'était tellement insoutenable que je me suis évanoui ! Mais la spécificité juive n'était pas, là non plus, mise en valeur. En 1948 ou 1949, j'ai vu *La Der-*

nière Étape, le premier film, polonais, sur Auschwitz. Il narrait l'histoire de communistes français, toujours pas de Juifs... Je me souviens qu'à la fin de ce film défilait un décompte des victimes du camp, nationalité par nationalité; les Juifs étaient intégrés à leur patrie, à l'exception de cinquante mille d'entre eux, à l'origine inconnue. À l'époque, personne n'a protesté contre cet «oubli» : il paraissait tout à fait normal de les associer à leurs compatriotes. La façon dont l'événement est aujourd'hui perçu correspond à une reconstruction *a posteriori*.

A. K. — Il serait artificiel de chercher à identifier quel trait de notre personnalité est déterminé par ce passé, et en quoi. On est, certes, conditionné par les circonstances qui nous ont impressionnés, mais de façon singulière. Ces circonstances nous ont modelés, mais notre être combine deux éléments en interaction constante : ce qui crée l'empreinte et celui qui la reçoit.

Et puis, bien que respectivement nés en 1938 et en 1944, nous avons connu toi et moi une première enfance relativement heureuse. Il faut dire que nous avons été singulièrement préservés de tout ça au Petit-Pressigny.

J.-F. K. — Il est vrai que nous n'y avons jamais vu un soldat! Le Petit-Pressigny ne comptait que trois cent cinquante habitants : les Allemands n'allaient pas l'occuper! La vie s'y déroulait exactement de la même façon qu'avant et après la guerre...

A. K. – ... À la seule différence qu'il n'y avait plus d'hommes.

J.-F. K. – Ce fait avait alors échappé à mon attention.

A. K. – Mais, du coup, la nourriture était extrêmement abondante! Nous croulions sous les poulets!

J.-F. K. – C'était en effet une singulière manière de passer la guerre. Le Petit-Pressigny était l'endroit idéal où cacher des enfants. Mes contacts avec le conflit se résument au final à quelques anecdotes : le spectacle d'une petite troupe d'Allemands en guenilles en fuite (ils étaient sept) rattrapée, puis fusillée par les maquisards des FFI, un convoi allemand bombardé par l'aviation anglaise. Nous avions installé des chaises sur le toit de notre maison pour jouir du spectacle et le lendemain les enfants ont été se servir dans les décombres; un parachute que nous donne un colonel, et dans lequel nous nous fabriquons des chemises, le brassard FFI de papa.

A. K. – Moi, je suis né deux ans avant que tu ne rentres à Paris, en 1944 donc. C'était la période troublée de la débâcle. Les maquis étaient très importants au sud du Petit-Pressigny, où maman avait fini par se réfugier elle aussi, peu de temps avant ma naissance. Papa s'inquiétait à son sujet, car des rumeurs folles circulaient. Le bruit courait que les Allemands commettaient des atrocités, qu'ils avaient assassiné une femme enceinte dans un village alentour pour la clouer ensuite à la porte de l'église...

J.-F. K. – Vieux fantasme que l'on retrouve dans toutes les guerres...

A. K. – Bref, c'est dans ce contexte que maman a été prise par les douleurs de l'enfantement. J'ai vu le jour dans une maison du bas du village, chez une dame qui avait épousé un républicain espagnol, Mme Domené. Sa fille Carmen, âgée de dix-sept ans, a été ma marraine. Il n'y avait pas de sage-femme au village. Le seul homme qui restait, le facteur, est allé en chercher une au Grand-Pressigny, distant de dix kilomètres, sur le cadre de son vélo. Elle est arrivée juste à temps pour me libérer du cordon, qui s'était enroulé autour de mon cou et m'étranglait sans façon : j'étais déjà bleu, la langue gonflée et pendante, fort vilain aux dires de maman.

Après la guerre, la vie a repris son cours. Papa dirigeait de nouveau son école, comme avant. Maman est retournée habiter Paris mais a décidé de me laisser en nourrice au Petit-Pressigny. Elle se remettait difficilement d'un abcès au poumon et l'approvisionnement de la capitale était de très mauvaise qualité. Au bout du compte, j'y suis resté presque jusqu'à l'âge de cinq ans. Le village vivait à l'ancienne, la mécanisation était totalement absente. Des ânes et des bœufs tractaient encore les charrues et charrettes dans les champs. Les terres du sud de la Touraine ne sont pas propices à l'agriculture : ce sont des collines pierreuses et peu fertiles. Les habitants ne manquaient cependant de rien.

J'ai été élevé par des femmes : ma nourrice avait trois filles et un garçon, d'ailleurs homosexuel. Je n'allais pas à l'école, il n'y avait pas de maternelle. Je passais mes journées chez Charlotte, la fermière d'à côté, au milieu des ânes, des poules, des canards et des lapins. Puis un jour, j'ai été informé qu'il me fallait quitter ce pays de cocagne. Le lendemain, une femme, dont on m'a rappelé qu'elle était ma mère, est venue me chercher. Je la connaissais, certes, mais je ne la voyais tout de même que deux ou trois fois par an.

Le moment du départ a été un drame absolu : je me suis accroché aux jupes de ma nourrice, je hurlais, je pleurais... En vain. J'ai fini par arriver dans cette ville effrayante qu'est Paris et, heureusement, j'ai découvert l'ascenseur de l'immeuble de mes parents. J'ai souri pour la première fois, et maman et moi avons passé la moitié de la matinée dedans, à monter, à descendre. C'est ce qui m'a permis de commencer à m'approprier mon nouveau monde. Car à cinq ans, j'arrivais dans notre famille telle une pièce rapportée. J'ai établi les premiers liens avec Olivier, mon frère le plus proche en âge.

J.-F. K. – L'immeuble que nous habitions alors, au 26, rue des Plantes, était très romanesque. Il passait pour l'un des plus hauts de Paris, avec ses onze étages. Nous occupions le huitième. Il était conçu comme celui de *Fenêtre sur cour* de Hitchcock : nous pouvions voir à l'intérieur des maisons en vis-à-vis. La bâtisse, conviviale, favorisait les relations de bon voisinage. La dame de l'étage du dessus, Mme Legros, avait eu son fils Lucien, communiste, élève du lycée Buffon, fusillé avec quatre autres de ses camarades lycéens, par les Allemands en 1944. Il avait été dénoncé par le proviseur du lycée Buffon. C'est lui qui, deux ans plus tard, prononça le discours rendant hommage à Lucien et aux autres «martyrs du lycée Buffon».

Nous étions très liés avec la famille qui vivait au-dessous de chez nous. Je prenais des cours de gymnastique acrobatique avec un de leurs enfants qui avait mon âge. La femme qui nous les dispensait venait du cirque. Elle gardait en permanence un serpent boa autour du cou et nous gratifiait d'histoires incroyables. Elle nous a ainsi raconté que, une fois où elle était au lit avec un amant, celui-ci a senti quelque chose s'agiter au-dessus du drap. Il s'est enquis auprès de sa maîtresse de ce que cela pouvait être. «C'est Félix», lui répondit-elle. «Comment? Il y en a un autre?» «Non, non, c'est mon python.» Le type est sorti à toutes jambes dans la rue, en slip! Nous raffolions de ce genre d'anecdotes.

Il y avait aussi un homme très affable dans l'immeuble, il disait bonjour à tout le monde. La police est pourtant venue l'arrêter un jour : c'était le chef du gang des tractions avant! Cet immeuble était fou, il me plaisait beaucoup.

À partir de 1947, j'ai suivi les cours de papa, au sein de son école privée. Elle était destinée aux enfants riches en échec scolaire : quand mes camarades parlaient des maquisards, ils les appelaient les «bandits». La bourgeoisie française restait très vichyste, et la France d'alors était bien loin de l'unanimisme prorésistant actuel. La grande bourgeoisie voyait surtout dans la Résistance l'esquisse d'une révolution bolchevique. Cela me heurtait, mais je ne savais pas vraiment pourquoi, je n'avais pas encore conscientisé la chose. Je n'y attachais que peu d'importance; de toute façon, mes camarades ignoraient le passé de résistant de papa et son vrai nom.

A. K. – Son physique ne laissait rien deviner des racines juives de papa. Il avait été en khâgne au lycée Carnot, avait suivi un cursus de lettres et de philosophie. Quel souvenir délicieux je conserve du cercle socratique au moyen duquel il enseignait la philosophie! C'était vraiment ça, quand j'y repense : il interrogeait ses élèves placés autour de lui, de manière à les faire accoucher de la sagesse qui sommeillait en eux, une maïeutique attentive et bienveillante.

J.-F. K. – Oui, sa fonction de professeur de philosophie a eu une grande importance dans notre éducation. Cela dit, il était caricaturalement intellectualiste... Personne n'a eu autant d'influence culturelle sur moi, mais il exerçait une forme d'oppression à la fois lourde et délicieuse. *Cyrano de Bergerac* était un roman de gare pour lui! Il me sermonnait qu'il n'y avait qu'une Roxane, celle de Racine! Il m'interdisait de lire des bandes dessinées; il fallait que je me rende clandestinement chez les voisins du dessous pour dévorer *Tarzan*. Lorsque j'avais douze ans, il me faisait lire les *Veda* et les *Upanishad*. Je n'y comprenais rien, bien entendu, mais je n'osais pas le dire. Il m'a également mis entre les mains *Le Tour d'écrou* de James, sans avoir conscience que ça pouvait être parfaitement opaque pour un adolescent de quinze ans. Il m'incitait à lire saint Augustin. Au cinéma, nous allions voir des films muets et en noir et blanc. Il considérait le parlant comme décadent! De même pour la musique : j'adorais *La Symphonie pastorale*, mais il me faisait bien comprendre que ce n'était pas de la très grande musique. Pour lui, elle s'était achevée avec Monteverdi et avait connu une renaissance avec Schoenberg. Entre-temps, on ne devait retenir que *Le Clavier bien tempéré* et *La Grande Fugue*. *La Traviata*, c'était déjà de l'opérette. Mais, à côté de cela, il irradiait une telle force pédagogique qu'il donnait furieusement envie de savoir et de comprendre.

A. K. – Au cours des seules vacances que j'ai passées avec papa et maman, alors qu'Olivier et toi, plus âgés, aviez été envoyés en colonie de vacances, je les rejoignais tous les matins au lit, comme le font les enfants. Papa me faisait alors la lecture de l'Évangile selon saint Jean et de L'Épître aux Corinthiens de saint Paul. J'adorais ça. Il annotait tous ses livres de commentaires fouillés; il noircissait des milliers de pages de carnets d'une écriture minuscule, régulière et absolument sans rature. Il avait commencé à écrire à quatorze ans, pour ne jamais s'arrêter ensuite. Je possède une masse énorme de ses documents, comme le poème d'amour qu'il envoya, à quatorze ans, à la femme de notre grand-oncle de près de quinze ans son aînée! Sa langue était d'une extraordinaire beauté, mais aussi d'un hermétisme incroyable.

J.-F. K. — La figure de Valéry était capitale pour lui. Il recherchait inlassablement le toujours plus dense, plus ramassé. Le prélude de *Tristan et Iseult*, où la partition se condense en une seule note, la musique orientale, au moment où l'on ne pince plus qu'une corde, représentaient pour lui le *summum* du sublime. Il aimait beaucoup Saint John Perse, Stockhausen, etc. Le délectaient les premiers textes de Lacan. Moins c'était compréhensible, plus cela recelait de sens caché exigeant un effort personnel, plus ça lui plaisait. C'était une sorte de Parsifal à la recherche du Saint Graal dans un monde laïcisé.

A. K. — Tout cela est vrai. Comme il est vrai que Wagner était selon son goût trop peu économe en moyens...

Mais, contrairement à toi, l'intellectualisme et la recherche de beauté formelle de papa m'ont doucement amusé dès l'âge de douze ans. Je ne me suis pas senti oppressé par cela.

Dans l'exercice de son métier, il était parfaitement conscient que son devoir consistait à permettre aux enfants de se trouver et de se construire eux-mêmes. Il savait qu'il ne pouvait pas uniquement user de son exigence interne pour cela. Quel qu'ait été son élitisme, sa générosité et son abnégation gardaient la haute main pour permettre aux enfants de prendre conscience de leur richesse éventuelle, de se connaître pour devenir hommes. Une maïeutique socratique, ai-je déjà dit.

J.-F. K. – Oui, son apparence très stricte masquait une grande ouverture, une générosité sans rivages et une acceptation sans bornes de la différence. Sa curiosité naturelle lui permettait d'expliquer indifféremment le marxisme, l'existentialisme ou le structuralisme, malgré ses propres tendances mystiques. Il avait tout lu, même ce qui n'était assurément pas sa tasse de thé. Je lui dois tout mon travail sur l'idée de structure, aussi bien en linguistique qu'en matière de critique littéraire. Mais il faut le dire : il ne nous obligeait à rien, il nous donnait envie, par son rayonnement et sa chaleur.

A. K. – Ma relation avec lui est passée par plusieurs phases. Entre cinq et dix ans, j'en garde un souvenir terriblement douloureux, car je me le remémore se querellant très violemment avec maman. Leur mariage n'a vraiment pas été heureux. Les marques d'hostilité et de rage, l'intensité sonore avec laquelle ils se disputaient me terrifiaient. Je me suis juré de ne jamais reproduire cela dans ma vie d'homme. Je dois reconnaître que je n'y suis pas toujours parvenu.

J.-F. K. – Ceci correspond à ce que j'appelle mon bas Moyen Âge, que j'ai beaucoup de mal à reconstituer. Peut-être parce que cette période, qui s'écoule entre mes huit et mes quatorze ans, n'était pas agréable. Le fait qu'elle ne se soit pas déroulée au sein d'une famille structurée a troublé, par ricochet, la mémoire que j'en ai. Je supportais très mal que papa ait plusieurs femmes.

A. K. – Papa ne pouvait pas être satisfait par une relation avec une seule femme. Aucune ne lui apportait l'absolu qu'il recherchait. Il a effectivement trompé maman très tôt, abondamment, et avec impudence. Elle n'était pas dupe de la multiplication de ses retraites dans les monastères... Je l'admirais toujours, mais une distance grandissante m'en éloignait progressivement, avant que la qualité de la relation intellectuelle qui me liait à lui ne finisse par reprendre le dessus.

J.-F. K. – Papa était effectivement obsédé par sa quête d'absolu, de sens, de l'indicible, de ce qui est au-delà... Il était d'une exigence morale démente pour un agnostique.

A. K. – Je ne suis pas sûr qu'il eût été agnostique.

J.-F. K. – À une époque, si. Et il rejetait viscéralement l'argent; il en avait développé une véritable phobie. Ces trois obsessions conjuguées l'ont porté vers une sorte de mysticisme. Au fond, c'est très mystérieux qu'il ait été communiste, lui pour qui le contact avec le peuple était impossible.

A. K. – Tu fais à mon avis un contresens sur ce point. La raison suffisante de son communisme et celle de son ésotérisme étaient la même : toujours cette idée fixe du groupe d'élus qui, seul, trouvera la voie vers le salut.

J.-F. K. – C'est vrai; il avait d'ailleurs entrepris l'écriture d'un roman, où une avant-garde de révolutionnaires quasi clandestins était placée face à la nécessité de réaliser un futur monde idéal. C'était d'un élitisme total. Bien qu'il ait manifesté en 68, son communisme n'était absolument pas une adhésion aux masses.

A. K. – Il était persuadé que l'on ne pouvait pas éviter de s'engager. Survenait immanquablement dans la vie d'un homme un moment où il se trouvait contraint de poursuivre un but auquel il se devait d'adhérer. L'accomplissement par chacun de son devoir constituait le moyen du salut. Cela l'a amené à épouser la cause communiste, puis à l'abandonner...

J.-F. K. – C'était en 1947 ou 1948, par solidarité avec le résistant hongrois Rajk, condamné pour trahison et exécuté. Papa, qui l'avait connu, ne pouvait croire à sa culpabilité.

A. K. – Malgré sa raideur d'ensemble, il ne se montrait pas directif. Il nous faisait simplement sentir que, parmi les voies qui s'offraient à nous, certaines étaient bonnes, d'autres mauvaises, et que nous avions la faculté d'identifier la bonne, vraisemblablement pas très éloignée de celle qu'il suivait lui-même. Mais il n'y avait ni coercition ni imposition. Il était d'un humanisme profond, au sens de l'ouverture à l'évidence de l'importance des autres. C'est très à la mode aujourd'hui, mais c'est aussi l'un des points fondamentaux de ma pensée. Je vais donner deux exemples de la façon dont cela se traduisait chez papa. Il n'a porté qu'une seule fois la main sur moi.

J.-F. K. – ... Moi, ça m'est arrivé à plusieurs reprises !

A. K. – Ça m'a peut-être davantage marqué, du coup. J'avais six ans à l'époque et m'étais querellé avec un camarade noir, le traitant de « sale petit nègre ». Mon institutrice l'a répété à mon père. En tant que directeur de l'école, il m'a convoqué dans son bureau : « Enlève ta ceinture et baisse ton pantalon. » Il a ôté la sienne à son tour et m'en a donné un coup, un seul. Puis : « Axel, un garçon bien ne peut pas dire ça. »

Je n'ai jamais oublié cette leçon de ma vie. Son geste ne pouvait être plus juste : il établissait la relation claire entre l'immoralité universelle d'un acte – une injure raciste –, la punition, et l'exigence individuelle nécessaire à l'identification de la voie droite. Un être aspirant à s'y engager méritait un châtiment pour une telle injure.

L'autre exemple se rapporte à un jour où je l'ai accompagné alors qu'il allait voter. Au sortir de l'isoloir, je lui ai demandé à qui il avait donné sa voix. Il a refusé de me répondre, arguant que chacun disposait du droit démocratique de conserver cette information pour lui et, plus prosaïquement, que s'il se confiait à son boucher et que celui-ci n'était pas de son bord, il ne lui donnerait plus de bonne viande. Il était totalement convaincu de la légitimité du choix d'autrui, quoi qu'il en pensât par ailleurs. La voie droite ne souffre pas la stigmatisation de l'autre. Ce souci du bon droit nous a fortement inspirés tous les trois.

Dans son esprit, les élus avaient des devoirs, à la manière de l'avant-garde du prolétariat communiste.

J.-F. K. – Je lui dois l'essentiel de mon bagage culturel, l'essentiel, au fond, de ce que je sais. Même le rejet de ce qu'il représentait m'a été profitable; tout ce que j'ai fait contre lui m'a servi. C'est cette réaction qui a fait que je me suis passionné pour l'opérette et la chansonnette par exemple, que j'ai dévoré de formidables romans policiers. Je me défie de l'élitisme, de l'intellectualisme d'enfermement, et je refuse l'idée selon laquelle il faut absolument s'extraire du peuple pour mieux se réaliser soi-même.

Mais comme tous les pères, il s'est également révélé néfaste pour moi : c'est en partie parce qu'il considérait cela comme négligeable que je ne sais ni l'anglais, ni conduire, ni taper à la machine. C'est bien beau d'avoir appris le latin et le grec, mais l'anglais est tout de même plus utile de nos jours!

II

Croyants, puis agnostiques

A. K. – Tu avais seize ans et moi dix lorsque est survenue l'inévitable rupture. C'est le moment où nos existences ont divergé, puisque papa t'a emmené avec lui. Il estimait que tu n'étais pas engagé sur les rails d'une scolarisation facile, et a jugé préférable de s'occuper directement de toi. Pétri de talents, tu avais développé un grand sens artistique : tu écrivais avec beaucoup d'imagination, mais aussi avec... de nombreuses fautes d'orthographe. Olivier et moi, davantage coulés dans le moule du bon élève, sommes restés avec maman.

Nous ne désirions pas prendre parti, mais étions, bien entendu, tous deux sensibles au désespoir de notre mère, influencés par son ressentiment compréhensible. Lors d'une de mes premières rencontres avec papa après cette séparation, il m'interrogea sur mon air renfrogné : « Axel, me fais-tu la tête, as-tu quelque chose à me reprocher ? » « D'avoir quitté maman », lui répondis-je, ce qui le bouleversa. Néanmoins, pour lui, tout homme se devait d'identifier son devoir et de l'accomplir, cela constituait l'élément fondamental de l'existence. Très vite, notre père s'est donc efforcé, avec succès, de rétablir les liens affectifs avec tous ses fils et, dans un deuxième temps, de nouer des relations apaisées avec celle qui, jusqu'à sa mort, est demeurée légalement son épouse. Bien sûr, dans la limite de ses moyens assez faibles, Jean Kahn a versé à notre mère une pension alimentaire avec une scrupuleuse régularité.

Tu rendais visite à maman une fois par semaine, guère plus. Adolescent fort boutonneux, aux grands cheveux frisés, tu jouissais d'un prestige considérable auprès d'Olivier et moi. Tu boxais avec nous – sans risque compte tenu de la différence d'âge –, tu nous racontais des histoires, tu essayais de nous fourguer ta production artistique en nous garantissant qu'elle revêtirait une grande valeur plus tard, et nous achetions! Je possède encore de forts beaux dessins de toi.

J.-F. K. – Et je savais chanter, alors que tu as une voix de fausset!

A. K. – Oui, il y a définitivement deux types d'hommes et de talents dans notre fratrie. Olivier et moi en sommes arrivés à accuser papa de t'aimer davantage que nous. Nous pensions qu'il nous en voulait d'être trop banals en quelque sorte, qu'il s'intéressait davantage aux individus hors norme, alors que nous n'étions que de très bons élèves. Nous avions beau gagner des prix et nous intéresser à l'art, nous chantions faux et dessinions mal!

J.-F. K. — De mon côté, je n'ai pas vraiment suivi d'études supérieures; mes seuls diplômes consistent en des certificats de licence d'histoire et en un examen de l'Institut de développement économique et social. En partie parce que j'ai été malade, un an d'arrêt et d'immobilisation, que j'ai dû m'interrompre et travailler très jeune, d'abord à la poste puis comme manœuvre dans une imprimerie, mais aussi parce que j'avais, avant même cette brusque rupture, un rapport très déstructuré et chaotique à l'école. J'étais à la fois capable d'être mauvais et bon élève; j'avais en tout cas des difficultés à m'intégrer à une discipline scolaire. En fait, j'ai toujours suivi une espèce de double cursus : l'institutionnel, que j'accomplissais mal, et un personnel que je m'imposais en parallèle. Avant la séparation, nous avons par exemple créé une langue, à trois, alors que je n'étais très bon ni en latin ni en grec. Nous avons pourtant établi ses déclinaisons, ses exceptions, et tout un tas de règles grammaticales compliquées. À partir de l'âge de treize ans, j'écrivais des romans, des pièces de théâtre en vers, des poèmes. À dix-huit, j'ai même commencé un début d'essai sur les présocratiques, que j'ai en partie repris dans mon livre sur le mensonge paru il y a une quinzaine d'années! Il m'était impossible de m'intéresser à Lamartine ou à Boileau en littérature, mais je me suis forgé une culture personnelle à la lecture des poètes du XVIe siècle, de Rémi Belleau à Maurice Scève. Comme elles n'étaient pas au programme, j'ai lu l'œuvre de Lesage, les pièces de Regnard, de Casimir Delavigne. Ce n'était pas de la rébellion et je ne m'explique pas cette attitude, hormis par l'immense plaisir que j'y prenais. Cela m'a sauvé ensuite : j'ai énormément puisé dans ces ressources-là et aussi dans la littérature américaine. Et cette culture s'est révélée finalement plus adéquate au monde auquel je me suis trouvé confronté.

A. K. – Mon propre parcours est plus traditionnel. Il est très redevable à l'attachement-rivalité de tous les instants qui me liait à Olivier...

J.-F. K. – ... Qui n'a jamais eu lieu entre nous.

A. K. – Non. Olivier et moi étions tellement fabriqués à partir du même patron qu'il ne pouvait en être autrement. En plus, nous nous ressemblions de visage, nous vivions ensemble, et je suis progressivement devenu physiquement aussi fort que lui. Mais j'étais extrêmement agité, bagarreur, et revêche envers maman, alors qu'il était sage et obéissant. Il revenait à la maison propre sur lui et avec d'excellentes notes, et moi, couvert de bleus et les vêtements abîmés. Nous nous aimions beaucoup, mais, au lycée, j'ai décidé qu'il était temps qu'Olivier cessât d'obtenir les meilleures notes. Je me suis donc mis à étudier sérieusement et j'ai décroché tous les premiers prix en première et en terminale. J'ai été primé au concours général en sciences naturelles et en philosophie et il ne m'a manqué que quelques points pour la mention très bien au baccalauréat. Ce changement radical procède clairement de mon désir de rompre la dépendance qui me liait à mon frère adoré. Nous nous évaluions sans cesse l'un par rapport à l'autre.

Mes lectures étaient également plus traditionnelles que les tiennes. J'ai abondamment lu Stendhal, Steinbeck et les autres auteurs américains de l'époque. J'ai aussi lu tout Zola et tout Flaubert.

J.-F. K. – Et moi, j'ai lu tout Agrippa d'Aubigné, les pièces de Garnier, dramaturge en vers du XVIe siècle – nous devons être dix au monde dans ce cas –, le philosophe matérialiste du XVIIIe siècle La Mettrie, sans compter que papa m'a infligé *L'Éthique* de Spinoza dans une édition bilingue... Dans le même temps, je peignais, je dessinais, je chantais, je prenais des cours de musique. Malheureusement, mon professeur de violon était pédéraste et a fini par me sauter dessus, cela a fauché ma carrière de violoniste en plein vol! Je tricotais et cousais même! Il n'y avait pourtant aucune sensibilité féminine chez moi; il suffisait que ces choses se déroulent hors de l'institution scolaire pour que je m'y adonne passionnément.

J'ai lu Zola, naturellement.

Les livres que m'a fait lire papa lorsque j'étais jeune et qui m'ont fasciné au point que je les recommande toujours sont *Adolphe*, de Benjamin Constant, *Dominique*, de Fromentin, *La Chronique de Charles IX*, de Prosper Mérimée, et *Le Capitaine Fracasse*, de Théophile Gautier. En poésie, j'aimais beaucoup *La Maison du berger*, de Vigny, une des plus belles choses jamais écrites...

A. K. – Tu avais aussi un faible pour Musset.

J.-F. K. – Oui, comme pour Rimbaud et Laforgue.

A. K. – Après ton départ, nous avons instauré une monarchie constitutionnelle à la maison ! Il faut dire que notre famille a toujours été très politisée. Olivier campait le roi, moi, le sujet, et maman, la reine mère. La constitution prévoyait des peines de prison, à effectuer sous une table. Mon humble condition de sujet faisait que j'étais souvent le condamné. Au bout d'un certain temps, je me suis révolté et j'ai exigé que le tyran soit jeté bas. À douze et quatorze ans, nous avons donc mis sur pied une république. Nous avons inventé une machine à voter électrique, dotée de lampes rouges ou vertes qui s'allumaient selon nos choix. Rapidement, nous sommes parvenus à une impasse car les voix se partageaient très souvent exactement par le milieu, ce qui engendrait une ingouvernabilité chronique de notre État. Maman jouait alors le rôle d'arbitre et, en cas de difficulté, la charge de trancher lui revenait. Nous discutions de politique intérieure, du code pénal, des manières de renverser une majorité – là non plus, ce n'était pas évident à deux, ainsi que pour les alliances. Tout cela demandait beaucoup d'imagination et nous en faisions incontestablement preuve.

Cette vie entre Olivier et moi a été très intense : nous nous sommes en fait édifiés l'un l'autre. Nous passions toutes nos vacances ensemble, dans la maison de campagne de l'abbé Bésineau, l'aumônier du cours de papa. C'était un bonhomme d'une cinquantaine d'années qui aimait Dieu, mais aussi toutes les bonnes choses qu'Il a pu créer. Gros et gras, il est mort d'apoplexie. Il venait d'une grande famille bourgeoise bordelaise. Vicaire de son état, il préférait une bonne bouteille à de l'argent pour le denier du culte. C'était un grand amateur de vins, capable de reconnaître tous les crus, mais également de décrire l'exposition des cépages dont ils étaient constitués.

J.-F. K. – C'était aussi un grand orateur, une espèce de prédicateur mondain. Très réactionnaire, il allait d'église de quartier riche en église de quartier riche. La bourgeoisie l'aimait beaucoup. Il revenait de ses pérégrinations, chargé de gros billets glanés lors de la quête au milieu desquels se glissaient quelques boutons de culotte. Pendant mes vacances, il me répétait inlassablement : « Quand on a un problème dans la vie, il faut toujours se demander ce que le Christ aurait fait à notre place. » C'est l'idée la plus idiote que j'aie jamais entendue.

A. K. – Sa sœur avait renoncé à sa vie de femme pour lui servir de gouvernante. Après la mort de son frère, elle a gardé des enfants pour gagner sa vie ; et jusqu'à mes quinze ans, donc, nous avons passé, Olivier et moi, les trois mois de grandes vacances dans son petit village du nord du Médoc. Elle lisait le bréviaire de son frère tous les jours, se rendait quotidiennement à la messe et nous élevait pieusement : très tôt, nous sommes devenus tous les deux enfants de chœur. La piété de cette femme était malgré tout assez hédoniste. À partir de nos dix ans, elle nous servait un verre de vin à la fin du repas, justifié par un rituel : « Mes enfants, ce que le bon Dieu a fait de meilleur ne saurait vous faire de mal. » C'était une sainte femme : elle avait parfaitement raison. Cela nous éduquait le palais et augmentait considérablement notre religiosité !

Quand je n'étais pas à Saint-Yzan-de-Médoc, j'étais louveteau, puis scout de France, dans ces organisations de la jeunesse catholique...

J.-F. K. – Je l'ai été aussi... Ah non, j'étais éclaireur, donc laïc.

A. K. – J'ai fait ma profession de foi scoute sur le chemin de croix de Lourdes. D'une dévotion extrême, l'idée de la prêtrise m'a longtemps habité. Je m'en suis toutefois définitivement écarté lorsque je me suis rendu compte qu'avant de coiffer la mitre il faudrait que j'assume d'être l'abbé Kahn !

Ma foi était presque pathologique. J'étais totalement obsédé par les idées du mal, de la faute, du rachat. Garçon vif, voire brutal, j'injuriais mes camarades, je me battais avec eux. Je me sentais alors obligé de me rendre à la chapelle pour y réciter cinq, six ou même huit douzaines de chapelets en pénitence. Je vivais dans la crainte de Dieu en permanence.

Après une année passée à l'hôpital, puis en préventorium à Chamonix – maman et toi étiez en sanatorium –, on m'a inscrit pour ma classe de seconde dans un collège de Jésuites à Pontlevoy, près de Blois. C'est là que ma judéité s'est révélée à moi, par surprise, à quinze ans. Un jour, l'un de mes petits camarades de collège, le vicomte Yann de Kargouët, m'a traité de «sale Juif». Je l'ai regardé d'un air étonné, parce que j'étais un enfant plutôt propre sur lui. Je ne comprenais pas pourquoi il m'insultait de la sorte. Je suis allé demander à mon professeur d'histoire ce que cela voulait dire. Lui-même maurrassien et antisémite, il s'est fait une joie de me l'expliquer.

C'est alors qu'est survenue la brisure radicale avec la religion. Elle avait été pour moi si noire et si contraignante, l'excès de ma révérence et la peur qu'elle m'inspirait me semblaient si ridicules, que je me suis soudainement posé des questions. À quatorze ou quinze ans, je me suis donc plongé dans la lecture des textes liturgiques, et ce d'autant plus facilement que, depuis Vatican II, la messe était dite en français. J'ai relu dans ma langue ce que j'ânonnais en latin pour me rendre compte que c'était un tissu de stupidités et que je n'en croyais pas un traître mot. La résurrection des morts me semblait impossible, absurde. Je n'étais plus chrétien du tout, et j'ai cessé de croire. Comme toi, je suis devenu agnostique : je ne suis ni pour ni contre Dieu, son idée ne m'effleure plus, c'est tout. Comme avait répondu Laplace à la question de Napoléon : «Et Dieu, dans tout ça ?» «Sire, je n'en fais pas l'hypothèse.»

J.-F. K. – Plus exactement, il lui avait dit : «C'est une hypothèse qui m'est inutile.» Sur le plan de la foi, nous en sommes arrivés au même point, à cette différence près que je n'ai pas effectué de passage par le mysticisme. Je ne crois pas en Dieu, mais je suis imprégné de culture et de tradition catholiques.

Lorsqu'on me demande quelle est ma religion, je réponds presque naturellement catholique. Mon identité, aussi bien artistique que philosophique, est catholique. Enfant, j'étais extrêmement pratiquant. J'allais à l'église tous les dimanches, bien entendu, mais aussi dans la semaine. Je m'y rendais le matin vers neuf ou dix heures, et je priais tous les soirs avant de dormir. Je ne conçois pas que l'on croie au Dieu créateur, à son fils qui s'est sacrifié pour nous sauver, et que l'on ne vive pas intensément cette foi. À partir du moment où l'on croit, on est obligé d'entretenir un rapport d'adoration, de remerciement obsessionnel à Dieu, et d'investir cette grâce permanente que l'on doit rendre à la cause, j'oserais même dire à la raison, de ce que l'on est, de ce que l'on fait.

Puis, soudain, j'ai cessé de croire ; un fil s'est cassé comme ça ! Sans chemin de Damas, ni crise existentielle, ni phase de doute. Rien, ou alors je n'en conserve pas le souvenir. J'ai l'impression que ça s'est passé du jour au lendemain comme une auto-initiation du passage à l'âge adulte. Et à partir du moment où je n'ai plus cru, je n'ai plus cru du tout : je n'ai jamais été tenté par un retour à cette religiosité. Je ne me sens même pas athée, car l'athéisme, c'est refuser Dieu. Ce qui induit qu'on pourrait l'accepter. Or, pour moi, il n'y a même pas dilemme, cela ne constitue pas un problème, ce n'est plus une dimension possible de ma vie et de la vie. Je me reconnais dans le message christique, ma référence morale est chrétienne, mais le divin m'est devenu totalement étranger.

En fait, la découverte de la Révolution française et de la philosophie des Lumières, vers treize ans, a peut-être joué un rôle considérable dans mon apostasie. La dynamique collective, le moment d'explosion lyrique et créatrice, l'épopée de soldats aux pieds nus remportant des victoires inimaginables sur toute l'Europe coalisée m'ont fasciné. C'est aussi ce qui a attiré mon attention sur le rôle social de l'Église comme force d'oppression alliée aux dominants et opposée à la démocratie ainsi qu'aux droits de l'homme.

A. K. – Cela t'a poussé un temps, me semble-t-il, vers un anticléricalisme que je n'ai quant à moi jamais partagé. Je ne tire aucune fierté de mon impiété et je considère que la foi est plutôt confortable. La perdre m'a posé maints problèmes, dont le plus difficile – mais aussi le plus passionnant – fut la nécessité de refonder les bases d'une morale laïque dépourvue de toute référence à une loi révélée. Mais comme toi, d'un point de vue culturel, c'est au catholicisme que je me rattache.

J.-F. K. – J'adorais les cantiques. Je pourrais encore en chanter quelques-uns par cœur.

A. K. – ... À tel point que je trouve stupide de ne pas avoir inscrit ses racines chrétiennes dans le projet de constitution pour l'Europe. C'est une évidence. Je ne vois pas comment définir l'Europe autrement : elle a été construite par l'esprit chrétien.

J.-F. K. – C'est incontestable, mais, d'un autre côté, tous ceux qui se trouvent à l'origine du rêve des États-Unis d'Europe, de l'Europe fédérale, étaient athées ou agnostiques.

A. K. – Oui, c'est vrai. Disons alors que l'Europe possède deux racines : une gréco-latine et une chrétienne. Mais historiquement c'est effectivement le mouvement régulier monacal qui a fait l'Europe.

J.-F. K. – ... Et le latin, tout est lié.

A. K. – Bref, je suis désormais d'un agnosticisme d'airain. Et au-delà, toute référence à un principe transcendant organisateur des choses, de la vie, ou de l'évolution, m'est devenue complètement étrangère. Mon matérialisme est résolument moniste.

J.-F. K. – Dans la mesure où ma rupture avec la foi a été d'ordre politicosocial et non théologique, j'ai toujours attaché un très grand intérêt à tous les mouvements qui, au sein de l'Église, s'efforçaient d'échapper à cette prégnance réactionnaire. J'ai donc lu Lamennais, Lacordaire, Ozanam, etc.

A. K. – Pour ma part, j'entretiens dorénavant un rapport exclusivement philosophique à l'Église. Je vais peut-être te choquer en disant cela, mais je ne pense pas que toutes les religions se valent. Philosophiquement parlant, la religion catholique me semble supérieure aux autres. De toutes celles que je connais, c'est la seule qui promeuve la liberté, comme le prouve l'argument de la grâce par les actes. Le catholicisme promet que le Jugement dernier sera prononcé en fonction de notre comportement ; il nous faut donc pouvoir le déployer librement. Si le bon Dieu nous avait conditionnés pour faire le mal et qu'en sus cela nous valût l'enfer, ce serait parfaitement inique. Il a donc créé l'homme libre, et celui-ci doit l'assumer. L'usage de sa liberté peut lui procurer la grâce. La parabole de l'ouvrier de la onzième heure l'illustre à merveille : il n'est jamais trop tard pour faire le bien. L'homme est si peu déterminé que même lorsqu'il a erré pendant onze heures et qu'au bout de ce laps de temps il s'attelle au travail commun, le maître le rétribue. Tout-puissant, il le récompense même autant que les ouvriers de la première heure, au grand scandale de ceux-ci. L'Église ne s'en est malheureusement pas tenue à cette richesse inouïe et a commis les pires abominations.

Comparons avec un autre christianisme. Dans la religion protestante, l'homme est programmé pour le mal. Du fait du péché originel, il y est condamné et ne peut y échapper que par la grâce de Dieu. Il ne gagne pas l'élection : elle lui est accordée au titre de l'omnipotence divine. J'avoue que cette vision me met mal à l'aise. Selon la thèse de la prédestination, la fortune du grand capitaliste n'est pas tant le résultat de son travail, de son habileté, et souvent de son héritage familial, que la manifestation d'une élection divine. Cet élément est d'importance dans le succès économique du monde protestant vis-à-vis du monde catholique, la richesse étant une grâce pour le premier et regardée avec soupçon pour le second. Ainsi, entre la prédestination et la liberté, je me situe résolument du côté catholique. D'autant plus que le protestantisme s'est révélé assez compatible avec la progression de l'eugénisme. Si les États qui l'ont légalisé sont, en Europe et en Amérique, protestants, c'est sans doute parce que les gènes peuvent être vus comme le moyen par lequel le Seigneur prédestine certains êtres à sa grâce. Aucun pays ou État, américain ou canadien (le Québec, par exemple) à majorité catholique n'a jamais promulgué de lois eugéniques. On ne peut à la fois concevoir que la grâce divine dépend des actes d'un être libre et affirmer que ceux-ci sont déterminés par les gènes!

J.-F. K. – Oui et non. Le protestantisme, à cause des guerres de religion et de la révocation de l'édit de Nantes, est devenu une religion de contestation, de révolte, et donc de tolérance, de pluralisme, de défense des droits de l'homme. Il était dreyfusard et anticollaborationniste; le Gard, terre huguenote, vota massivement socialiste et communiste.

Cela dit, la tradition progressiste du protestantisme prévaut en France, mais pas dans les nations où le prince a choisi le protestantisme comme religion d'État. Paradoxalement, la lecture littérale de la Bible, le retour aux sources du dogme, qui a été à l'origine de l'émergence du protestantisme, guide aujourd'hui les fondamentalistes américains. Le schisme du XVIe siècle procède d'une réaction hostile à la vente d'indulgences, au lucre et à la corruption de la papauté, mais aussi, on l'oublie trop souvent à mon sens, à la Renaissance et à sa philosophie. Si on lit Melanchton, le théoricien de Luther, on se rend compte que lui aurait bien fait passer Galilée à la casserole.

A. K. – Michel Servet, brûlé vif par les calvinistes de Genève, comme Giordano Bruno par les catholiques romains, n'ont pas eu la chance de Galilée.

J.-F. K. – Non. En fait, la papauté, par la bouche de quelques cardinaux, a informé Galilée de son intérêt pour ses découvertes. Elle ne pouvait cependant pas reconnaître cette vérité nouvelle qui remettait en cause l'ordre sur lequel elle prospérait. Elle a donc demandé à Galilée de ne pas présenter sa théorie comme universelle, mais comme une hypothèse parmi d'autres. La raison pour laquelle il a été astreint à résidence, c'est qu'il n'en a pas démordu. En revanche, Mélanchton l'a catégoriquement condamné au nom de la lecture la plus stricte et la plus réactionnaire du texte révélé.

D'une façon générale, je suis arrivé à la certitude que la racine du mal historique gît dans le monothéisme. De même en politique : l'horreur est la conséquence de l'unique. Or, des religions que nous avons citées, la moins monothéiste est le catholicisme, en vertu du mystère de la Trinité. Cette intuition philosophique extraordinaire est prédialectique, puisqu'elle affirme que, dans Dieu, il y a à la fois celui qui crée, le processus qui permet de créer et ce qui est créé. En quelque sorte, la thèse, l'antithèse et la synthèse au sens hégélien. Les hérésies monophysistes et ariennes qui ont cherché à remettre en cause ce dogme au profit de la totale primauté du père, c'est-à-dire d'un monothéisme simple, prouvent bien qu'il constitue la radicale étrangeté du catholicisme.

Cela n'a pas empêché le christianisme de s'imposer par le feu et le sang au nom d'un monothéisme pur et dur. Sa possibilité intrinsèque d'évolution s'est néanmoins confirmée par la suite, et je pense que ce mystère formidable, ainsi que le pardon, y sont pour quelque chose. Et contrairement à l'islam qui s'adresse à une communauté donnée, l'*ouma*, contrairement au judaïsme, religion d'élus, le catholicisme originel s'adresse à chacun; à tous les peuples, et au maître comme à l'esclave.

A. K. – C'est là l'apport de saint Paul.

J.-F. K. – Je ne prétends pas qu'il est révolutionnaire. Comme disait Feuerbach : « Le Christ a vaincu parce que Spartacus a été vaincu. » Le déshérité ne sera rétabli dans ses droits qu'au ciel. Son exploitation ici-bas se trouve en quelque sorte normalisée, puisqu'il prendra sa revanche au-delà. Mais on s'adresse à lui comme à un être humain, de même valeur qu'un autre. Par ailleurs, le catholicisme rompt avec la loi du talion. Le paradoxe tient à ce qu'il a massacré des millions de personnes au motif que refuser une aussi belle religion d'amour équivalait à se ranger du côté du diable. C'est paradoxalement par ce qu'il recèle de plus merveilleux, l'universalisme et l'amour, que le catholicisme est devenu épouvantable.

A. K. – La première mention du « Tu aimeras ton prochain comme toi-même » se trouve cependant dans le Lévitique. Ce n'est donc pas une invention de la religion chrétienne. Elle a été reprise dans l'Évangile selon saint Marc, mais elle appartient d'abord à la Loi juive (VIIe ou VIIIe siècle avant J.-C.).

J.-F. K. – J'ajoute que le catholicisme, proche en cela de l'islam, est économiquement anticapitaliste. Il n'est qu'à songer à la condamnation de la spéculation, de l'enrichissement sans cause, et de l'accumulation exagérée de richesses, dont tu as déjà parlé.

A. K. – La parabole du chameau et du chas de l'aiguille en rend bien compte : il est plus difficile pour un riche d'entrer au paradis que pour un chameau de passer par le Pas de l'Aiguille, cette dernière étant une porte de Jérusalem trop basse pour que les chameaux la franchissent autrement qu'à genoux.

J.-F. K. – D'où l'idée de Max Weber que la difficulté de la France à se convertir intégralement au capitalisme libéral provient de son catholicisme. Je n'irais cependant pas jusqu'à le décréter philosophiquement supérieur, comme tu le fais. Les philosophes protestants se sont souvent montrés plus intéressants, plus profonds et plus avant-gardistes que leurs homologues catholiques. Très sincèrement, Malebranche, avec son dogmatisme affligeant, ou Berkeley, sont plus régressifs que les penseurs anglo-saxons marqués par la Réforme.

A. K. – Si je m'applique à rapprocher les caractéristiques des grandes religions de leurs positions politiques, comme la prédestination par rapport à l'eugénisme, je ne peux tomber d'accord avec toi. D'un autre côté, on ne peut contester qu'Emmanuel Kant ou David Hume, de tradition protestante et anglicane, et pour ne citer qu'eux, aient été de considérables philosophes. Dans un autre ordre d'idée, la richesse philosophique catholique peut parfois apparaître flirter avec le paganisme, c'est l'un des reproches principaux que lui oppose l'islam. La Trinité, le culte des saints sont des réminiscences d'une phase prémonothéiste.

J.-F. K. — Oui, ce qui constitue une potentialité moins dogmatique, plus évolutive de l'Église fait qu'elle s'encombre d'un nombre invraisemblable de saints, d'anges, d'archanges, et qu'elle déifie la Vierge. Sa tendance naturelle au paganisme est évidente. Cela s'est vérifié récemment à travers la mort du pape, qui a donné lieu à une véritable idolâtrie païenne.

A. K. — Lorsque je vivais en Afrique, j'ai pu constater l'attrait bien supérieur à celui des religions chrétiennes qu'exerçait l'islam. Aujourd'hui, ce sont aussi les églises évangélistes qui font des adeptes. Pour les populations païennes, animistes, le catholicisme ne constitue finalement peut-être pas une rupture suffisante. D'autre part, rien n'est plus difficile que l'exercice de la liberté. Une religion qui ne vous dit pas ce que vous devez faire parce que Dieu l'a décidé est beaucoup moins mobilisatrice, tout au moins dans un premier temps, qu'une religion étroitement prescriptive telle que l'Islam.

Reste que cette religion du libre-arbitre est très exigeante : la loi chrétienne, à laquelle les hommes sont tenus de déférer librement, est impérieuse.

J.-F. K. – Ce dernier point est commun à l'islam ou au judaïsme.

A. K. – Oui, mais pas au protestantisme. Car si les riches sont élus par Dieu grâce à la prédestination, d'un autre côté, les faiblesses humaines bénéficient d'une certaine indulgence. Chacun étant un pauvre pécheur, nombre d'Églises protestantes se montrent fort sensibles aux cas personnels et disculperont sans trop de difficultés les individus de leurs actions moralement condamnables. Par exemple, certes, les hommes et les femmes ne devraient se connaître physiquement que pour procréer. Il faut cependant éviter de transmettre le sida et, dans cette optique, le port du préservatif n'est pas à proscrire. L'avortement n'est jamais bon, mais il vaut mieux que de mettre la vie d'une femme en danger. La pensée protestante m'apparaît ouverte à une saine « casuistique ».

Le problème était de ce point de vue caricatural avec Jean-Paul II. Pendant longtemps, l'Église a oscillé entre l'aide et la compréhension que suppose l'amour de l'être, et le respect de la Loi. En optant de façon rigide pour le second, Jean-Paul II a signé le retour à la primauté désuète de ce principe, et à la répudiation de l'approche casuistique si bien développée par les Jésuites.

J.-F. K. – L'Église catholique, à travers saint Augustin et saint Thomas, a certes justifié l'esclavage. Mais je relisais récemment une délibération de 1847 au Parlement français : elle répondait à une pétition des évêques en faveur de l'abolition. À l'inverse, pendant la guerre de Sécession, nombre d'Églises protestantes légitimaient l'esclavage en fidélité au mythe biblique de Cham, le mauvais fils de Noé. De même en Afrique du Sud, où certaines, blanches, ont soutenu l'apartheid alors que d'autres, noires, ont mobilisé contre lui.

A. K. – L'histoire des religions est capitale, car sans ces références, en éthique et en histoire, certains positionnements, certaines sensibilités demeurent incompréhensibles. Cela dit, la discordance est gigantesque entre les bienfaits ou les abominations commis par les hommes, et le caractère admirable ou indigne de leurs idéologies. Ce que produit une croyance ne dépend pas de la philosophie qu'elle professe. Toutes les religions ont alterné périodes lumineuses et régressives.

J.-F. K. – Oui, mais je pense que celle qui a poussé le plus loin cette dichotomie terrible, presque infernale, entre son discours et sa pratique, est bien le catholicisme.

A. K. – Cela rejoint ce que j'avançais. Si l'on admet qu'elle est supérieure du point de vue des idées, comme ce n'est pas le cas au niveau de sa pratique, l'écart est nécessairement plus grand.

J.-F. K. — C'est vrai. Il y a par exemple une différence de nature entre les croisades et la guerre sainte. Si le *djihad* fait partie du message de Mahomet, les croisades contredisent l'Évangile. Le crime est d'autant plus abominable qu'il est commis au nom d'une religion travestie. Si la nouveauté révolutionnaire du catholicisme réside dans son universalisme, peu de religions auront autant justifié le racisme, ou le repli communautaire et nationaliste. Sur ce point comme sur d'autres (antilibéralisme, collectivisme, messianisme, le fait que le pauvre porte davantage la Révélation que le riche), le catholicisme s'avère très proche du communisme. L'esprit de leurs doctrines est le même. En 1848, la révolution s'est faite à l'aide d'images d'Épinal du Christ comme premier socialiste, thème que reprend Chavez aujourd'hui. Communisme et catholicisme se ressemblent par leurs côtés les plus philanthropiques et, du même coup, portent tous deux le poids de leur trahison programmée. Ils transforment l'amour en terreur, l'humanisme en négation de l'homme, la vie en mort, etc. Le parallèle ne fonctionne pas avec une autre religion.

A. K. — La controverse de Valladolid, en 1550, sur le statut des Indiens, démontre bien le décalage complet entre la qualité des idées et la réalité des comportements. Alors que les colons catholiques perpétraient le génocide indien sur le continent américain, des jésuites s'engageaient avec courage en faveur des communautés indigènes. La controverse, à laquelle participe Charles Quint lui-même, a marqué un tournant de l'histoire intellectuelle lorsqu'elle a fini par considérer que ces êtres nus qui ne connaissaient pas la roue étaient, cependant, des enfants de Dieu comme les autres. Cela dit, accorder l'âme aux Indiens permettait de les baptiser juste avant de les massacrer, tel a été le changement le plus notable sur le terrain.

J.-F. K. – Ça n'est pas tout à fait exact. Si l'on peut considérer que Bartolomé de Las Casas, cet homme merveilleux, a gagné son combat, c'est parce que l'extermination totale menaçait. Il n'y avait déjà plus un indigène à Cuba. Sa victoire humaniste et religieuse a permis de mettre un terme à ce processus. Mais, revers de la médaille, comme les colons exigeaient quand même des esclaves, on est allé les chercher en Afrique. Et donc, Las Casas, un saint, est aussi en quelque sorte à l'origine de la traite des Noirs.

A. K. – Tu as raison au sujet de la deuxième partie de ta précision, mais pas en ce qui concerne la première. Lorsque, en 1492, Christophe Colomb aborde les côtes d'Hispaniola, l'actuelle Saint-Domingue Haïti, deux à trois millions de Tainos la peuplent. En 1852, il n'en reste que quelques centaines, qui disparaîtront rapidement. On a continué à les massacrer sans vergogne! On a aussi fait venir les Africains car les Indiens ne résistaient pas au travail qu'on leur imposait. Valladolid n'a rien modifié au comportement des colons.

J.-F. K. – Si, au Pérou et en Bolivie.

A. K. – Las Casas a d'ailleurs lui-même appelé au remplacement des Indiens par les Noirs, il n'est donc pas question de le sanctifier. Cet exemple, comme d'autres tirés de l'expérience communiste, m'amènent à un pessimisme certain. Passionné par les élaborations intellectuelles humaines, je suis malgré cela forcé de reconnaître que la déconnexion est dramatique entre les idées et leur application, et ce depuis la nuit des temps.

Quand on traite un problème scientifique moderne, on s'appuie sur des études et des données récentes. Quand on discute des ressorts de l'action (désir de puissance, de liberté, jalousie, violence, désir mimétique de René Girard), on se trouve face à un faisceau typiquement humain pour lequel les références pertinentes sont aussi bien vieilles de vingt-cinq siècles que de quelques jours. L'insensibilité des mobiles humains à tout ce que l'homme édifie comme pensées caractérise *in fine* notre espèce.

J.-F. K. – Je ne sais si cela doit nous mener au pessimisme ou à l'optimisme, mais, comme dans l'élaboration du vivant, l'histoire des idéologies ou de la philosophie n'éjecte rien, conserve tout. Comme en géologie, tout est encore là, il suffit de creuser.

Par exemple, en formulant la loi d'inertie, Galilée a supplanté et ruiné la physique aristotélicienne, fondée sur l'immobilité comme état naturel d'un objet. Pour elle, la chute des corps s'expliquait par l'existence d'un bas, le mouvement résultait d'un choc et ne pouvait que précéder un retour naturel à l'immobilité. Galilée a eu beau montrer que l'objet persistait dans son mouvement à vitesse constante et qu'il lui était aussi naturel que l'immobilité, qu'un kilo de plumes tombait à la même vitesse qu'un kilo de plomb, bref, nous avoir fait passer au mécanisme en physique, il demeure des millions d'individus qui continuent à raisonner dans un cadre aristotélicien. Aristote n'est pas disqualifié par Galilée, il reste là. Ma remarque vaut pour le créationnisme et Darwin. Tous les moments de l'histoire de la pensée sont coprésents. En fait, rien ne ruine rien : la science ne ruine pas la religion.

A. K. – À propos de l'exemple de Galilée, je voudrais rappeler qu'il existe plusieurs niveaux d'évidence. Nombreux sont ceux qui ne se souviennent pas que, non seulement un kilo de plumes et un kilo de plomb, mais aussi un kilo et un gramme d'une même matière, tombent à la même vitesse. Mais les gens cultivés pour qui cela constitue une vérité n'en connaissent bien souvent pas la cause.

Car cette évidence est en fait d'une certaine complexité physique. Elle nécessite d'associer deux choses que Galilée ignorait et qui font que lui-même ne pouvait rendre raison de cette loi. L'inertie d'une part, la gravité d'autre part, lui étaient inconnues en tant que telles. L'effet de la gravité, proportionnel à la masse, est bien sûr plus important pour un kilo que pour un gramme de plomb. Cependant, l'inertie, et donc la résistance à l'influence de la force gravitationnelle, est elle aussi supérieure pour le kilo que pour le gramme. La combinaison des deux forces en des sens opposés fait qu'un kilo de plomb et un gramme de ce même métal tombent à la même vitesse.

J.-F. K. – En fait, l'Église, à l'époque, n'était pas aussi obtuse qu'il y paraît ; je le répète : elle aurait accepté la théorie de Galilée sous certaines conditions. L'une des raisons pour lesquelles elle refusa le mécanisme et la loi de l'inertie, c'est que, s'il n'y a ni haut ni bas, où situer le paradis et l'enfer ? D'autre part, cette nouveauté (la légitimité du mouvement) remettait également en cause toute idée de hiérarchie, en particulier sociale, qui était basée sur l'immuabilité des structures existantes. Cela est bien plus déterminant dans l'opposition de l'Église que l'idée que, si la terre n'est pas le centre du système solaire, Dieu n'a pas placé l'homme au cœur de sa création.

A. K. – Pour moi, c'est davantage le comportement que la théorie de Galilée qu'a rejeté l'Église catholique. Elle était excessivement divisée, y compris dans la curie romaine. L'analyse la plus pertinente me semble émaner d'un cardinal de la curie romaine qui soutenait Galilée. Lorsqu'on lui a demandé s'il jugeait l'héliocentrisme galiléen blasphématoire, il a répondu que l'Église avait à dire comment aller au ciel et non comment il était fait. Cette maxime d'une grande sagesse, qui justifie qu'on puisse être à la fois religieux et scientifique, était assez largement admise. Galilée était sans conteste croyant. Comme Newton, il considérait que tout a une cause, et qu'il faut en remonter la chaîne jusqu'à Dieu, cause de lui-même. Dans les systèmes galiléen et newtonien, Dieu est essentiel.

J.-F. K. – Plus encore chez Newton, qui était mystique.

A. K. – Certes, mais c'est limpide aussi chez Galilée. Lorsqu'il proclame que le livre de la nature est écrit en langage mathématique, c'est pour lui la preuve de l'homogénéité de la Loi. En l'unifiant, la géométrie prouve son origine divine.

J.-F. K. – Cela dit, ce genre de considérations énoncées du début de la Renaissance jusqu'au milieu du XVIIIe siècle doivent être reçues avec circonspection. Les risques étaient tels pour les philosophes et les chercheurs, en cette période d'Inquisition, qu'il leur fallait ruser. Il est impossible de savoir ce qui relève de la manœuvre pour éviter le bûcher de la part de Galilée ou de Descartes ou même de Spinoza. Pour moi, Descartes est matérialiste et son dualisme, la séparation entre le domaine du corps et celui de l'esprit, n'est qu'une ruse pour qu'on le laisse s'occuper en paix du domaine des corps. Spinoza athée démontre l'existence de Dieu, mais de façon à le rendre inutile. Il s'agit d'échapper au bûcher quand on sent déjà le fagot.

A. K. – À mon avis, Descartes rusait peut-être (quoique Dieu fut également nécessaire à son système), mais pas Galilée, car, même lorsque sa vie était en jeu, il ne souffrait aucun compromis.

J.-F. K. – Oui, mais il a quand même sauvé sa peau, à la fin.

A. K. – L'inacceptable pour l'Église était que l'homme consacrât trop de temps à connaître les mécanismes de la nature, même s'il les tenait pour l'œuvre de Dieu. Le chrétien doit consacrer son énergie à préparer son salut. Toute autre occupation qui détourne l'énergie créatrice humaine de ce but, le seul qui compte, est du temps perdu et apparaît de ce fait contestable.

J.-F. K. – Tu as totalement raison sur ce point, mais je m'inscris en faux contre ton interprétation. La curie, qui avait fait montre d'une tolérance inouïe à l'égard de certaines théories, compte tenu du contexte, n'admettait pas la fabrication d'un microscope pour distinguer l'infiniment petit ou de lunettes pour scruter l'infiniment grand. La raison en est moins ce que tu avances que la peur de ce qu'on aurait pu trouver. Comme c'étaient des gens intelligents, des esprits de la Renaissance, ils ne croyaient pas réellement aux dogmes qu'ils servaient, ils les savaient fragiles et s'employaient à les protéger d'autant plus fermement.

A. K. – Ils n'étaient en effet pas tous dogmatiques. La lecture de dignitaires de l'Église, comme ce cardinal de la curie que j'ai cité, montre même qu'ils l'étaient beaucoup moins que les créationnistes actuels. Leur faveur allait à une interprétation symbolique de l'Écriture.

Jusqu'au XIXe siècle, spiritualité et science n'étaient pas dissociées. Diderot était athée, mais pas scientifique. Le mouvement d'émancipation de la science par rapport à Dieu vient de l'énoncé positiviste d'Auguste Comte selon lequel le but de la science n'est pas de s'intéresser au pourquoi, mais de se consacrer au comment. Car lorsqu'on s'interroge sur le pourquoi, on en vient assez naturellement, comme Galilée, Newton ou Descartes, à la cause première, Dieu.

J.-F. K. – Il y a au moins eu les présocratiques, y compris Héraclite et Démocrite, qui recherchaient la chose ou le processus originels, et qui ne croyaient pas en Dieu.

A. K. – C'est vrai mais, dans la pensée grecque, les dieux n'étaient de toute façon pas créateurs du monde et de l'homme. Ils ne pouvaient donc représenter la cause suprême de tout. Pour ce qui est du monde chrétien, Descartes pensait que la raison était d'origine divine. Son discours matérialiste place Dieu en amont, comme principe explicatif. Même au XIXe siècle, Pasteur et Claude Bernard étaient encore pleinement croyants.

J.-F. K. – Cuvier était créationniste.

A. K. – Darwin, croyant.

J.-F. K. – Pas à la fin de sa vie.

A. K. – Je dirais plutôt qu'il s'interrogeait, il ne remettait pas tout en cause. Lamarck était complètement athée. Historiquement, on ferait en tout cas un contresens en considérant que la corrélation entre la science et l'athéisme, ou l'agnosticisme, relève d'une longue tradition. L'antinomie entre foi et science est un concept fort récent.

III

L'engagement politique et la guerre d'Algérie

A. K. – Au lycée, suivant en cela les pas de papa, j'ai intégré les Jeunesses communistes et, rapidement, le Parti, puis l'Union des étudiants communistes lorsque j'ai débuté ma médecine. Jamais je n'ai connu un groupe d'hommes aussi attachés à des valeurs positives tel le souci de l'autre, le don de soi, le désintéressement et le courage, y compris physique. Cela se rencontre peut-être chez les catholiques de gauche, mais je ne les ai pas fréquentés. Beaucoup d'intellectuels restés longtemps au Parti communiste témoignent comme moi combien ils ont été marqués par ces qualités.

Tu te rappelles l'époque : un groupe de réformistes appelé les «Italiens» dirigeait l'UEC. Parmi eux se trouvaient Forner, Pierre Kahn et Philippe Robrieux, qui fut ensuite pion au lycée Buffon où je l'ai longuement côtoyé. Nous sommes même devenus amis. Notre homonyme Pierre Kahn avait succédé à Robrieux et Forner au moment où le Parti nous a intimé l'ordre de reprendre l'UEC, c'est-à-dire de le faire rentrer dans la ligne, à l'occasion de son congrès. Nous nous sommes exécutés sans état d'âme, et ma foi avec un certain talent. Grâce à ce succès, j'ai été propulsé au bureau national de l'Union des étudiants communistes. C'est ainsi qu'a commencé mon itinéraire d'apparatchik, que j'ai eu l'occasion de bien connaître nombre des dirigeants du bureau politique du Parti de l'époque.

J.-F. K. – Moi, c'est un peu différent. En fait, je n'ai jamais été communiste au sens réel du terme. J'étais réformiste social-démocrate. Mon communisme avait ceci de particulier que je n'étais absolument pas partisan d'un régime socialiste, j'étais tout juste républicain progressiste et démocrate! Mon adhésion, courte, avait été uniquement motivée par mon opposition à la guerre d'Algérie. En fait, ce qui m'a plu dans le PC de 1956, c'est son sens de l'ordre, son antigauchisme, son républicanisme et sa prise en compte de nos traditions culturelles.

A. K. – Malgré sa justesse, le combat communiste contre les guerres coloniales avait quelque chose de l'ordre de l'interprétation des Écritures par l'Église, variable selon les époques. Pratiquement jusqu'à ce que de Gaulle lui-même parle d'indépendance de l'Algérie, le Parti nous interdisait de scander autre chose que «Paix en Algérie» dans les manifestations, et nous tançait lorsque nous criions «Algérie indépendante». Cela me choquait à l'époque et a représenté mon premier désaccord véritable avec les analyses du Parti.

J.-F. K. – Je ne suis pas d'accord avec toi. Pour une question d'âge, j'ai davantage participé que toi à l'action contre la guerre d'Algérie, en particulier avec les communistes, et je n'ai jamais ressenti cela. L'idée de l'indépendance algérienne était totalement acceptée. Il y avait même, en fait, quasi allégeance aux positions du FLN.

A. K. – Après avoir souligné leur côté positif, il me faut concéder que j'ai trouvé chez les communistes une réelle propension à la schizophrénie, au sens étymologique du terme de «brisure de l'esprit». C'étaient souvent des gens capables du plus grand dévouement et d'un engagement sans faille, mais déjà étrangement désenchantés. Je n'ai jamais entendu de personnes aussi froidement lucides des déviances communistes qu'au sein du Parti. C'est terrible mais, lors de l'entrée des troupes du pacte de Varsovie à Prague, en 1968, l'histoire drôle qui faisait se tordre de rire ma cellule était la suivante : «J'ai essayé d'appeler Prague. La standardiste m'a répondu : "Ne raccrochez pas, Prague est occupé."»

Je ne me faisais pas trop d'illusions sur le travail qui m'était demandé, mais je le faisais avec application, parce que, pour l'essentiel, il me semblait que la ligne du «parti de la classe ouvrière» était juste.

J'ai également milité au sein d'une cellule où se trouvaient de nombreux ouvriers des usines Citroën. On m'y a raconté une histoire qui s'est déroulée en 1956, lors de la répression par les Soviétiques de la révolte des Hongrois à Budapest. *L'Humanité* venait d'être attaquée et deux militants communistes avaient trouvé la mort. Le secrétaire de ma cellule est allé, le dimanche suivant, vendre *L'Huma*. Mais comme il s'était juré de ne pas se faire avoir, il avait pris soin de se munir d'une «sulfateuse», souvenir de sa résistance de FTP, cachée sous ses *Huma-Dimanche*! Sa femme, complètement affolée, est allée trouver le secrétaire de section. Une délégation s'est formée pour tenter de récupérer l'arme, en faisant valoir au secrétaire de cellule que son appréciation politique du rapport des forces n'était pas exacte. Voilà pour l'atmosphère de mon militantisme...

Ensuite, très lié au Parti et parfois associé aux travaux du comité central en tant que représentant de la direction des étudiants communistes, j'ai côtoyé des staliniens pur jus, comme Roland Leroy, qui à l'époque s'occupait de la jeunesse, ou Chambaz, professeur d'histoire à Buffon. Très vite, j'ai pris de la distance avec le rêve communiste, d'autant que j'ai effectué plusieurs voyages officiels. J'ai donc pu me rendre compte par moi-même, en Tchécoslovaquie par exemple, de la réalité de la vie socialiste. Au moment où ce pays a été envahi, en 1968, j'ai annoncé à ma femme : «Cette fois-ci, c'en est trop. Si le PC français ne désapprouve pas, je m'en vais.» Mais il s'est trouvé que Waldeck-Rochet a effectivement réprouvé cette nouvelle trahison, et dans les termes les plus nets. Je suis donc resté dix ans de plus, sans plus rien croire des objectifs politiques de la révolution, mais par attachement à l'atmosphère affective de la famille communiste. Les gens que j'aimais, dont j'admirais l'abnégation, en faisaient tous partie; l'idée de les décevoir m'était insupportable. Ils m'aimaient en retour : j'étais, moi, l'intellectuel, le médecin, des leurs...

En 1968, j'ai commencé à assurer une consultation régulière au dispensaire de Malakoff, une ville fantastique où la culture militante était portée à son plus haut niveau. Les camarades y présentaient la qualité et la véracité de l'engagement dont j'ai parlé. Mais c'étaient en même temps des gens qui, s'ils avaient obtenu les rênes du pouvoir, auraient sans doute été, pour certains d'entre eux, d'une dangerosité terrifiante. Je le sentais dans la violence de leurs propos et de leurs certitudes. Admirables et merveilleux, on ne pouvait cependant souhaiter qu'une chose, c'était que jamais ce type d'hommes – c'étaient surtout des hommes – n'accédât à de hautes responsabilités.

Voici un exemple de la démocratie communiste. Un jour où nous devions renouveler le comité de section de Malakoff, le responsable du scrutin énumérait les candidatures des membres sortants : « Le camarade Dupont, le camarade Durand, le camarade Kahn, le camarade Albert... Le camarade Albert ? Personne n'a rien à dire sur le camarade Albert ? Ne trouvez vous pas qu'au cours de la dernière période l'appréhension du rapport des forces par le camarade Albert a manqué de justesse ? Qu'il n'a pas été capable de se plier au travail révolutionnaire comme l'exigeaient la situation et sa tâche ? » Il avait bien sûr été décidé que le camarade Albert ne ferait pas partie du futur comité de section. Et tout était comme ça ! J'étais moi-même schizophrène, je dois dire : je trouvais cela parfaitement odieux, mais ça m'amusait.

Comme j'étais médecin, on venait me trouver pour que je rédige des arrêts de travail afin que des camarades puissent suivre les cours des écoles fédérale ou nationale du Parti. Mais, un jour, des copains de la section m'ont parlé d'un camarade en des termes qui m'ont fait froid dans le dos : « Ne penses-tu pas qu'il présente des troubles psychologiques...? » Là, j'ai trouvé que c'était trop, et je les ai envoyés paître.

J.-F. K. – J'ai perçu cette dualité, sur une période plus courte, au moment du combat contre la guerre d'Algérie. L'horreur de la répression, la torture, les exécutions sauvages, les « corvées » de bois suscitaient chez ces ouvriers, fonctionnaires, employés, femmes au foyer, une authentique et profonde révolte. Leur extraordinaire humanisme les poussait à s'identifier à tout martyr ou victime, mais s'évaporait intégralement dès qu'il s'agissait d'une forfaiture commise à l'Est. Ils se métamorphosaient alors, comme si on parlait d'autre chose. C'était inouï, de l'ordre de la schizophrénie, en effet. D'un côté, une ouverture sans limites, sans rivages, comme disait Garaudy, et de l'autre, ce refus absolu de la solidarité avec les opprimés de son propre camp...

J'ai également été très frappé par la dichotomie entre l'incroyable valeur humaine des militants, dont la générosité et la foi en un monde meilleur irradiaient les visages, et la médiocrité inouïe de leurs dirigeants, à quelques exceptions près. En récompensant exclusivement la fidélité, le système de recrutement de ce parti et son centralisme démocratique finissaient fatalement par ne promouvoir que d'incroyables médiocres.

A. K. – Ma rupture a finalement eu lieu en 1977. En pleines négociations du programme commun, Marchais venait de dire à sa femme : «Liliane, fais tes valises, on rentre!» Il voulait faire exploser l'alliance, j'étais excédé. Il faut se mettre à ma place : je participais à tous les dépouillements électoraux en tant que scrutateur, et je n'avais assisté qu'à des défaites de la gauche. En 1977, elle avait les moyens de gagner, j'y croyais, et, là, patatras! Ulcéré, j'ai renvoyé ma dix-septième carte de membre du Parti à la section du XIVe arrondissement de Paris. Comme j'avais gravi pas mal d'échelons, l'affaire est remontée à la fédération de Paris du Parti. Henri Fiszbin, son secrétaire, m'a convoqué rue La Fayette, siège de la «fédé». Je lui ai exposé mes arguments, pour m'entendre rétorquer que l'union était un combat, etc. Au moment de nous quitter, après plus d'une heure d'une discussion serrée, il m'a glissé : «Je comprends ce que tu veux dire, Axel, mais tu parles comme si nous allions faire perdre la gauche.» «Écoute, Henri, me suis-je emporté, naturellement que vous allez faire perdre la gauche! Les Français ne sont pas idiots. Ils ne vont pas voter pour des dirigeants qui s'accusent de tous les maux avant même que d'être au pouvoir!» Fiszbin m'a regardé, pensif, et a conclu par ces mots : «Je crois que tu te trompes, mais si par hasard nous perdons, tu auras eu raison!» Au lendemain des élections, il a quitté le Parti!

Mon séjour au PC est une période très importante de ma vie. Je ne la renie absolument pas; j'y ai appris énormément de choses. J'y ai constaté ce que je notais à propos des religions – le communisme en était une –, à savoir la coexistence de ce par quoi une personnalité est admirable, et tout ce qui fait qu'elle peut néanmoins se révéler redoutable. D'où la nécessité, face à la tendance naturelle de notre esprit à cette sorte de schizophrénie, pour laquelle nous sommes probablement en partie programmés, de ne jamais engager tout notre être et notre esprit en faveur d'un être ou d'un projet, mais d'en juger au cas par cas. Un écrivain peut à la fois être brillant et salaud : Drieu La Rochelle se lit très bien, mais son engagement est condamnable ; j'aime assez Houellebecq l'écrivain, fort peu le personnage ; de même, un militant communiste d'un courage et d'un altruisme hors du commun peut se révéler quelqu'un contre lequel il conviendrait de lutter de toutes ses forces s'il parvenait au pouvoir.

J.-F. K. – La fraternité qui liait les camarades, et ce même en dehors de la politique, était intense. Réellement soudés, ils prenaient beaucoup de plaisir ensemble, à partager des repas, à fêter toute occasion. Je me souviendrai toujours des sorties collectives au TNP de Jean Vilar quand je travaillais aux PTT. Et aussi de Roger, le responsable de la cellule communiste du centre de tri, qui avait tout juste son certificat d'études mais qui m'a fait découvrir la musique baroque et celle de la fin du XVIIe siècle, Marin Marais, Jean-Marie Leclair. Cela étant, les mêmes étaient aussi capables de fermer instantanément les vannes devant un adhérent déclaré dissident. Tout à coup, ils ne connaissaient plus celui qui était devenu un renégat ; il quittait leur monde.

A. K. – Toutes les églises se conduisent de la sorte avec leurs hérétiques! C'est la réaction typique de tout groupe à l'égard d'un ex-membre.

J.-F. K. – Absolument; cela induit un autisme et un auto-enfermement dramatiques. Cela dit, au-delà du PC, lorsque je suis entré à *Paris-Presse*, j'ai fait le même type de découverte. Je me trouvais ainsi à Charonne, au cours de la manifestation anti-OAS, à la fois comme manifestant et comme journaliste, au moment des événements qui ont fait neuf morts. Je suis rentré au journal pour rédiger mon article, mais personne ne m'a demandé quoi que ce soit sur ce qui s'était passé. Je me suis approché du chef du service politique : il était au téléphone, en train d'écrire. À ma grande surprise, j'ai pu constater qu'il racontait la manifestation alors qu'il n'y avait pas assisté. Son texte lui était en fait dicté par le ministère de l'Intérieur! De même, en octobre 1961, lors de la manifestation des Algériens contre le couvre-feu et de sa répression, qui a fait entre quatre-vingts et trois cents morts, j'avais été témoin de violences inouïes sur les Grands Boulevards et à la sortie du nouveau Vél' d'hiv' où des manifestants avaient été parqués.

A. K. – Nous habitions juste en face, porte de Versailles.

J.-F. K. – ... Un camarade photographe, Elie Kagan, m'a apporté des photos de noyés et de pendus; je n'ai jamais pu obtenir du journal qu'il en dise un mot! Après avoir découvert la grandeur et les horreurs du Parti communiste, je découvrais l'autocensure de la presse dite bourgeoise. Tous les six mois, nous annoncions une grève générale en une, pour pouvoir dire le lendemain qu'elle avait échoué! Cette expérience m'aura au moins permis d'initier la critique des médias que je poursuis aujourd'hui. Reste que, dans ce journal, on était très libre, que j'y ai tout appris et que j'ai connu des gens épatants.

Par parenthèse, beaucoup de journalistes étaient d'une nullité incroyable à l'époque, même s'il y en avait de très talentueux. À la mort de Merleau-Ponty, on m'a demandé d'écrire un papier sur lui. J'y citais Berkeley, fondateur de l'empirisme : *Esse est percipi*, «être, c'est être perçu». Le chef de la rubrique Idées de *Paris-Presse* a trouvé cette phrase très intéressante et m'a demandé d'aller illico interviewer l'auteur! Le bonhomme s'appelait Chatrier, il est ensuite devenu président de la fédération française de tennis! Beaucoup de reporters du journal partageaient cette inculture, qu'ils doublaient en plus d'un racisme exacerbé. Pour certains, les Arabes d'Algérie, c'étaient les «singes».

Sans jamais rien renier des raisons de mon adhésion éphémère – cela fait partie de mes très bons souvenirs –, j'ai néanmoins nourri, à partir de 1965, un antagonisme total avec le communisme, qui a fortement déçu mes anciens amis. Encore qu'en 1968 je donnais plutôt raison au PC contre les gauchistes.

A. K. – Lorsque tu assurais une chronique matinale sur Europe 1, il t'arrivait de fait d'être assez violemment anticommuniste. Je me souviens de l'une d'entre elles, qui m'a fait prendre la plume pour t'envoyer trois ou quatre pages gratinées où je te traitais d'ennemi de classe! À part celui qui nous a opposés sur la théorie de l'évolution, c'est sans doute le plus grand conflit que nous ayons eu. À l'époque, évidemment, j'avais tort quant à la vigueur de ma réaction, mais l'absence de nuance de ta charge était fautive. Ma longue fidélité au Parti a longtemps nourri ce désaccord.

J.-F. K. – Pour ce qui me concerne, je l'ai quitté sans le quitter. Comme je n'avais jamais adhéré à l'idéologie, au mythe ou à l'utopie communistes, il a suffi que je tombe malade et que je passe un long séjour à l'hôpital pour ne plus y revenir. L'attitude du PC vis-à-vis de l'Union soviétique, du phénomène de la dissidence, et la médiocrité mécanique de son discours m'exaspéraient. Mais j'étais loin d'appuyer la polémique qui accusait le PC de ne pas avoir soutenu les porteurs de valises du réseau Janson, ou d'avoir voté les pouvoirs spéciaux en Algérie demandés par Guy Mollet. C'était le moment où les idées gauchistes commençaient à se répandre dans les milieux intellectuels et journalistiques. À la gauche du Parti grandissait une mouvance plus radicale qui réclamait davantage que la lutte contre la guerre d'Algérie. Il s'agissait quasiment de collaborer avec le FLN, en tout cas de l'aider en désertant. J'étais absolument contre cette position. Je m'opposais à la guerre, d'abord parce que l'aspiration à l'indépendance était dans l'ordre des choses justes, et ensuite en fonction des intérêts français. Également parce que je ne supportais pas que des atrocités soient commises au nom de ma patrie et de mes valeurs.

Le combat du FLN restait le combat du FLN. J'étais en faveur de l'indépendance mais ce n'était pas à moi de l'aider à porter des valises. Je n'allais tout de même pas me mettre au service de gens qui assassinaient des compatriotes! C'était à nous, opposants à la guerre, de faire évoluer le peuple français. Opter pour la désobéissance civile nous faisait courir le risque du rejet de notre action. Je pensais donc que nous avions le devoir de répondre à l'appel des drapeaux, même si je ne l'ai pas fait moi-même. J'ai en effet échappé au service militaire. J'entretenais alors une liaison avec une fille dont le père ne voulait surtout pas que je l'épouse. C'était un grand bourgeois qui travaillait au ministère des Finances, il a réussi à faire casser mon sursis. Comme j'étais en sanatorium, j'ai été réformé d'office.

A. K. – Tandis que, de mon côté, mon sursis est tombé à la fin de ma médecine en 1967, et j'ai décidé de faire mon service militaire en coopération. Je me suis marié juste avant de me rendre à Marseille, où j'ai appris à opérer les chiens, à faire de la chirurgie, à enlever des dents, à accoucher...

J'ai été nommé médecin-chef de la préfecture de Haute-Kotto, en Centrafrique. Elle était immense; c'était la région où venait chasser Giscard d'Estaing. Je m'y suis installé peu après le coup d'État de Bokassa. Médecin-chef signifiait en réalité que j'étais le seul médecin, le seul dentiste, le seul chirurgien et le seul obstétricien. Trois bonnes sœurs m'aidaient pour les accouchements. Je disposais aussi de personnel noir : un agent technique me secondait pour les opérations et un préposé assurait le fonctionnement du groupe électrogène la nuit, en cas d'urgence.

Cette période de ma vie a beaucoup compté, pas tant du point de vue médical que de celui de mon antiracisme. Je vivais entouré de Noirs : mes infirmières et infirmiers, le personnel technique, le chauffeur, et le boy. Exception faite des religieuses, il n'y avait que trois autres Blancs, des acheteurs de diamants. Les qualités humaines se trouvaient indéniablement du côté des Noirs, les autres étaient soit de parfaits salauds, soit de grands médiocres. Les Blancs qui se retrouvaient là-bas avaient souvent quelque chose à se reprocher et intérêt à se faire oublier. L'un d'eux était un ancien passeur pendant la guerre. Il avait été condamné à mort, très certainement pour avoir assassiné des Juifs qui tentaient de gagner la Suisse. Le second, un sabra d'Israël, était d'un racisme virulent. Il considérait que le monde sauvage commençait à Marseille ; il ne sortait jamais de chez lui, même pour acheter des diamants : les vendeurs devaient venir à lui. Le dernier, un ancien ingénieur de plus de soixante-dix ans, était tombé amoureux d'une très belle femme de quarante ans plus jeune que lui. Il venait là pour gagner de l'argent afin de combler sa jeune maîtresse. Il restait sept à huit mois en Afrique, vivant dans des conditions des plus précaires, puis rentrait en France une fois les diamants écoulés. Ils menaient alors la grande vie à deux, puis il revenait, et rebelote. Tous m'apparaissaient pitoyables. Ils ne pouvaient justifier leur propre insignifiance, dont ils n'avaient pas conscience, que par le racisme le plus violent et le plus vil, d'une sous-humanité à faire vomir.

L'ethnie Banda, qui peuplait la Haute-Kotto, ne connaissait pas l'écriture avant l'arrivée des Blancs. Sa langue dispose en tout et pour tout de cinq cents mots, de sorte que pour dire «banc», par exemple, on utilise la périphrase «bois sur lequel on s'assied»; de même «table» se dit «bois sur lequel on mange». La culture banda était par conséquent très modeste. J'ai pourtant eu la chance de côtoyer des gens d'une perspicacité, d'un dévouement et d'une gentillesse remarquables. Il y avait des diamants partout, mais quasiment pas de brigandage ni de banditisme. En tant que médecin légiste – car cela faisait aussi partie de mes fonctions –, je n'ai eu à traiter que deux meurtres durant tout mon séjour africain.

Mais un jour, j'ai eu un grave accident de la circulation. Mon chauffeur y a laissé la vie, je suis moi-même tombé dans le coma. Les pistes étaient très cahoteuses et je me déplaçais en avion dès que possible. Mais cette fois-là, il me fallait me rendre à une mine de diamant par la route pour un accouchement, celui de la femme du directeur. Nous roulions trop vite sur la tôle ondulée et nous avons percuté un baobab. Ne me voyant pas arriver, le directeur de la mine a télégraphié à la brigade de gendarmerie de Bria, la préfecture de Haute-Kotto. Une patrouille a suivi nos traces et ils nous ont heureusement trouvés avant que les animaux ne nous dévorent. On m'a rapatrié à Bangui, et, de là, à Paris.

J.-F. K. – Le sort a voulu que je passe malgré tout un an et demi en Algérie, en tant que journaliste. J'ai alors été confronté aux pires violences, avec les ultimes combats, les attentats de l'OAS, la guerre civile entre Algériens. Tu ne peux pas imaginer ce que j'ai vécu comme horreurs à vingt-quatre ans. Un matin, à Alger, j'ai entendu une déflagration. Encore novice, je me suis précipité sur les docks, où un camion piégé venait d'exploser. Soixante-dix cadavres s'enchevêtraient, en morceaux... Une boucherie effrayante! Comme j'étais le premier Européen sur place, la foule m'est tombée dessus pour me lyncher. Un militant FLN m'a heureusement sauvé. Le double choc causé par ce que j'avais vu et la peur d'être découpé en rondelles m'a littéralement paralysé! J'ai mis vingt-quatre heures à m'en remettre tellement je tremblais. Je ne pouvais pas écrire d'article.

Quelque temps après, une explosion s'est produite à la Casbah. Il n'y a pas eu de mort, mais une maison avait été totalement détruite. Je me trouvais en compagnie d'un caméraman américain. Nous avons pu pénétrer dans l'habitation ravagée et, de là, passer à un appartement, lui aussi dévasté, pour filmer de la fenêtre. Tout était calciné, il y faisait plus noir qu'en pleine nuit. Au fond d'une pièce, on pouvait malgré tout distinguer un mannequin rouge. Nous avons commencé à installer notre matériel. Sentant quelque chose bouger dans mon dos, je me suis retourné pour voir avec effroi le mannequin s'avancer vers moi! C'était en fait un homme, dont la peau avait été totalement arrachée par l'explosion! Il était K.O. debout, et moi, pétrifié...

Ces épisodes ont fini par m'endurcir. On tuait comme on éternuait. Un jour où je me promenais en discutant avec un journaliste britannique rue Michelet, un Algérien nous précédait, marchant devant nous. Un activiste a surgi et lui a logé une balle de revolver dans la tempe : c'était banal. L'Algérien s'est écroulé, mort, devant nous. Nous l'avons enjambé en poursuivant notre conversation ! Je n'ai jamais compris pour quelle raison les Algériens continuaient à pénétrer dans les quartiers européens : ils y étaient systématiquement exécutés. C'est inouï à quel point l'horreur peut se banaliser en quatre mois.

La guerre terminée, j'ai couvert le conflit entre Algériens. Comme je revenais de la bataille d'Aumale, où j'avais failli me faire tuer, je suis tombé en arrêt, sur la route, devant un drap recouvrant une forme humaine. Une main très blanche et ornée d'une alliance en dépassait. Alors que j'étais devenu insensible à tout, à cette vue, j'ai été submergé par une émotion qui m'a terrassé. Depuis, j'éprouve de grandes difficultés à affronter les cadavres et la mort.

A. K. – Ça, c'est bien vrai ! On pourrait te croire blindé, pour avoir été confronté à toutes ces horreurs, mais tu as du mal à ne pas t'évanouir quand on te fait une piqûre ! Adolescent, je me souviens être allé au cinéma avec toi au cours d'une de tes permissions du sanatorium où tu étais hospitalisé. Le film mettait en scène des toxicomanes qui se piquaient : je t'ai littéralement vu te liquéfier avant de tomber dans les pommes...

Après mon accident de brousse, je me suis réveillé au Val-de-Grâce. Couvert de cicatrices, plusieurs ligaments de la main et des doigts rompus, mon premier choc se rapportait pourtant à ce que je voyais autour de moi : les gens me paraissaient incroyablement blancs! Quelque chose n'allait pas, l'univers s'était transformé... Je suis sorti de l'hôpital au printemps 1968. J'ai d'abord passé ma convalescence à Mussy pendant les événements d'avril, que je suivais à la radio. Je suis rentré à Paris la veille du 13 mai. Le 14, encore blessé et momifié par les pansements et les plâtres, après avoir écouté toute la nuit ce qui se passait, j'ai voulu me rendre compte par moi-même. Je me suis rendu rue Soufflot, où je suis tombé sur un groupe d'étudiants qui m'a vu dans le triste état où je me trouvais. Ils se sont instantanément convaincus que j'avais été blessé de haute lutte la veille et m'ont porté en triomphe! Je me suis bien gardé de leur avouer que je m'étais empalé sur un baobab à des milliers de kilomètres de là pour me laisser honorer comme un glorieux combattant, avec un honteux plaisir.

Lors de la grande manifestation de la CGT, où nous avons appris que le général de Gaulle avait fui pour une destination inconnue, un mouvement a parcouru la foule. Les participants se sont dit qu'il était possible que le pouvoir fût à prendre, c'est dans ces circonstances que Mitterrand s'est déclaré prêt à assumer les plus hautes fonctions. Mais le grand mouvement social qui s'est greffé sur le considérable phénomène culturel du gauchisme, c'est-à-dire la contestation globale mais superficielle de la société, n'était pas révolutionnaire. C'est pourquoi je ne considérais pas le grand soir comme proche, même au plus fort de la grève générale. Je n'espérais pas que ça se terminerait ainsi, mais l'issue de ces événements ne m'a pas surpris, d'autant moins que des gens de l'Aube, de Romilly-sur-Seine, m'avaient téléphoné pour m'informer de manœuvres de chars qui avaient duré toute la nuit précédente. Ces mouvements de troupes résultaient de la tournée des popotes du militaire que restait de Gaulle. Il avait fait encercler Paris, au cas où.

Mai 68 a constitué à mon avis pour papa un événement inaugural du cheminement qui l'a mené jusqu'à son suicide. Il voyait la marmite bouillir, il pensait que le renouveau était proche...

J.-F. K. – Il avait en effet renoué avec la gauche à l'occasion des événements de mai, dix ans après son ralliement à de Gaulle.

A. K. – «Gaulliste de gauche», comme on disait, il avait voté oui à tous les référendums. La confusion des événements et de la vie personnelle de papa ont trouvé un exutoire dans celui de 1969. Il est venu nous voir à l'annonce du résultat dans notre maison du boulevard Victor. Il avait voté non, mais il était triste. Il s'est assis sur mon lit. Se tournant vers moi, il m'a dit : «Peut-être fallait-il en arriver là.» C'était une rupture nette dans sa fidélité sans faille au général. Dès le début des manifestations, en avril, et alors qu'il venait une fois de plus de changer de compagne, il avait loué une chambre dans le Quartier latin afin de vivre au plus près ces événements d'où devait émerger le monde nouveau auquel il aspirait depuis son enfance ; il en était persuadé.

Les tarifs de son cours privé (le cours Godéchoux) étaient très élevés. Convaincu que ce type d'enseignement ne pouvait perdurer, qu'il ne pouvait décemment pas continuer à réhabiliter uniquement les garçons dont les parents pouvaient payer, il a proposé à tous ses professeurs une diminution très substantielle de leur salaire...

J.-F. K. – ... ainsi qu'un changement des méthodes d'enseignement! Paradoxalement, il s'est violemment heurté à cette occasion aux professeurs de gauche, ou plutôt d'extrême gauche.

A. K. – En particulier à Philippe Robrieux, que j'avais présenté à papa et qui était devenu professeur d'histoire au cours Godéchoux. Un front uni s'est formé pour rejeter papa avec une grande violence. Il a quitté ce cours, qu'il avait intégré en 1941, pour fonder avec un compagnon une école d'une grande générosité à Vincennes, mais sans aucun souci réaliste de sa rentabilité. Elle s'est rapidement transformée en marasme financier, puisqu'il entendait donner aux jeunes ce dont ils avaient besoin sans préjudice de leurs moyens. Encore eût-il fallu disposer de quelques biens pour offrir cela! Or papa n'avait pas de fortune et versait de surcroît de multiples pensions alimentaires. Il se trouvait donc dans une situation très difficile qu'accroissait son trouble politique.

J.-F. K. – À ce moment-là, je couvrais la guerre entre l'Algérie et le Maroc à Colomb-Béchar pour *Paris-Presse.* J'étais loin de me douter à l'époque que j'épouserais une fille du rabbin de cette ville. Un jour, mon journal a complètement modifié le contenu de l'un de mes articles. Ça n'était pas très important, mais je n'avais pas du tout apprécié : j'ai donc donné ma démission. Le hasard a voulu qu'au même instant l'envoyé spécial du *Monde* soit expulsé d'Alger. On m'a demandé de le remplacer, avec pour mission de traiter de l'Algérie, mais aussi de tous les mouvements de libération nationale qui y avaient leur siège. Alger, c'était à l'époque une place extraordinaire : c'est là que j'ai eu l'occasion de me trouver en présence de Chou En-lai et de Che Guevara. Leurs visages avaient déjà la forme de leurs destins. Leur histoire était gravée sur leur peau.

Un jour, j'ai demandé à Ben Barka, l'opposant marocain principal qui représentait aussi la Tricontinentale (les pays du tiers-monde), s'il pouvait organiser un déjeuner réunissant les dirigeants des mouvements de libération nationale. La douzaine de convives rassemblait Ben Barka, bien sûr, mais aussi les représentants de partis du Mozambique, de l'Angola, de la Guinée portugaise, de l'Iran, du Cameroun, de l'Espagne, du Portugal, etc. Eh bien, dans l'année et demie qui a suivi ce repas, ils ont tous trouvé la mort! Le Portugais, qui avait tenté de détourner un bateau, a été abattu par les services secrets, l'Espagnol assassiné, le Camerounais pendu, l'Iranien fusillé, le Mozambicain empoisonné comme l'Angolais... Une véritable hécatombe! Seul Ben Barka en avait réchappé.

À la fin de cette année-là, *L'Express* m'a embauché comme grand reporter. Au bout de quelques semaines, je suis tombé sur la dépêche : « Ben Barka enlevé ». Traumatisé à l'idée que le dernier des participants à ce fameux déjeuner était à son tour peut-être en danger de mort, je me suis donné comme mission de découvrir de quoi il retournait. Mon collègue Jacques Derogy et moi avons consacré toute notre énergie à cette affaire. Au terme de notre enquête, nous avons pu révéler que le Maroc était directement impliqué, que le ministre de la Défense et de la Police de Hassan II, Mohammed Oufkir, était venu à Paris, avait peut-être lui-même assassiné Ben Barka, que nos services secrets et la police française leur avaient prêté main forte... La révélation de ce scandale a permis le décollage de *L'Express* dans sa formule *News*, qui a doublé ses ventes. Mais, au fond, tout découlait de ce déjeuner... J'ai ensuite couvert la guerre du Vietnam, celle des Six Jours, des côtés syrien et palestinien, Septembre noir, l'intervention russe en Tchécoslovaquie, le coup d'État en Grèce, la guerre civile libanaise, la révolution culturelle en Chine... Sans cette expérience, y compris avec ses limites (car celui qui voit n'est pas nécessairement celui qui comprend), ma culture politique aurait été en panne d'un arrosage! La guerre du Vietnam dominait tout ; elle était la guerre d'Algérie de la nouvelle génération.

Nous sentions « monter » quelque chose avant 68 : le monde universitaire bouillonnait partout en Europe, comme en Allemagne, avec le mouvement Dutschke, du nom d'un leader étudiant mortellement blessé par un jeune d'extrême droite au cours d'une manifestation contre le shah d'Iran. C'était assez difficile de parler de cela à *L'Express* à l'époque car un changement de direction avait intronisé les très pompidoliens Claude Imbert et Georges Suffert. Le journal traversait une phase extrêmement conservatrice. Un jeune journaliste, Jean-François Bizot, futur créateur d'*Actuel*, et moi-même tentions de les ouvrir à ce qui se passait, mais ils y étaient assez insensibles. Le 1er mai, Tim, un homme formidable par ailleurs, a publié un dessin représentant les voitures des ouvriers partant en week-end à Deauville avec leurs pancartes! Pour eux, les troubles, les révolutions, les révoltes sociales, la lutte des classes, tout cela était mort. Leur vision de l'histoire et de la vie sociale était strictement calquée sur celle de Pompidou. Nous avons donc été totalement surpris par l'éruption de 68.

IV

Mai 68, sa postérité, ses illusions

Extraits des *Cahiers* d'Olivier Kahn [1].
Olivier Kahn, militant communiste, vit et analyse Mai 68 au jour le jour.

8 mai 1968

Une succession d'événements est en train de secouer le monde étudiant et universitaire avec une force qu'il n'était guère possible de prévoir. Au cœur d'une situation encore très confuse, il ne peut être question de nous offrir une analyse de fond de ces quelques journées, de leur profonde signification et de leurs conséquences, mais déjà un certain nombre de points de référence peut être donné.

Depuis maintenant trois ans, l'université française vit au rythme du plan Fouchet dont l'application engendre, surtout pendant cette période transitoire où plusieurs

---

1. Entre 1958 et 1970, Olivier Kahn, né en 1942, frère d'Axel et de Jean-François, a tenu un journal où il analysait l'actualité politique, et uniquement l'actualité politique.

régimes d'étude coexistent, un désarroi important dans les facultés.

C'est au sein des facultés de lettres que ce désarroi a pris le tour le plus vif, et cela pour des raisons objectives qu'il est aisé de percevoir. Les facultés ont connu une augmentation considérable de leurs effectifs alors même que les débouchés qu'elles offraient ne s'accroissaient pas dans les mêmes proportions. Ainsi, dans certains secteurs comme la sociologie ou la psychologie, nombre d'étudiants actuels ne voient aucune possibilité d'«utiliser» l'éventuel diplôme qu'ils auront obtenu, pour leur vie professionnelle. Qui plus est, les quelques débouchés qu'offrent ces disciplines correspondent, dans une certaine mesure, à des rouages d'une société de consommation que de nombreux étudiants récusent : ainsi la psychologie publicitaire ou la mise en condition pour des campagnes électorales ou encore la détermination des aptitudes au profit du patronat.

Tout cet état d'esprit, surtout fort en lettres, n'est pas absent dans quelques domaines scientifiques : ainsi l'accroissement le plus important au niveau du premier cycle de la faculté des sciences s'est fait sentir dans les sciences de la nature. Un diplômé en sciences naturelles n'a pas tellement de débouchés au niveau de la production et voit donc le choix de carrières offertes, limité.

Dans ce contexte, il aurait été possible de penser que l'Union nationale des étudiants de France acquerrait une audience accrue ; tout au contraire elle a vu ses effectifs fondre alors même que le nombre d'étudiants croissait, et elle est tombée dans le piège du «syndicalisme minoritaire» de contestation radicale dans laquelle la masse étudiante jusqu'alors ne se reconnaissait pas.

Une des causes et des conséquences de la perte d'influence de l'UNEF fut le développement de petits groupes politiques gauchistes, de chapelles révolutionnaires se réclamant du «guévarisme», de Mao Tsé Toung, du trotskisme ou de l'anarchisme, voire même du philosophe américain Marcuse. C'est à la faculté des lettres de Nanterre que ces groupes ont connu le plus d'influence. Aux conditions propres aux facultés des lettres que nous avons déjà vues, s'ajoutait pour la faculté de Nanterre, nouvellement créée, l'isolement complet du milieu social. En regard du développement indéniable, quoiqu'il soit juste pour l'heure de n'en pas surestimer l'ampleur, de l'idéologie gauchiste dans le monde étudiant, l'Union des étudiants communistes depuis les crises qui l'agitèrent jusqu'en 1965, n'a pu accroître de façon sensible son autorité, d'autant que sa lutte contre le gauchisme ne fut pas exempte d'erreurs d'analyse qui tendirent à l'isoler.

C'est dans ce contexte trop succinctement décrit que survient la fermeture de la faculté de Nanterre où, d'après les autorités universitaires, l'incessante agitation gauchiste qui revêtait parfois la forme du terrorisme verbal pendant les cours, empêchait que l'enseignement soit dispensé dans de bonnes conditions. À la lumière d'un recul de dix jours, il semble bien que ce type de terrorisme ait été exagéré et qu'il ne dépassait pas les secteurs de la sociologie et de la psychologie. Toujours est-il que vendredi dernier dans l'après-midi, alors que les étudiants de Nanterre tenaient un meeting dans la cour de la Sorbonne, le recteur Roche prit la grave responsabilité de faire entrer la police, laissant aux forces de répression la possibilité d'arrêter l'ensemble des étudiants présents. Cette lourde erreur d'un haut responsable universitaire et la provocation policière engendra immédiatement au Quartier Latin des manifestations spontanées très durement contrées par les forces de police. Les heurts se prolongèrent dans la nuit et dans ceux-ci quelque trois mille étudiants furent engagés qui à plusieurs reprises tinrent tête aux charges de police.

Mais cela ne fut rien à côté de ce qui devait se dérouler trois jours plus tard. L'UNEF avait appelé à un meeting au Quartier Latin. Celui-ci était bouclé par des forces de répression considérables dont le déploiement était en lui-même une lourde provocation. Des manifestations débutant à neuf heures du matin se déroulèrent en de nombreux points de Paris avant de rejoindre à quinze heures le Quartier Latin où des heurts opposant quatre mille étudiants aux forces policières furent d'une violence extrême. Trois heures plus tard, c'était quelque dix à douze mille étudiants qui manifestaient calmement jusqu'à ce que, rejoignant le boulevard Saint-Germain, ils se heurtent avec une violence encore jamais atteinte aux forces dites de l'ordre et dont le déploiement, puis la brutalité avaient une part essentielle dans les désordres. Trouvant leur propre substance dans la répression policière, des groupes irresponsables, pas toujours issus des milieux gauchistes, prolongèrent le combat jusque tard dans la nuit en harcelant les CRS dans tout le périmètre du Quartier Latin.

Le lendemain, à l'appel de l'UNEF, sur les trois mots d'ordre de : réouverture de la Sorbonne, libération de tous les étudiants arrêtés et départ de la police du Quartier Latin, de quinze à vingt mille étudiants auxquels s'étaient joints quelques centaines d'enseignants manifestèrent six heures durant, parcourant plus de vingt kilomètres à travers Paris, réussissant à éviter tout heurt sérieux avec la police, heurts qui se produisirent cependant après la dislocation.

Nouvelle manifestation le jour suivant au Quartier Latin alors que le ministre de l'Éducation nationale annonçait que la réouverture des facultés aurait lieu dans les vingt-quatre heures.

Comment peut-on expliquer que l'UNEF, au creux même de sa vague, ait pu entraîner à Paris comme en Province plus d'étudiants qu'il n'y en eut jamais dans des manifestations depuis sans doute la création de l'université ? Qui, le lundi matin même, aurait avancé que vingt mille étudiants et lycéens défileraient à travers Paris ? Nous avouons largement que l'ampleur des réactions dans le monde universitaire nous a surpris. Il est évident que, dans une large mesure, le mouvement était spontané, profond, soudain. Les incidents de Nanterre et les provocations policières ont servi de révélateur d'une angoisse dans de larges milieux de la jeunesse, angoisse que nous proposons d'étudier mais lorsque l'événement nous laissera quelque répit.

Parce que aucun problème n'est encore résolu. Pour l'heure, le mouvement n'a aucune perspective ; outre les « trois points » de revendications immédiates, l'UNEF n'avance pas une seule idée précise permettant d'engager sur quelques bases que ce soit le nécessaire dialogue enseignants – étudiants – gouvernement. Une lutte d'influence serrée se joue entre les différents groupements gauchistes, lutte dans laquelle les étudiants communistes ne tiennent pour l'heure qu'un rôle mineur. Nous consacrerons d'ailleurs une courte étude à l'attitude du Parti communiste en face de cette explosion étudiante.

15 mai 1968

Il nous faut reprendre au vendredi 10 mai, date à laquelle nous avions laissé le mouvement étudiant.

Une nouvelle manifestation était prévue ce jour à laquelle, à partir de dix-huit heures trente, quelque trente mille étudiants, enseignants et – élément nouveau – un très grand nombre de jeunes lycéens participèrent. Deux heures plus tard, l'ensemble des manifestants est groupé près de la gare du Luxembourg et autour du périmètre universitaire de la rue Pierre-Curie. Des pourparlers utilisant le canal d'un poste de radio périphérique ont lieu entre le recteur de l'université et les dirigeants des manifestants : Sauvageot pour l'UNEF et Geismar pour le SNES-Sup, qui n'aboutissent pas à la promesse de la libération de tous les étudiants arrêtés lors des précédentes démonstrations, exigence première des manifestants.

À partir de vingt et une heures, des barricades sont dressées par les étudiants ; elles sont bientôt au nombre d'une soixantaine. Pour ce faire, les manifestants ont dépavé la chaussée et utilisé des matériaux pris sur des chantiers en construction ainsi que des voitures.

C'est à deux heures du matin que, sur ordre du gouvernement, la police entre en action. Évitant le plus possible le corps à corps, elle reprend une par une les barricades, grâce essentiellement à des jets massifs de grenades à gaz lacrymogène et suffocants. L'explosion de ces grenades provoque l'incendie des voitures. Pendant trois heures, le combat acharné oppose les manifestants, reculant dans les petites rues de la montagne Sainte-Geneviève et les forces policières. Ce n'est qu'au lever du jour que toute résistance cesse de la part des manifestants. Les policiers procèdent alors à un sauvage ratissage, allant rechercher dans les immeubles, chez des particuliers même, des étudiants qui y avaient trouvé refuge.

La France, dont une partie avait suivi toute la nuit les événements grâce à la radio, s'est réveillée, traumatisée. La police sur le terrain avait gagné. Les étudiants venaient, en cette nuit, de remporter une victoire aux conséquences encore incalculables.

Georges Pompidou avait passé cette semaine dans les fastes orientaux d'une visite officielle en Iran et en Afghanistan. Rentré à Paris dans l'après-midi du samedi 11 mai, il prend très rapidement la décision d'accorder au mouvement étudiant satisfaction sur les trois points d'exigence préalable, points qui étaient, rappelons-le : réouverture des facultés, départ des forces policières du Quartier Latin et libération de tous les manifestants arrêtés.

Cependant, cette nouvelle attitude du gouvernement, en totale opposition avec les comportements antérieurs des ministres de l'Intérieur et de l'Éducation nationale, n'engendre pas un retrait des mots d'ordre de grève générale et des manifestations lancés par l'ensemble des organisations syndicales.

Le lundi 13 mai, jour symbole s'il en est puisqu'il correspond au dixième anniversaire du putsch d'Alger qui a donné le coup de grâce à la IVe République, une partie des travailleurs est en grève et, surtout, dans d'énormes manifestations, le pouvoir est brocardé. À Paris, ce sont quelque cinq cent ou six cent mille manifestants, étudiants, ouvriers, enseignants qui, six heures durant, de la République à la place Denfert-Rochereau, défilent sur le thème essentiel de «Bon anniversaire, mon général» et «Dix ans ça suffit».

Cette manifestation, dont l'ampleur dépassait peut-être celle à laquelle des obsèques des victimes de la police à Charonne avaient donné lieu, était un spectacle vivant de la force du mouvement ouvrier et révolutionnaire en France, mais aussi de ses contradictions, en particulier entre organisations ouvrières et étudiantes ; certains militants du mouvement étudiant voulaient profiter de la présence de centaines de milliers de travailleurs pour leur démontrer que les organisations syndicales et politiques qui ont la confiance de la classe ouvrière, en particulier la CGT et le Parti communiste, étaient sclérosées et devaient être dépassées.

19 mai 1968

Jamais, depuis bien longtemps, les événements ne seront allés aussi vite. Qui, de cette France qui s'ennuyait voilà trois semaines, aurait pu prévoir que jaillirait cette France plongée dans un climat prérévolutionnaire ? Nous avons conscience de peser notre mot. Incapable de prévoir la voie que prendra la vie profonde de notre pays, nous pouvons affirmer qu'en certains domaines, les choses sont arrivées à un point de non retour. Ainsi dans les universités toutes occupées par les étudiants et les enseignants, les discussions confuses, longues, ne débouchent encore sur rien de précis, mais l'université française ne sera plus jamais ce qu'elle fut. Le choc fut trop profond, il a atteint les secteurs les plus conservateurs de l'enseignement supérieur. Sans doute le risque d'enlisement du mouvement étudiant est grand d'autant que les discussions en cours achoppent sur le problème d'un boycott éventuel des examens, sans doute notre confiance en certains dirigeants est limitée, surtout en ceux qui, au plus sincère d'eux-mêmes, admettent que l'université n'est qu'un tremplin qu'ils utilisent pour porter à cette société les coups ultimes.

Nous reviendrons, bien sûr, au mouvement étudiant mais celui-ci peut trouver une dimension autre depuis que la classe ouvrière est intervenue, et ce à un haut niveau de luttes sociales et économiques. Mardi, une usine de Sud Aviation de Nantes est occupée par les travailleurs ; vingt-quatre heures après l'ensemble des usines de la Régie Renault prend le relais. Cent mille travailleurs en grève vendredi soir, la plupart occupant les lieux de travail, trois cent mille samedi matin, deux millions samedi soir, combien demain ?

Personne ne s'y trompe, la grève sera à peu près générale dès demain; la plupart des usines seront occupées. Jamais, depuis 1936, un mouvement n'avait jailli avec une telle force. Sans doute l'exemple étudiant qui a révélé que le pouvoir pouvait reculer, a créé l'étincelle. Ainsi, le mouvement vient essentiellement de la base, souvent il a, au moins au début, dépassé les responsables syndicaux. Mais l'explosion trouve sa source dans une profonde insatisfaction, dans une aspiration à plus de dignité. Depuis longtemps des accords avec le patronat ou le gouvernement n'ont été signés au niveau de l'ensemble du monde du travail. La classe ouvrière et ses organisations syndicales ne sont pas consultées lorsqu'à l'échelon gouvernemental des décisions sont prises concernant les problèmes sociaux et économiques.

Ce soir, c'est l'attente. De quoi demain sera-t-il fait? Comment le gouvernement, puis la bourgeoisie réagiront-ils?

28 mai 1968

Deux millions de grévistes, écrivions-nous le 19 mai 1968; il y en avait six millions le lendemain, neuf millions deux jours après. Jamais un mouvement social n'avait revêtu cette ampleur, même voici trente-deux ans, à la victoire du Front populaire. Tous les secteurs de l'économie sont paralysés : les principales usines sont occupées, les transports arrêtés depuis maintenant dix jours, les sources d'énergie ne sont distribuées que parce que les grévistes le veulent bien, puisqu'ils occupent eux aussi les centres de distribution. Et puis, dans le monde du travail, cette grève totale se déroule dans un calme parfait; l'outil de travail est partout préservé, toute provocation a été jusqu'alors évitée.

Samedi 25 mai, une conversation au sommet a commencé avec les syndicats ouvriers et d'enseignants, le gouvernement et le patronat. Après quelque trente heures de discussions à peu près ininterrompues, un protocole a été adopté dont il est nécessaire de donner rapidement le contenu : augmentation de trente-cinq pour cent du SMIG et de dix pour cent des salaires en deux temps (sept pour cent en juin, trois pour cent en octobre), amélioration de la défense de l'activité syndicale dans l'entreprise et quelques promesses à plus long terme sur la durée du temps de travail, l'abaissement de l'âge de la retraite, etc.

Soumis dès son adoption aux travailleurs dans les différentes entreprises, ce protocole a presque partout été rejeté. Aussi la grève continue-t-elle aussi forte aujourd'hui malgré déjà dix jours de lutte.

Le rejet du protocole par les travailleurs précise le degré de combativité du monde du travail dans son ensemble et indique que c'est la base qui pousse les confédérations syndicales à durcir leur attitude. Ainsi, la CGT, qui organise demain un défilé central à Paris, exige l'abrogation des ordonnances et, pour la première fois, semble se rapprocher du mouvement étudiant en appuyant le mot d'ordre de « gouvernement populaire ».

Parallèlement, le mouvement étudiant a en effet trouvé une nouvelle énergie et, par son existence même, pose de difficiles problèmes aux partis de gauche traditionnelle et aux centrales syndicales.

Après la grande manifestation du 13 mai, le mouvement étudiant semblait concentrer ses efforts sur la remise en cause fondamentale de l'université et, à travers la France, un extraordinaire spectacle était offert dans tous les locaux universitaires. La masse des étudiants faisait s'effondrer toutes les vieilles structures napoléoniennes et à travers de multiples débats confus, mais spontanés, elle cherchait à définir les bases de l'université de demain. Et puis, toutes les facultés, mais surtout la Sorbonne, devinrent des forums où il était possible d'exprimer n'importe quelle opinion pour peu qu'elle fût de gauche. Tous les sujets y étaient débattus mais actuellement ces forums sont les centres privilégiés de toutes les idéologies gauchistes.

Car le mouvement étudiant qui, quoi qu'il advienne demain, gardera l'honneur historique d'avoir créé cette étincelle à partir de laquelle la lutte s'est engagée dans le pays, ne se rattache à aucune des formes de pensée de la gauche traditionnelle. En cela, il pose des problèmes très délicats aux partis de gauche quant à l'attitude que ceux-ci doivent adopter à son égard. Parce que son rôle historique est reconnu par ceux-là même qui cherchent aujourd'hui à se situer plus à gauche, le Parti communiste est tout particulièrement confronté à des difficultés de compréhension avec le mouvement étudiant.

Le fossé entre l'action de l'UNEF, d'une part, et l'attitude de la CGT et du Parti communiste, d'autre part, s'est élargi lorsque les étudiants revinrent aux manifestation de rue à l'occasion de l'interdiction de séjour de Cohn-Bendit, responsable des «enragés de Nanterre», dont les positions anarchistes avaient été violemment et souvent maladroitement critiquées par le journal *L'Humanité*. Cohn-Bendit, d'origine allemande, s'est donc vu interdire son retour en France après un voyage Outre-Rhin.

Deux très violentes manifestations, tournant à l'émeute sous l'instigation d'éléments provocateurs mêlés à la masse des étudiants, se sont déroulées les nuits des 24 et 25 mai. En particulier, ce dernier jour, des groupes d'aventuriers et des éléments du lumpenprolétariat, peut-être même des provocateurs d'un autre horizon politique, réussirent à entraîner une partie des trente mille manifestants ayant répondu à l'appel de l'UNEF dans un combat sans perspective contre les forces de police. Huit heures durant, ils construisirent barricades sur barricades, allumèrent dans un vaste périmètre des feux avec les détritus se trouvant sur les trottoirs du fait de la grève. Seule une répression sévère de la part des policiers permit la dislocation, non sans qu'auparavant, certains manifestants aient cherché à incendier la Bourse. Une nouvelle fois, de nombreux blessés, souvent du fait de l'emploi massif par les policiers de grenade à gaz, furent dénombrés. En province, de telles manifestations, aussi violentes et sans plus de perspectives, se déroulèrent également et, outre des blessés de part et d'autre, le bilan comprend un policier tué par un camion lancé par les manifestants à Lyon.

Le Parti communiste critiqua donc cet emploi de la violence, la nature des mots d'ordre aventuristes avancés par l'UNEF et, surtout, la tendance dans le mouvement étudiant à s'ériger en donneur de leçon à la classe ouvrière. En effet, certains à la Sorbonne semblaient se croire habilités à définir la stratégie et la tactique que devaient suivre les centrales syndicales. Mais, parallèlement, le PC et la CGT étaient l'objet de vives critiques dans certains milieux intellectuels. Nous laisserons de côté les attaques de ceux qui dans toutes les circonstances difficiles firent assaut de surenchères sur les positions du Parti communiste ; mais plus profonde et plus intéressante est l'attitude de nombreux universitaires qui affirment en substance que, s'ils sont en grève, ce n'est pas essentiellement pour obtenir quelques avantages matériels, mais pour lutter contre un type de société dans lequel ils ne voient aucune possibilité d'épanouissement humain. La formule aujourd'hui très employée qui résume cette position est « non à la société du conditionnement et de la consommation ». Ainsi reprochent-ils à la CGT de ne mettre en avant que des revendications matérielles aux dépends de profondes réformes de structure.

30 mai 1968

Le fossé entre le mouvement ouvrier et celui qui entraîne les masses universitaires et étudiantes n'est pas encore comblé mais aujourd'hui tout se pose en d'autres termes.

À l'aube de cette journée, avant même que nous sachions de quoi elle sera faite, il est possible d'avancer qu'elle trouvera place dans les futurs livres d'histoire.

Un rapide retour en arrière est pourtant nécessaire. Vendredi 24 mai, le général de Gaulle, dans une allocution radiotélévisée, a, pour dénouer la crise, proposé un référendum, agitant bien sûr une nouvelle fois le spectre de son retrait à Colombey-les-Deux-Églises en cas de victoire du non.

Déjà certains s'interrogeaient sur la possibilité matérielle d'organiser un référendum à la date prévue du 16 juin. Cependant, la gauche définissait déjà son attitude, appelant à voter non au référendum-plébiscite. Mais, aujourd'hui, il apparaît bien improbable qu'une telle consultation électorale puisse être organisée. On assiste à une rapide déliquescence qui doit aujourd'hui connaître un nouveau stade.

En effet, le général de Gaulle a repoussé de vingt-quatre heures le Conseil des ministres prévu pour hier et s'est, pendant ce temps, retiré dans sa propriété de Colombey-les-Deux-Églises, lieu où il prend d'ordinaire les grandes décisions. Ce soir, nous saurons comment le pouvoir compte procéder au sein de ces événements dans lesquels il s'englue.

À gauche, la possibilité d'accéder au pouvoir fait multiplier les contacts entre organisations et entre personnalités. D'aucuns appellent de leurs vœux la formation d'un gouvernement provisoire dirigé par Pierre Mendès France. La CGT et le Parti communiste ont fait étalage de leur force en organisant la manifestation qui de la place de la Bastille à la gare Saint-Lazare a groupé quelque trois cent mille personnes.

Mais...

31 mai 1968

Mais la bourgeoisie a réagi avec force.

Elle vient peut-être de rappeler à la réalité beaucoup de ceux qui déjà voyaient la «Révolution triomphante». La bourgeoisie a joué ses cartes au cours d'une journée pendant laquelle elle a fort bien orchestré sa contre-attaque.

De Gaulle, dans une allocution à la radio au début de l'après-midi, a affirmé qu'il se maintenait à son poste et gardait Pompidou comme Premier ministre, chargeant celui-ci de former un nouveau ministère. Il dissolvait le jour même l'Assemblée nationale. Et, surtout, alors qu'aucun mot ne concernait les revendications des travailleurs en grève, il attaquait avec une rare violence les communistes qui, à l'en croire, fomentaient une subversion, empêchaient les étudiants d'étudier, les enseignants d'enseigner et les travailleurs de travailler. Il a appelé de plus à la formation de comités civiques et menace «dans le cas où le calme ne pourrait être rétabli» d'utiliser des mesures d'exception.

En fin d'après-midi, le pouvoir a réussi une énorme mobilisation de ses partisans. Cinq cent mille personnes peut-être défilèrent sur les Champs-Élysées, bourgeois huppés ou petits bourgeois, hommes de main venus de tous les coins de France ; le parti de la peur qui exceptionnellement est descendu dans la rue. C'était une masse disparate dont l'anticommunisme, plus que la passion pour l'actuel chef de l'État, était le commun dénominateur. En province également, les gaullistes ont fait défiler leurs partisans et ils cherchent à mettre sur pied dans le plus d'endroits possible des « comités d'action civique » dont la tâche principale serait de s'opposer aux organisations existantes du Parti communiste.

A. K. – Tout avait commencé à Nanterre...

J.-F. K. – Oui, mais je n'avais absolument pas prévu que ça prendrait une telle ampleur. Avec Jacques Derogy, nous avons couvert toutes les manifestations étudiantes. Nous avons présenté un certain Cohn-Bendit (qui voulait être payé) à Françoise Giroud et lui avons fait lire Marcuse. Dans ses *Mémoires*, elle a écrit qu'elle avait tout compris parce qu'elle l'avait lu depuis longtemps. Rue Gay-Lussac, j'ai été blessé au pied par une grenade offensive et il y avait tellement de clients aux urgences que j'ai été recousu sans anesthésie. La direction de *L'Express* vouait ces juvéniles saturnales aux gémonies. Il fallait pourtant se faire l'écho de l'incroyable événement. En sortant de l'hôpital, j'ai téléphoné au journal pour rendre compte de la nuit démente, mais tout était fermé ! La rédaction en chef, toujours aussi en phase avec l'époque, considérait ce « délire collectif » comme un soufflé qui allait retomber :

d'ailleurs, Pompidou était revenu, alors! Servan-Schreiber exaltait le mouvement mais ne contrôlait pas directement le contenu du journal. Il prédisait la chute imminente de de Gaulle, qu'il identifiait à un tyran de république bananière. On m'a alors demandé de prendre la route de Prague pour rendre compte du Printemps.

Je me trouvais donc en Tchécoslovaquie pour toute la durée de la deuxième phase de Mai. C'était là encore complètement schizophrène! Les Pragois ne supportaient pas que leur révolte contre le communisme coïncide avec une révolution parisienne menée au nom du socialisme, de Marx et de Trotski! Cela leur semblait totalement aberrant, ils nous trouvaient fous. De mon côté, j'étais constamment pendu au fil des dépêches pour connaître la situation en France. Au bout de quelque temps, j'ai enfin obtenu l'autorisation de rentrer. Comme les trains français ne circulaient plus, je suis passé par la Belgique pour prendre un car. Peu après la frontière, nous avons longé un zoo où une girafe portait un drapeau rouge autour du cou! Je me suis dit qu'il se passait réellement quelque chose!

J'étais à la fois passionné par le mouvement et ses conséquences et consterné par la démagogie inouïe qu'il véhiculait, en particulier au sein de la caste intellectuelle dominante. Certains membres du club Jean Moulin (composé d'anciens du PSU qui allaient soutenir la candidature Defferre), par exemple, partisans du réformisme le plus plat encore un an auparavant, avec lesquels nous croisions le fer parce qu'ils estimaient que la Suède allait trop loin, ont basculé du jour au lendemain dans un gauchisme effréné et irresponsable. C'était à qui se prostituerait intellectuellement le plus pour courir après la jeunesse et se bâtir une popularité à peu de frais.

Le naufrage a malheureusement concerné des gens que j'admirais beaucoup, des représentants de la rationalité philosophique qui se sont couchés face à un mouvement qui les contestait mais les fascinait en cela qu'il subvertissait tout leur mode de pensée. Ces gens-là, quadras ou quinquagénaires, ont écrit des folies! Certains d'entre eux sont ensuite revenus à leur mollesse initiale, mais d'autres ont poursuivi dans ce qui leur était apparu comme la nouvelle phase de la modernité, puis se sont ralliés au néo-libéralisme.

A. K. – En tout cas, je ne pense pas que le Parti communiste ait manqué une occasion. Je trouvais son analyse et sa défiance envers le gauchisme, inspirées de celles de Lénine, très justes.

J.-F. K. – Il les a cependant mal exprimées, à cause de ses dirigeants médiocres.

A. K. – Le point le plus négatif de cette idéologie concerne à mon avis la remise en cause de l'importance, voire de la nécessité de la transmission du savoir. Le rapport de maître à élève, avec l'humanisme qu'il implique, a été ramené au schéma dominant-dominé, alors que c'est au contraire le passage d'un témoin de vie, de culture et de savoir, entre deux êtres égaux qui se réalisent l'un l'autre à travers cette relation. Il n'en existe pas, si ce n'est entre des parents et leurs enfants, qui illustre de façon plus lumineuse cette solidarité transgénérationnelle. Elle a pourtant été dénoncée comme une forme particulière de domination. Dans tous les domaines, c'est là une remise en cause dont nous n'avons pas cessé de payer le prix.

J.-F. K. – Je suis tout à fait de ton avis. À l'époque, on entendait des réflexions comme : «Et pourquoi l'élève n'établirait-il pas son propre programme, auquel devrait se soumettre l'enseignant?», ou même : «Pour quelle raison l'élève n'enseignerait-il pas au professeur?» L'idée était en fait que la source de l'aliénation résidait dans le rapport hiérarchisé au savoir, et donc au maître qui le transmet. C'était un contresens total, comme supprimer le volant et le moteur d'une voiture sous prétexte de remettre les roues à égalité.

L'autre thématique aberrante fut celle de culture bourgeoise. Ça ne veut strictement rien dire. Un ouvrier qui fait des études et obtient l'agrégation deviendrait un porte-parole de la culture bourgeoise? Et Jaurès, alors? Et Zola, et Victor Hugo? Des parangons de la culture bourgeoise? En développant le sentiment ahurissant selon lequel transmettre, c'est louche en soi, parce que ce sont ceux qui nous précèdent chronologiquement qui s'en chargent, ce concept a provoqué le divorce de toute une génération d'avec la culture qui tissait le lien générationnel. Ceci accentué par le culte de la modernité, qui fait que parce que c'est vieux, c'est suspect. La critique de la transmission du savoir, le concept de culture bourgeoise, et cette espèce de jeunisme impérialiste ont produit l'inculture d'une partie de la jeunesse actuelle. Les élèves savent aujourd'hui des choses que je ne connaissais pas à leur âge en sciences ou en informatique, mais ce qui, dans la culture, fédère un peuple au sein d'une nation, dote ses composantes d'un tronc commun, comme on disait, quelles que soient les études que l'on poursuit ou la profession que l'on exerce, n'est plus intégré. Ce fonds intégrateur de références littéraires, de valeurs, qui rendaient possible le rassemblement de citoyens héritiers d'une même histoire, a en partie disparu.

A. K. – Les conséquences de ce phénomène se retrouvent jusque dans une œuvre pourtant aussi riche et novatrice que celle de Bourdieu. Le dominant déploie effectivement un très grand éventail de stratégies pour maintenir et accroître sa domination. Mais il ne faut pas pour autant évacuer un autre état de fait : la différence objective des situations, que ce soit en âge (le jeune par rapport au vieux) ou en devoir (le maître par rapport à l'élève). Les deux réalités coexistent et ne se recouvrent pas totalement. La réduction sans nuances de l'asymétrie de ces états à des formes particulières de la relation du dominant au dominé procède d'un schématisme qui a entraîné *in fine* un appauvrissement de l'esprit.

C'est fort grave, car, quel que soit le cours que l'on veut donner aux choses, nous avons besoin de nous référer à la succession des idées et des générations de penseurs pour élaborer un projet, définir un objectif et mettre en œuvre les moyens nécessaires pour y parvenir. Or notre société se caractérise assez largement par des réactions épidermiques et des réflexes situationnistes ; elle trahit au fond une grande impuissance intellectuelle, conséquence du déracinement intellectuel que nous évoquons.

J.-F. K. – C'est juste. Souvenons-nous des slogans comme «Du passé faisons table rase» ou «Cours camarade, le passé est derrière toi», etc. Cette solution de continuité, cette rupture des constitués d'avec leurs constituants s'est traduite, un temps, dans l'enseignement, par l'abandon trop systématique de la chronologie en histoire, et l'application d'un structuralisme – par ailleurs l'une des démarches philosophiques récentes les plus conséquentes...

A. K. – Oui, appréhender la société ou une production culturelle comme structure s'est révélé méthodologiquement très bénéfique.

J.-F. K. – ... mais aussi parfois primaire, sectaire et dogmatique. L'application mécanique du structuralisme à l'étude des textes en a évacué la chair, la passion, la vibration et la senteur au profit de séquences mortes, dépourvues de lien. Cela rejoint ce que je disais. Ceux qui ont reçu ce type d'enseignement ignorent, dans un musée, de quoi les peintres leur parlent. Ils voient des tableaux comme *La Bataille de Lépante*, *Saint Jérôme*, *Aphrodite sortant des eaux*, mais ne savent pas à quoi ils renvoient. Pendant des générations, ça parlait à tout le monde. Tout le monde, élite et peuple, se régalait en allant voir *La Belle Hélène* d'Offenbach. La forme changeait, se modernisait, mais la culture qu'on pourrait appeler universelle faisait que, au-delà des déchirures sociales, on se comprenait. De même en musique : on ne sait plus de quoi une œuvre lyrique parle.

Le plus négatif, c'est qu'en cela le pire de Mai 68 a rejoint le pire du libéralisme. Comme il fallait rechercher la rentabilité immédiate à tout prix, les humanités sont devenues inutiles. Apprendre l'Antiquité ou la Renaissance n'est en effet pas lucratif, et les deux courants se sont conjugués pour éradiquer cet apport sans s'apercevoir que le problème n'était pas simplement le savoir – car, évidemment, on peut faire sa vie sans savoir qui est Aphrodite ni ce qu'est la bataille de Lépante ou ce qu'a écrit saint Thomas d'Aquin –, mais la possibilité de transcender les classes en dissertant d'autre chose que de ce qui se rapporte à son métier ou à la lutte pour la réussite. On massacre l'idée même de devenir en escamotant tout ce qui l'arrose et l'ensemence. C'est en ce sens que Mai 68 a fait le jeu de la déculturation voulue par l'ultracapitalisme.

A. K. – L'incohérence institutionnalisée, ramenée au simplisme d'un mot d'ordre qui n'a pas plus d'antécédent que d'avenir réaliste, a abouti à ce que les gens les plus engagés, mais dépourvus de fil directeur sérieux, se sont très massivement rabattus sur le contraire de ce que défendait Mai 68. Les structures intellectuelles du mouvement étaient à ce point fragiles que pratiquement personne n'y est resté fidèle, contrairement aux religions, y compris même au communisme.

J.-F. K. – 68 a tout de même changé beaucoup de choses pour moi, mais pas au sens où on l'entend d'ordinaire. J'ai failli écrire, trois ou quatre mois après les événements, un petit livre qui se serait appelé *Pour l'Ordre*, c'est te dire! Le culte du désordre, non pas comme passage d'un état à un état supérieur, mais comme état en lui-même, état de substitution, a également nourri l'émergence de l'ultralibéralisme.

Aujourd'hui on recrée, on reconstruit *a posteriori* l'insurrection pour lui donner une unité, alors que le mouvement était en vérité très divers, voire très contradictoire. Cohn-Bendit représentait assez bien la composante libertaire qui a submergé la petite bourgeoisie et ses médias, mais il y avait aussi les situationnistes, un marxisme-léninisme néodogmatique dans toutes ses acceptions (trotskiste, maoïste, etc.), un mouvement ouvrier de masse, une révolte purement générationnelle...

Le mouvement, on l'oublie trop souvent, a essuyé un retour de bâton cruel avec la victoire écrasante de la droite aux législatives. Certains ont alors opéré un repli sectaire, à l'image de la LCR, qui s'est militarisée au point de manifester armée et équipée de boucliers, ou de la gauche prolétarienne, parvenue à la limite du terrorisme. Ensuite, virage sur l'aile. Beaucoup de trotskistes sont devenus platement sociaux-démocrates, et les maoïstes, les idéologues du Medef. C'est un peu absurde, sans doute, que Daniel Bensaïd, un vrai philosophe, ou Jeannette Pieckni restent à la Ligue, mais tous les autres étant devenus députés ou sénateurs en retournant leur veste, je trouve cela héroïque et émouvant!

A. K. – Au fond, que portait Mai 68? Avant tout le désir de se projeter dans un avenir fait d'amour, de justice et d'accroissement de l'autonomie individuelle. Il faut reconnaître que ces nobles idéaux se sont douloureusement heurtés au réel!

J'avais été envoyé par le bureau national de l'UEC, dont je faisais partie, un peu comme commissaire du peuple, porter la bonne parole dans un cercle de l'UEC de la Sorbonne dirigé par les maoïstes. À l'époque, encore persuadé de la justesse de mes arguments, je me suis lancé dans une dissertation enflammée montrant l'impossibilité que la démocratie, et encore moins le cheminement vers le communisme radieux, triomphent en Chine. Ma harangue terminée, la secrétaire du cercle, une superbe brune qui me tournait littéralement les sangs, m'a regardé, stoïque : «T'as fini?» «Oui.» «Va donc, pédé!» Au cours de ma longue carrière de militant, aucune critique politique ne m'a davantage déstabilisé que celle-là, tu peux me croire! Je me suis trouvé complètement stupide face à l'assistance, après m'être démené comme jamais pour la convaincre. La rationalité a par moment beaucoup de difficultés à l'emporter sur le slogan émotionnel...

J.-F. K. – Ton histoire me fait penser à un débat tenu dans un lycée, sur la Chine justement, auquel j'avais été invité à participer peu de temps après les événements. Je m'étais fait certifier que le pluralisme serait respecté, on me l'a assuré. En fait, il y avait là un spontanéiste, un maoïste, un trotskiste et un communiste! Et le mieux, c'est que les organisateurs étaient sincères, car sur l'échiquier politique, la social-démocratie marquait pour eux le début du fascisme! Tu imagines bien que le pauvre communiste n'a jamais pu s'exprimer : dès qu'il ouvrait la bouche, il se faisait insulter. Cette intolérance mâtinée de bonne conscience figure également en bonne place parmi les héritages de 68.

A. K. – Les conséquences de l'aveuglement gauchiste se sont révélées dramatiques à tous points de vue, entre le terrorisme qui a sévi en France, en Allemagne ou en Italie, et la fuite en avant guévariste. On a beau vivre en décalage avec la réalité, elle finit toujours par nous rattraper. Évoluer dans l'onirisme le plus complet fausse nécessairement l'appréciation de l'objectif à atteindre. À défier un adversaire incommensurable, à idéaliser le peuple ou la classe ouvrière, incapables, en aucune manière, de s'identifier à ce type de mouvements, on fait le jeu des forces dominantes. Cela s'est vérifié partout où a explosé cette admirable intelligence libertaire.

J.-F. K. – Et il ne faut pas en oublier les dérives totalitaristes, contradiction grotesque.

A. K. – Oui, c'est particulièrement pathétique en ce qui concerne les maos, qui ont soutenu la révolution culturelle...

J.-F. K. – Il faut relire le livre *Vers la guerre civile* de Serge July et Alain Geismar. C'est irrésistible! L'évolution des maoïstes du néostalinisme à l'ultracapitalisme, à l'image de leur pays de référence, est dramatique, d'autant qu'ils n'ont pourtant jamais effectué leur autocritique, à la différence des staliniens, dont c'est même devenu une spécialité.

On ne va pas faire éternellement porter le poids de leur jeunesse aux anciens maos : quand on change, on change. En revanche, il faut bien garder à l'esprit d'où viennent certains ex-soixante-huitards. D'abord parce qu'ils souhaiteraient qu'on l'oublie, et ensuite parce que, en raison de cette absence de remise en cause personnelle, ils promeuvent aujourd'hui avec la même arrogance des idées presque aussi radicales qu'hier, mais dans la direction opposée !

Deuxième remarque : dans les vingt ans qui ont suivi 68, un certain nombre d'acteurs des événements, souvent les plus intelligents – il est évident qu'un jeune giscardien de dix-huit ou vingt ans ne fournit pas le signe d'un grand esprit critique –, ont conquis pratiquement tous les lieux de pouvoir. C'est très frappant dans la presse, mais la publicité a constitué leur espace d'investissement le plus fructueux. Ç'a aussi été le cas dans la culture, la finance et l'économie.

Quelques-uns, comme July, se sont convertis au réformisme, d'autres, comme Benny Lévy, ont basculé dans l'ultramysticisme religieux. Mais les plus nombreux, comme Denis Kessler, André Glucksmann ou François Ewald, le conseiller idéologique du Medef, à mesure que leur pouvoir s'étendait, que leurs conditions matérielles et leurs salaires s'amélioraient, se sont rangés sous la bannière du néolibéralisme en invoquant l'alibi de la maternité.

De la sorte, ils conservaient une certaine cohésion ; ils ont retourné leur veste dans les domaines économique et social, sans toujours l'assumer, en se racontant à eux-mêmes qu'il s'agissait d'une continuité, le mondialisme des affaires remplaçant l'internationalisme prolétarien ! Mais pour ne pas ressembler complètement à de jeunes révolutionnaires devenus de vieux cons, ils ont enrobé le tout dans une rhétorique néo-soixante-huitarde en matière de mœurs et de questions sociétales. Ce syncrétisme opportuniste leur tient désormais lieu d'idéologie. Et comme les ex-rebelles devenus dominants participent presque tous de ce discours, il est devenu le fer de lance de la « pensée unique ».

A. K. – Je suis du même avis que toi. Après l'échec de leur révolution, ils n'avaient plus d'autre choix que de se raccrocher à la réalité, qu'il n'était plus question de contester. De ce mouvement vient donc une large part des « élites » du monde économique d'aujourd'hui. Ce qui est paradoxal en effet, c'est qu'ils continuent de se référer à 68, projet de modification des relations humaines, mais aussi des structures du capitalisme et de la société de classes. Comme c'était l'élément qui donnait consistance et efficacité à leur action, ces nouveaux dominants n'en ont conservé que l'aspect sociétal : l'amour libre, le mariage homosexuel, l'homoparentalité, voire la banalisation des métiers de la prostitution. Pour ce qui est de la société elle-même, ils sont revenus au dur principe de réalité : notre monde est régi par des règles économiques qui s'imposent à nous. Du coup, des gens comme Madelin, complètement étranger à 68, et July, un ancien soixante-huitard, s'accommodant fort bien des aspects économiques et politiques du village mondial actuel, se rejoignent aussi sur le terrain du libéralisme sans limite des mœurs. Réduire l'héritage de 68 à cela n'en relève pas moins de l'imposture intellectuelle!

J.-F. K. — Imposture, oui, mais il est possible de déceler une cohérence dans cette conversion au néolibéralisme. Elle ne constitue pas une trahison *stricto sensu*, à la manière des antimilitaristes du siècle précédent, comme Gustave Hervé, devenant des ultranationalistes bellicistes. Les soixante-huitards reconvertis prétendent demeurer internationalistes et modernes en raison de leur appui à la mondialisation néolibérale. Ils restent également marxistes en un sens, puisqu'ils considèrent que tout doit être déterminé par les lois (rentabilité, échange) de la thermodynamique économique. Le côté de l'humain, irréductible à la rationalité économique, s'efface dans leur esprit devant la défense des orthodoxies financières et des impératifs du marché comme il s'effaçait hier devant les résultats supposés mirifiques des plans quinquennaux soviétiques.

A. K. — Je m'inscris en faux sur ce point, car Marx n'a rien à voir avec la servitude à la réalité économique. Le marxisme est un humanisme, pas le libéralisme moderne. Pour le philosophe allemand, il existe des mécanismes de l'esprit humain qui expliquent le mouvement des masses, le sens de l'histoire, ainsi que les états et les différents stades de la construction de l'économie. En revanche, le néolibéralisme postule, et cela vaut pour le libéralisme des origines d'Adam Smith, le rôle d'une main invisible, par conséquent de nature transcendante et indépendante de la volonté humaine, qui régit harmonieusement le marché.

J.-F. K. – Cela revient en fait à laïciser la Providence et à placer les rênes de l'économie aux bons soins d'un esprit transcendant...

A. K. – Absolument, et c'est là que réside la différence capitale avec Marx. L'humanisme veut que l'épanouissement humain soit l'objectif principal de nos actions. La notion d'une économie transcendante, presque incantatoire, dont le pouvoir transforme les vices privés en vertus publiques, pour paraphraser Mandeville dans *La Fable des abeilles* datant de 1717, s'oppose singulièrement à cette conception.

J.-F. K. – J'ajoute que, lors de leur période gaucho-marxiste, fidèles en cela à une tradition de la gauche française, ces nouveaux thuriféraires du monde tel qu'il est haïssaient la PME et le petit commerce. C'est toujours le cas, mais maintenant c'est au nom de la prééminence de la grande entreprise et des hypermarchés! La multinationale représente désormais pour eux l'archétype de la modernité. Le plus drôle, c'est qu'on assiste au probable premier exemple historique d'une trahison de fait au sein d'une cohérence de principe.

A. K. – De cette magnifique splendeur sont donc nés folie terroriste, totalitarisme maoïste et conversion au principe de réalité économique. Amer constat...

J.-F. K. – Quelqu'un comme Toni Negri illustre bien le premier cas de figure, mais il ne faut pas oublier non plus le ralliement de certains au cléricalisme.

A. K. – Surtout dans la communauté juive! Nombre de soixante-huitards, confrontés à la déception d'une telle déshérence, ont cherché à réorienter leur exigence de pensée dans le mysticisme. Et en effet, celui-ci pouvait sembler moins éloigné de l'illusion collective de Mai que les autres égarements.

J.-F. K. – La dernière phase de l'évolution des soixante-huitards qui ont investi le monde des élites date d'une vingtaine d'années. Devant l'homogénéité des cercles de pouvoir, et en particulier du cercle de leur propre pouvoir, leur renvoyant en écho, ou en reflet, un unanimisme rassurant et autojustificateur, ils ont fini par considérer que tout ce qui ne pensait pas comme eux pensait mal : ils ont ringardisé, diabolisé puis fascisé la contradiction. Tout naturellement, ils ont usé du terrorisme intellectuel expérimenté dans leur jeunesse pour délégitimer l'adversaire. Hier, à les croire, la bourgeoisie fasciste occupait le pays, aujourd'hui, à l'aune de leur néolibéralisme, ils raisonnent comme si le danger numéro un restait le communisme totalitaire. Tu auras remarqué l'omniprésence de termes comme «dérapage» ou «dérive» qui n'étaient pas, jusqu'alors, aussi systématiquement employés. Cela signifie très clairement qu'il y a une ligne, une pensée justes dont on ne doit pas s'écarter.

Le paroxysme a été atteint lorsqu'ils se sont aperçus, au bout de trente ans, que l'évolution de la société était inverse du cours qu'ils avaient eux-mêmes suivi, c'est-à-dire que, dans les tréfonds du peuple, l'air du temps est plutôt à un double rejet du néolibéralisme en matière économique et sociale et du discours néo-soixante-huitard en matière de mœurs et de société. Les dégâts sociaux et les injustices que génère le néolibéralisme, sa logique insécuritaire, sont de plus en plus visibles et contestés, tandis que la réthorique gaucho-libertaire apparaît, de plus en plus, comme complémentaire, sinon complice, de la déferlante néolibérale.

Deuxièmement, la déconnexion d'avec le peuple, sur deux sujets que ces ex-gauchistes considèrent comme tabous et qui constituent le ciment et de leur cohérence et de leur cohésion, l'immigration et la sécurité, est criante. Militer en faveur de l'immigration libre sans se soucier du néo-esclavagisme et de l'apartheid de fait qu'elle engendre, et dénoncer le fascisme de toute politique de lutte contre la délinquance et l'incivilité, garantissent certes la fidélité apparente à des idéaux passés, mais apporte, ce faisant, de l'eau au moulin de la logique néolibérale, friande de main-d'œuvre bon marché, et débouchant sur des rapports sociaux de jungle. La cohérence de leur parcours se vérifie ainsi jusque dans leur dernier ralliement et les conforte dans la certitude d'être restés ce qu'ils furent!

Quand ils se sont rendu compte que cet écart avec le peuple s'accentuait, que le fossé s'approfondissait, ils ont redécouvert le mot « populisme » et s'en sont servis de manière obsessionnelle pour renouer avec le vieux concept de « populace » et exorciser ainsi leur mauvaise conscience. Mais quand vous terrorisez les citoyens à longueur de journée, en les matraquant avec l'idée qu'ils n'ont pas le droit de penser, de dire ou d'aimer ceci ou cela, certes ils n'osent plus et refoulent. Seulement ils saisissent alors la seule possibilité de s'exprimer qui leur reste, les élections, pour hurler, mordre, et ils propulsent Le Pen au deuxième tour de l'élection présidentielle, ou ils votent non au référendum européen.

A. K. – Attention! J'ai moi-même voté non le 29 mai 2005, et je n'ai pas l'impression d'avoir agi par ressentiment! J'ai simplement estimé, dans le souci de laisser le maximum de possibles ouverts pour l'avenir, que ce texte, en pratique non révisable, nous enfermerait dans un système économique qui ne me satisfait pas, voilà tout. Je ne vois pas comment j'aurais pu me convaincre de voter oui à un traité constitutionnel dont je jugeais toute la partie économique dommageable, avec la certitude qu'il serait presque impossible de faire marche arrière.

Pour en revenir à 68, je jugeais extrêmement impudente l'obstination de l'intelligentsia à aller prêcher dans les usines et à se déguiser en ouvriers pour cela.

J.-F. K. – L'un des maoïstes participant à ces actions s'appelait de Choiseul-Pralin! Il voulait s'engager dans la classe ouvrière et s'était fait embaucher chez Renault.

A. K. – Je trouvais cela sympathique de la part des gens qui le faisaient, mais ça me semblait en réalité offensant et je crois que beaucoup d'ouvriers le ressentaient comme tel.

J.-F. K. – Le réinvestissement très fort dans le combat en faveur de l'immigration libre et de l'ouverture des frontières procède à mon avis de cela. Puisque le peuple n'était pas à la hauteur, il fallait changer de peuple. À partir de ce moment-là, l'idéologie voulait (des textes de l'époque le prouvent) que du Maghreb ou d'ailleurs viennent de nouveaux exploités réels qui régénéraient le combat révolutionnaire. Or la vraie question ne consiste pas à décider s'il faut laisser venir à nous les miséreux du tiers-monde, ce qui ne me choque pas, mais à se demander si l'ouverture des frontières ne fait pas le jeu de leurs oppresseurs. La question n'est pas : devons-nous, par progressisme, intégrer toute la misère du monde, mais : est-il acceptable que des habitants de notre pays, en fonction de leur grain de peau ou de leur nature de cheveux, ne bénéficient pas des mêmes appartements ni des mêmes salaires, qu'ils vivent parqués dans des cités ghettos, s'entassent avec des enfants dans des taudis qui brûlent, que la misère externe soit orientée par le marché vers la misère interne? Qu'est-ce qui justifie que les immigrés installés ne disposent pas du droit de vote, c'est-à-dire qu'ils n'accèdent pas au rang de citoyens à part entière? Le combat progressiste repose en fait sur la remise en cause du système économique qui pratique le *dumping* social au mépris de la Déclaration des Droits de l'homme qui oblige à fournir les mêmes conditions de vie à tous les travailleurs, immigrés ou non. Or ces questions sont soudainement devenues sans importance : l'essentiel n'est plus ce que ces immigrés deviennent, ce que la machine à broyer un prolétariat de réserve en fera, mais leur droit de rentrer, fût-ce illégalement. Je pense que cela participe de la déception causée par le peuple en 1968 et qui a débouché également sur sa diabolisation.

A. K. – C'est vrai, mais une analyse ne doit pas être uniquement à charge; contrairement au nazisme ou à la déviance stalinienne du communisme, où il n'y a rien de bon, on peut déceler des aspects positifs dans 68, en dehors de l'amélioration des rapports entre les générations et les sexes et le desserrement du carcan de la bien-pensance, remplacée au final par une autre comme tu l'as rappelé. Je n'hésite pas à le dire : 68 a été un moment fantastique de grandeur et de beauté, de celles que Nietzsche reconnaît au chaos.

J.-F. K. – Le dionysisme du mouvement était en effet magnifique et enthousiasmant...

A. K. – Oui, la disparition des contraintes libère de l'espace pour des fulgurances et de la créativité. Il y avait un aspect feu d'artifice, cataclysme, éruption de la montagne Pelée, certainement catastrophique, mais merveilleux à contempler.

J.-F. K. – C'est ce que disait Néron contemplant l'incendie de Rome !

A. K. – C'est vrai, et c'est sans doute ce qui a enthousiasmé notre père, l'intellectuel absolu, qui voyait combien l'horizon se dégage lorsqu'il n'y a plus aucune référence solide. L'imprévisibilité des formes susceptibles d'émerger de ces conditions célèbre la potentialité créatrice de l'esprit humain, aussi bien individuellement que collectivement. Une poésie extraordinaire se dégageait de certains mots d'ordre. Ils ne voulaient rien dire en tant que programme politique, mais ils étaient intrinsèquement beaux. La beauté consiste pour moi en une émotion agréable ressentie au contact d'un objet ou d'une œuvre et qui ne fait pas directement appel à la raison. L'aspect esthétique de ses efflorescences fait que Mai 68 n'est pas insignifiant.

Si je ne le pensais pas, cela voudrait dire que cet homme d'une intelligence admirable qu'était Jean Kahn, cultivé jusqu'au bout des ongles, que j'admire profondément bien qu'il se soit toujours trompé dans ses analyses politiques, eût été singulièrement sot de s'engager à ce point. Je comprends qu'il l'ait fait, car il y avait quelque chose non seulement d'étonnant, mais aussi d'admirable, dans cette profusion de concepts, de formes et d'expressions. Le seul domaine dans lequel Mai 68 a connu une postérité heureuse, hormis ceux que j'ai déjà évoqués, c'est l'art.

J.-F. K. – Je te l'accorde et je l'ai parfois vécu comme cela. La poésie de l'inventivité verbale de 68 était ébouriffante, proprement rimbaldienne, il y avait un indicible besoin d'amour qui tressaillait au creux de cette violence, une dynamique de fusion dans cette implosion. J'ai été très frappé à ce titre de voir que *Libération*, héritier proclamé du mouvement, ait argué du fait que Villepin écrit des poèmes pour le ridiculiser. Il faut décidément renier ce qu'il y avait de plus beau dans 68 pour qu'aujourd'hui un type qui aime la poésie représente le summum de la ringardise !

Tu remarqueras que, comme Mai 68, juin 1848 et la Commune fascinent avant tout parce que ce sont des révolutions ratées. C'est aussi la raison pour laquelle notre père s'est épris de 68. Comme une grande partie de l'intelligentsia, il n'aurait pas pu aimer une révolution réussie. Le mythe de 68 existe encore aujourd'hui grâce à cela, sa beauté réside aussi dans son échec.

En violant la franchise qui interdit à la police de s'introduire dans les lieux universitaires, la fermeture de la Sorbonne a provoqué la soudaine flambée du début Mai. En soi, l'événement était minime. Mais que des citoyens, choqués par un acte purement symbolique, descendent spontanément dans la rue, se battent, fusionnent dans un même élan de générosité et d'altruisme collectifs pour donner naissance à cette tempête chaleureuse, brillante et rieuse, a été absolument fabuleux. Or 1830 a démarré de façon similaire, par des ordonnances restreignant la liberté de la presse. Si la Restauration avait conservé cet acquis de 1789, il n'y aurait pas eu de barricades. Les révolutionnaires de 1830 étaient des bourgeois libéraux, progressistes par rapport à la monarchie légitimiste, et qui ont reçu, provisoirement, le soutien de la classe ouvrière républicaine. L'ironie de l'histoire veut qu'ils soient alors très vite devenus, à leur tour, des parangons de l'ordre établi et qu'ils aient organisé un nouvel ordre exploiteur. La révolution de 1848 s'est donc faite contre eux. Et la révolution d'aujourd'hui se fera pareillement contre les anciens rebelles de Mai 68.

A. K. – L'une des caractéristiques pérennes des anciens soixante-huitards réside dans leur autosatisfaction : la belle révolution, ce sont eux qui ont voulu la faire. Elle n'a peut-être pas réussi comme ils le souhaitaient, mais ils en ont eu la volonté. Et tout ce qui est proposé à l'heure actuelle n'est qu'agitations mues par des sentiments inavouables. Le phénomène est très humain. Le souvenir de notre propre engagement disqualifie un mouvement dont les racines sont différentes...

J.-F. K. – C'est vrai... Lorsqu'il m'arrive de développer devant d'anciens soixante-huitards ma théorie d'une forme de révolution humaniste qui ne soit ni un putsch, ni une insurrection destructrice, ni une guerre civile, mais une forme de mobilisation de masse destinée à décentrer le capital et le profit, comme ailleurs l'État et la bureaucratie, au profit d'un recentrage de l'être humain, ils me regardent comme un dément. Ils ont pourtant applaudi des deux mains le mouvement qui a décentré l'État, à l'Est, pour lui substituer l'individu. Le parallélisme leur échappe complètement. Mais, surtout, ils vivent dans le culte de leur révolution mythique et idéale qui leur interdit d'en penser une autre.

A. K. – C'est tellement exact que les seules révolutions qui trouvent grâce à leurs yeux présentent un côté soixante-huitard : elles sont pleines d'idées... qui aboutissent à mettre la droite au pouvoir! Ils appuient par exemple sans réserve les changements ukrainien et géorgien.

J.-F. K. – Inversement, Chavez, même si ce n'est jamais rassurant qu'un colonel prenne le pouvoir, surtout quand il est démagogue, est très mal vu par eux.

A. K. – ... alors qu'il reverse tout de même une partie de la plus-value pétrolière au peuple! Si c'est du populisme que de redistribuer les richesses, merde!

J.-F. K. – L'un des ex-principaux actionnaires de mon journal, fin connaisseur de l'Amérique latine, me disait un jour que Chavez est dangereux. Je lui ai répondu : « Sans doute, mais pourquoi ? » « Rendez-vous compte : il donne tout l'argent qu'il gagne au peuple ! »
Et quel est le journal le plus antichaviste en France ? Ce n'est pas *Le Figaro*, qui a reconnu que le populisme chaviste repose sur une vraie base sociale. Ce n'est pas non plus *Le Monde*, bien qu'un peu plus réservé, mais *Libé* !

A. K. – Il ne faut pas sous-estimer la mégalomanie qui amène à penser qu'on représentait la position juste et inventive, quelle qu'elle fût. Par conséquent, la fidélité à cette révolution fulgurante et chaotique impose de poursuivre la libéralisation générale, entamée par celle des mœurs...

Un élément significatif, à ce sujet : au cours des deux dernières années, Alain Minc et Jacques Attali ont respectivement publié un chapitre et un ouvrage extrêmement laudatifs sur Karl Marx. Sa réhabilitation n'est pas un hasard, pour deux raisons. La première tient à ce qu'il est l'un de ceux qui a le plus chanté le progrès que représentait le capitalisme...

J.-F. K. – ... et la bourgeoisie!

A. K. – ... par rapport à toutes les formes précédentes d'organisation de l'économie, à ceci près qu'il appelait à un dépassement de ce progrès, considérant qu'il allait s'autodétruire. Il a beau s'être trompé sur ce dernier point, reste ce qui n'a pas été contredit par les faits : le progrès, au sens de la mobilisation des énergies créatrices et inventives, qu'ont apporté le capitalisme et la bourgeoisie est réel.

J.-F. K. – Inversement, le livre le plus antimarxiste de ces dernières années, *L'Horreur économique*, a été écrit par Viviane Forrester, d'extrême gauche.

A. K. – La deuxième raison du succès d'estime de Marx auprès des intellectuels libéraux modernes est, bien entendu, que la révolution marxiste a fini par échouer partout, par déboucher sur le capitalisme chinois porté aux nues par les thuriféraires de Milton Friedman et Friedrich Hayek. Pour revenir à Mai 68, un autre de ses aspects bénéfiques – il y en a –, c'est la lutte ouvrière qui a suivi le 13 mai. Pendant la grève générale, on a revu durant trois semaines une ambiance digne du Front populaire. Comme en 1936, les femmes et les enfants venaient dans les usines occupées, on mangeait ensemble, on écoutait de la musique, on dansait. C'était fantastique! Le peuple se comportait de cette manière parce qu'il savait qu'il allait gagner quelque chose. Espérait-il que d'un Grand Soir adviendrait la société sans classes? En partie, mais il était surtout persuadé que sa situation s'améliorerait, quoi qu'il arrive. Et en effet, il a obtenu une augmentation de salaire de dix pour cent, de trente-cinq pour cent en ce qui concerne le SMIG, et des lois sociales. Même s'ils ont commencé par suivre ce mouvement ouvrier, avant de l'épouser, le Parti communiste et les autres organisations traditionnelles de la classe ouvrière n'ont pas tout perdu, eux.

J.-F. K. – Je veux bien. Mais aux élections suivantes, la très grande majorité des salariés a voté à droite, c'est-à-dire contre Mai 68. Pourquoi? Il faudrait tout de même se poser la question. Le PC a commis une faute considérable, mais ce n'est pas celle qu'on lui reproche souvent. Quand Séguy s'est rendu chez Renault pour vendre les avancées de l'accord de Grenelle, encore inimaginables quelque mois auparavant, les gauchistes, experts en la matière, se sont placés au bon endroit, ont hurlé à la trahison, et les communistes ont fait machine arrière. Ils auraient mieux fait de s'en tenir à la prudence de Thorez : « Il faut savoir finir une grève. » Le PC n'a pas osé mettre toute son autorité dans la balance pour arrêter le mouvement. Se plier à la soi-disant expression populaire, une manipulation gauchiste en vérité, a été une grave erreur. Cela s'est justement vérifié au moment des élections.

A. K. – Lorsque l'on évoque 68, on parle du mouvement étudiant qui lui a donné naissance, de ses dérives, de ses enfants perdus ou trop bien retrouvés, alors que c'est un grand combat et une belle victoire de la classe ouvrière, on y pense peu aujourd'hui. Tu te souviens comme moi de ce qu'on entendait dire partout : jamais l'économie française ne va s'en remettre, elle ne pourra jamais retrouver le niveau de ce qu'elle produisait avant Grenelle, etc. Cet exemple, comme de nombreux autres, montre bien qu'il ne faut jamais écouter les Cassandre de l'orthodoxie économique, pour qui les progrès sociaux empêchent la prospérité...

J.-F. K. – Absolument : l'époque pompidolienne, qui a directement suivi 68, a été l'une des périodes les plus fastes de l'économie française. Au sein de mon journal, *L'Express*, les chefs nous expliquaient pourtant que nous courions à l'effondrement, que nous deviendrions l'Albanie et que nous étions d'ores et déjà une république bananière ! C'était bien au contraire le début d'un rebond qui a perduré jusqu'à Giscard.

V

De Gaulle

Extrait des *Cahiers* d'Olivier Kahn.
Mai 1958 et le discours de Phnom Penh.

3 juin 1958

Après l'investiture du général de Gaulle, se termine une période de la vie politique française. La IVe République ne pouvait plus continuer à s'enliser ainsi. Il fallait que cela change. Cela a changé avec M. de Gaulle. Malgré mes grandes réserves sur l'arrivée au pouvoir du général, arrivée imposée par toutes les forces factieuses et ultras, je me refuse à lui faire un procès d'intention et ne le jugerai qu'aux actes.

Va-t-il oui ou non réprimer les factieux ? Va-t-il oui ou non réorganiser la police ? Va-t-il oui ou non avoir une attitude libérale en Algérie ? Va-t-il oui ou non relever le pouvoir d'achat des classes sociales les moins favorisées et, enfin, va-t-il gouverner en républicain ou jouer l'apprenti dictateur ?

L'élection de M. de Gaulle a été obtenue par 329 voix à 224. Parmi l'opposition, on trouve un seul homme de droite : Isorni, par fidélité à la mémoire de Pétain ; trois MRP, Mitterrand et ses amis, les mendésistes, plus de la moitié des socialistes et l'extrême gauche.

M. de Gaulle a obtenu le vote sur les trois projets qu'il désirait : pouvoirs spéciaux, pleins pouvoirs et réforme de la constitution. Dès maintenant les chambres sont mises en congé, les lois étant prises par décret. Si M. de Gaulle veut jouer au dictateur, ce sera pendant cette période, s'étendant d'aujourd'hui au premier mardi d'octobre, date de la rentrée du Parlement.

3 septembre 1966

De Gaulle vient de quitter Phnom Penh pour Nouméa en Nouvelle-Calédonie, mais l'écho du discours qu'il a prononcé devant des dizaines de milliers de Cambodgiens ne s'est pas encore éteint. Sans doute aucune initiative particulière ne fut prise mais de Gaulle lui-même a précisé qu'il ne pouvait qu'en être ainsi, aussi longtemps que les Américains n'auront pas décidé de quitter militairement le Vietnam. Oui, c'est un discours positif, tout empreint de grandeur que celui dans lequel le chef de l'État a regretté que les accords de Genève n'aient pas été respectés, qu'une grande puissance lointaine soit intervenue, portant la désolation dans cette partie de l'ancienne Indochine qui, comme le Cambodge, ne peut vivre et se développer en paix qu'en respectant le principe de neutralité suivi par Norodom Sihanouk. Enfin, de Gaulle a adjuré les États-Unis d'abandonner cette tragique aventure où leur prestige s'étiole. Faisant le parallélisme avec l'attitude adoptée par la France envers l'Algérie et le gain de considération qu'elle y a gagné, il invite les États-Unis à rejoindre le camp des nations libres et pacifiques.

Il ne faut pas s'y tromper. La position de de Gaulle en face du drame vietnamien est d'une grande importance. Elle affirme la lourde responsabilité américaine dans la guerre dont on ignore encore les conséquences qu'elle peut avoir; elle assoit la représentativité du FNL et montre la voie à suivre pour le rétablissement de la paix.

Il ne faut pas s'y tromper, disions-nous, et la presse de droite traditionnelle ne s'y est pas trompée qui, *Le Figaro* et surtout *L'Aurore* en tête, a critiqué la position gaulliste. Même si elle impose aux démocrates une analyse difficile mais nécessaire, l'attitude gaulliste, de même qu'elle tend à isoler l'agresseur américain à l'échelle mondiale, contribue à isoler ceux qui, en France, ne jurent que par l'Amérique et, par anticommunisme, justifient toutes les entreprises de l'impérialisme d'Outre-Océan.

J.-F. K. – Le discours de Phnom Penh, j'y étais, au milieu de la foule du stade, et c'était fabuleux. J'appartiens à la génération marquée par l'homme de juin 1940. Tout jeune, papa m'a emmené assister à la remontée des Champs-Élysées par de Gaulle et Churchill. En 1958, j'ai été de ceux qui ont perçu la prise de pouvoir du général comme un danger pour la démocratie. J'ai manifesté contre le pouvoir personnel, et voté non au premier référendum. Ça a été l'une des rares fois où je me suis violemment heurté à papa sur le plan politique. Me suis-je trompé? Cette question est très complexe, parce qu'il s'est incontestablement produit un putsch en mai 1958 et une grande partie des forces qui le soutinrent étaient effectivement fascisantes. Un conglomérat de groupes d'extrême droite, renforcés de gaullistes qui voulaient «forcer» le retour du général, l'ont fomenté; cela est désormais acquis. Salan, qui deviendra un des chefs de l'OAS, en appela le premier au général en retraite. Il y avait effectivement un plan de débarquement de parachutistes en France pour imposer une manière de dictature, même si la majorité des conjurés étaient en fait antigaullistes, ils ont joué le jeu de de Gaulle.

Par la suite, j'ai beaucoup évolué et j'ai été de ceux qui ont découvert ce qu'il y avait d'original et d'historiquement porteur dans le gaullisme. J'avais négligé le génie politicien et le cynisme de l'homme qui, dès le début, savait que son rôle historique était de sortir la France du bourbier et qu'il devait le faire quelles que soient les conditions. Seul à être en mesure de mettre l'armée au pas – en réalité de la dissoudre –, il a utilisé le marteau avec lequel il a assommé le marteau!

Son sang-froid au moment de la journée des barricades, sa détermination et le panache avec lequel, en quelques mots à la télévision au moment du second putsch – celui de 1961 –, il a permis à la nation de se ressaisir, ont fini par forcer mon admiration. J'ai vécu avec passion, je l'ai dit, le discours de Phnom Penh. Les États-Unis étaient engagés dans la guerre du Vietnam. Au cœur de l'empire, seul, il les a défiés, eux et leurs alliés. Jamais je ne me suis senti aussi fier d'être Français, jamais, ensuite, je n'ai vu une foule si authentiquement enthousiaste qu'au passage de de Gaulle à Ankara. Elle criait son admiration à l'homme qui savait dire non et, au-delà, à la France et à ses valeurs.

Cela dit, c'est vrai, de Gaulle, c'est aussi le cynisme politique, la répression de Charonne, la ratonnade de 1961, le SAC et ses milices, un personnel issues du gangstérisme! Parfaitement insensible aux problèmes des droits de l'homme dans de nombreux pays, il soutenait sans vergogne des roitelets africains épouvantables et, une fois le pouvoir perdu, il est allé rendre visite à Franco et à Eamon de Valera, un ancien collaborateur des nazis, en Irlande!

Le problème du gaullisme, c'est ce mélange d'épopée fulgurante et d'incroyable amoralisme. À trente ans, j'étais déjà partagé entre la double exigence de son rejet et de sa fascination. Si on n'est pas fasciné par ça, rien ne nous fascinera jamais. En même temps, si on ne rejette pas ça, on est de bien piètres démocrates. Cette contradiction me poursuit toujours.

A. K. – Moi-même, bien que communiste, je n'étais pas antigaulliste, car je me souvenais de la paix des braves, du «quarteron des généraux en retraite», de plusieurs situations où, incontestablement, la parole de cet homme et sa volonté avaient été décisives. Il n'empêche qu'il représentait une droite catholique traditionaliste dans laquelle je ne me reconnaissais pas. Je ne dirais pas qu'il s'est comporté en républicain après le putsch, mais comme quelqu'un qui cherchait absolument à justifier sa légitimité populaire...

J.-F. K. – Si, justement! Comme un républicain, mais pas comme un démocrate!

A. K. – La contradiction dont tu parles tient à ce qu'il a été mis au pouvoir par des factieux, engagés clandestinement dans des mouvements pour l'Algérie française. Il n'aurait pas pu gouverner sans eux. Durant toute cette période, son entourage est massivement d'extrême droite. Des gens comme Roger Frey, ministre de l'Intérieur au moment du 17 octobre 1961, ont toujours été à droite de la droite.

J.-F. K. – Non, ils incarnaient une droite affairiste, mais réellement nationale. Cela dit, Papon était un homme de de Gaulle! Celui-ci l'a blanchi en 1945, puis a fait toute sa carrière.

A. K. – D'un point de vue plus général, deux personnages illustrent quelque chose qui me tient à cœur et qui renvoie à ce que je te disais sur le corrélat nécessairement non-humaniste de la pensée libérale lorsqu'elle fait de mécanismes extérieurs à la volonté humaine les ressorts implacables de l'avenir. Gandhi, comme de Gaulle, montre non pas forcément la prééminence, mais l'efficacité possible d'une volonté confrontée à une situation objectivement contradictoire. Pour le mahatma, c'était la domination de la puissance impériale anglaise et l'effroyable violence du peuple indien due aux tensions énormes entre castes, entre religions... Peu d'hommes osent vouloir. Quelqu'un qui réussit à expliciter ce qu'il veut, c'est-à-dire à convaincre de la légitimité des valeurs qu'il entend promouvoir, a une influence considérable. La force de ce petit homme, qui savait ce qu'il voulait, dont on admirait la volonté, est parvenue à modifier le cours de l'histoire contre la nature des choses. Il n'a pas tout changé, loin s'en faut. L'Inde n'a pas été transformée en un vaste État de centaines de millions de pacifistes. On continue à s'y égorger et à s'y étriper allègrement, mais à un moment donné, une volonté s'est imposée à la réalité et a démontré l'incroyable force du génie humain dès l'instant qu'il s'exprime de façon claire, cohérente et volontaire.

La conjoncture qu'a connue de Gaulle, toutes choses égales par ailleurs, était assez proche. Il a effectivement été porté au pouvoir par tout un réseau factieux opposé à «la Gueuse», composé, entre autres, d'une armée fascisante bénéficiant de la complicité d'une police d'extrême droite. Mais, contrairement à ce que prétend la vulgate marxiste, la puissance d'une volonté est parfois telle qu'elle peut devenir l'élément moteur de l'évolution de l'histoire ; ce n'est pas toujours la réalité objective de la situation, l'«ordre des choses» qui l'emportent. Bien entendu, la volonté à elle seule ne suffit pas : elle peut constituer, cependant, un effet de levier décisif. À ce titre, lorsqu'on me demande quels hommes ont le plus d'importance pour moi, je réponds Gandhi et le pasteur Martin Luther King. Son discours *I have a dream* me fait encore pleurer, c'est un des plus beaux moments d'éloquence humaniste que je connaisse.

J.-F. K. – Tu pourrais tout de même ajouter de Gaulle.

A. K. – En effet.

J.-F. K. – Une remarque : au moment du putsch des généraux en mai 1958, une manifestation de soutien aux putschistes s'est tenue sur les Champs-Élysées. J'y suis allé comme contre-manifestant : nous avons été sévèrement malmenés! C'était un pur déploiement d'extrême droite, avec Le Pen en tenue de parachutiste qui la guidait. À l'époque, les policiers avaient d'énormes gourdins...

A. K. – Ils appelaient ça des «bidules».

J.-F. K. – ... massés dans leur car, avant de nous rentrer dedans et de nous massacrer, nous les entendions scander...

A. K. – «Algérie française! Algérie française!»

J.-F. K. – Exactement. La police affichait ouvertement qu'elle soutenait un putsch militaire, je l'ai vécu comme quelque chose d'effroyable.
Pour en revenir à de Gaulle, je voudrais évoquer celui du 18 juin, celui qui m'a toujours fasciné, presque habité, et qui correspond davantage encore à ce que tu viens de décrire que celui de 1958. La France venait de subir un revers inimaginable. Ce n'était même pas une défaite : avec deux millions de prisonniers, il n'y avait plus d'armée française. Elle n'était pas battue, elle n'existait plus. Tout le corps social, l'ensemble des préfets, à l'exception d'un seul, les élus, le Parlement, les magistrats, les intellectuels, malheureusement, se sont jetés dans les bras de Pétain, au mieux, ou se sont directement mis au service des Allemands, au pire. Rien n'annonçait une quelconque résistance, ni même n'en affichait la velléité. Il n'y avait que des gens sur les

routes. Les Allemands occupaient la Belgique, les Pays-Bas, la Norvège, le Danemark, la Pologne, bref, toute l'Europe, et les États qui ne se trouvaient pas sous leur contrôle étaient dirigés par des fascistes ! C'étaient leurs alliés qui gouvernaient en Espagne, en Italie, en Hongrie et en Roumanie. L'Allemagne était réellement au-dessus de tout. Les États-Unis étaient loin, et personne n'imaginait qu'ils interviendraient. L'Angleterre elle-même, désarmée, n'avait apparemment pas les moyens de résister. Elle avait subi la défaite de Dunkerque, et ses troupes avaient rembarqué dans des conditions catastrophiques. On pensait alors qu'elle ne pourrait pas tenir face à la formidable force de frappe de la Luftwaffe. Donc le réalisme – le principe de réalité –, le pragmatisme exigeaient qu'on se couche.

Là-dessus surgit un homme que personne ne connaissait. Général deux étoiles, il prend le micro pour annoncer que la France légitime, la vraie, l'éternelle, celle de Bouvines et de Valmy, c'est lui, alors que personne ne l'a élu ni sollicité en aucune manière. Il prophétise la victoire des démocraties en décrivant, froidement, presque cliniquement, tout ce qui va effectivement se produire. Ce qu'il dit à ce moment-là est totalement irréaliste. N'importe qui doté d'un tant soit peu de raison, même un homme de gauche, ne peut qu'être incrédule, le considérer comme un fou. Or il est le seul vrai réaliste : il dit vrai, voit juste. Ce sont les autres qui n'ont plus aucune vision du réel. Ça, c'est une formidable leçon.

La même remarque vaut pour Victor Hugo, qui, tout seul à Guernesey, claironnait : « Je suis la France, la vraie. » Pendant ce temps-là, l'empire avait gagné, tout le monde admirait l'empereur. L'armée, les fonctionnaires, les possédants, la majorité des intellectuels s'étaient ralliés à lui. Or l'écrivain s'était autoproclamé ambassadeur d'une République dont la victoire était inéluctable. C'était, *a priori*, de la démence. On disait de lui qu'il avait du talent mais qu'il était fou; en vérité, il était, lui, le «réaliste». L'histoire ne manque pas d'exemples, non pas tant d'individus d'abord pris pour des fous et qui se sont avérés les seuls clairvoyants, ceci est assez communément admis, mais surtout de supposés réalistes qui se trompent totalement sur le réel. Ceux qui prétendent avoir raison au nom de leur pragmatisme et de leur refus de toute utopie vivent presque toujours, en vérité, dans l'illusion.

A. K. – De Gaulle avait certes parfois raison même quand il n'était pas réaliste. Sans doute ne l'était-il pas en 1958 ni en 1961, mais il avait le peuple avec lui. Il l'était peut-être encore moins lorsque les Alliés ont débarqué, alors que les Américains avaient un plan d'occupation de la France; ils avaient déjà frappé de la monnaie. Et contre toute réalité, là encore par habileté et par la force de l'affirmation du caractère légitime de son projet, il s'est imposé et a imposé notre nation à la table des vainqueurs. Très rapidement, il a pris la tête du gouvernement français, chose inouïe, car il ne disposait de rien! Il ne restait que quelques milliers de soldats français, et ils n'ont pas débarqué le premier jour.

J.-F. K. – En plus, c'étaient surtout des Arabes des colonies!

Le maréchal Keitel a raconté que, le 8 mai, alors qu'il s'apprêtait à signer la capitulation pour toutes les forces allemandes, il a vu entrer le représentant russe, l'Anglais, l'Américain, et tout à coup, de Lattre de Tassigny! Il a failli en avaler son chapeau! « Même eux », s'est-il exclamé. L'œuvre gigantesque de de Gaulle, c'est ça.

A. K. – La raison pour laquelle il y a lieu de s'étonner et de s'enthousiasmer pour cela réside dans le contraste navrant avec le discours ambiant d'aujourd'hui qui consiste à dire qu'on ne peut pas faire autrement : « Les choses étant ce qu'elles sont, les lois de la mondialisation étant sans contestation possible impérieuses, on ne peut que s'y soumettre ou périr. » De multiples exemples ont beau montrer que les grandes choses se sont faites lorsqu'on s'est inscrit contre l'apparente évidence, l'unanimisme de ce bon sens démissionnaire continue de prévaloir et ne prépare, hélas, aucun avenir pleinement humain, tout simplement parce que ce dernier exige l'expression d'une volonté humaine. À partir du moment où on décrète qu'elle n'est pas nécessaire puisque les choses s'imposent de l'extérieur, alors un ordinateur peut nous dire quel avenir nous est promis et ce que nos décisions et nos actions ne peuvent manquer d'être. Est-ce véritablement ce que nous voulons? Pour ce qui me concerne, je n'ai jamais pu m'y résigner.

J.-F. K. – Cette rhétorique de résignation ne peut pas se comparer à celle de 1940, étant donné qu'on avait indéniablement perdu. De plus, jusqu'à présent, lorsque les représentants d'une idéologie et d'un projet plaidaient en faveur de la dynamique que portaient cette idéologie ou ce projet, ils ajoutaient que c'était dans l'intérêt de l'humanité. Les catholiques, les communistes, les libéraux, les socialistes et même les fascistes promettaient tous le bonheur. C'est la première fois dans l'histoire qu'on nous vend en revanche un modèle en nous disant qu'il implique plus d'inégalités, d'injustice et d'insécurité, mais que c'est le seul possible ! D'autre part, en 1940, la France se trouvait dans un état inimaginable de délabrement. De Gaulle claironnait qu'elle était grande ! Tout son discours reposait sur l'affirmation de cette grandeur, qu'il prétendait incarner. Nous connaissons aujourd'hui une situation mille fois meilleure : la France accueille pratiquement le plus d'investissement de capitaux au monde, la productivité du travail y est l'une des plus fortes même si on travaille peu, et elle reste créative. Or le discours dominant, c'est : « Nous sommes un pays nul. Nous sommes lamentables, nous subissons un déclin catastrophique. » Quelle différence !

A. K. – Il n'est même plus possible d'insister sur de réels succès de notre pays dans les domaines scientifiques ou industriels, de souligner, malgré tout, les attraits de son mode de vie, sous peine de se faire traiter de tous les noms ! On nous serine même que nous sommes devenus des nains dans le domaine de la création artistique. En témoignerait le faible succès des artistes français sur le marché international de l'art... Or, puisque l'argent est devenu aussi le maître étalon du beau...

J.-F. K. – Tu as raison. Toute fierté dénoterait xénophobie, national-populisme, etc. Le discours défaitiste face à la mondialisation est pourtant servi par les héritiers de de Gaulle comme par tous les autres partis politiques. Jusqu'ici, la rhétorique de haine de soi, de masochisme antinational, était la spécialité des monarchistes (depuis 1789) et de l'extrême droite. Le discours sur la France comme pays déplorable a également été tenu par l'extrême gauche, pour d'autres raisons. La gauche sociale-démocrate l'a repris, puis la droite libérale, dont Nicolas Baverez est le parangon de talent, s'en est emparée et l'a amplifié.

Le néopétainisme est redevenu dominant au sein des forces qui l'alimentèrent, déjà, il y a soixante-cinq ans, d'où – c'est ma conviction – la nécessité de reconstituer le front que fut celui de la Résistance.

VI

Un centrisme révolutionnaire

A. K. – Mes choix politiques peuvent paraître étranges et incongrus. Durant les dernières années, j'ai ainsi voté une fois pour François Bayrou, une autre pour Marie-George Buffet, et même, comme tout le monde, Chirac au deuxième tour de l'élection présidentielle de 2002. La raison en est simple : le courant politique en lui-même a cessé d'avoir de l'importance pour moi. Je suis devenu d'une méfiance extrême envers le discours politicien, et je me détermine désormais en fonction de critères éthiques.

Ainsi, j'ai refusé d'accorder ma voix à Jospin en 2002, au grand dam de notre mère. Je le regrette maintenant, bien sûr, mais je trouvais abominable que les socialistes français fassent bombarder la Serbie et le Kosovo. La mystique de la guerre me laisse froid, tout comme son pseudo-esthétisme. Aucune bataille n'est belle, mais celle-là m'apparaissait toucher le fond d'une ignoble lâcheté. Comment des nations qui se prévalent de combattre pour la démocratie et l'humanisme peuvent-elles conduire un conflit de cette façon-là ? Le but du jeu consistait bel et bien à faire voler les avions aussi haut que possible quitte à faire un maximum de victimes, militaires ou civiles, peu importait, tout en prenant le minimum de risques. J'aurais accepté une intervention terrestre au Kosovo, plus économe des vies civiles, sans doute plus rapidement efficace pour aider les Kosovars d'origine albanaise, même si elle avait comporté un peu plus de dangers pour les soldats de l'OTAN. Le Premier ministre s'est déshonoré en cautionnant une telle méthode : elle nie l'égale valeur de toutes les vies humaines comme, hélas, les interventions qui suivront, surtout en Irak.

J.-F. K. – En cela, finalement, Jospin ne faisait que perpétuer la longue série des trahisons de la social-démocratie, laquelle a tout de même voté en faveur de la trahison de Munich (la livraison de la Tchécoslovaquie à Hitler) et refusé d'aider les républicains espagnols, avant d'accorder les pleins pouvoirs à Pétain ! Par la suite, élue sous l'égide de Pierre Mendès France pour faire la paix en Algérie, elle l'a viré comme un malpropre pour le remplacer par le catastrophique Guy Mollet, qui a intensifié le conflit en envoyant le contingent, couvert la torture et les exactions, et allègrement saisi, comme jamais depuis, les journaux qui dénonçaient ces horreurs ! Guy Mollet s'est couché devant l'armée et a confirmé cette soumission au moment où Ahmed Ben Bella a été détourné en plein vol. Toujours sous le mandat Mollet, la social-démocratie a participé à l'expédition honteuse de Suez, c'est-à-dire à une opération militaire uniquement motivée par la défense des intérêts de la société exploitante du canal! En 1958, elle était au premier rang des manifestations contre le pouvoir personnel. Très bien. Mais dès le lendemain, elle s'est ralliée à de Gaulle! Et ce n'est pas fini : en 1962, au nom de l'antigaullisme, elle s'est coalisée avec l'extrême droite et la droite la plus dure, et s'est désolidarisée du général au moment où il a quitté l'OTAN. Ce sont des choses qu'on oublie aujourd'hui, mais, quand j'avais vingt ans, tout le monde savait ça.

Malgré tout, Jacques Derogy et moi avons signé une pétition en faveur d'un candidat unique de la gauche en 1965. Pourquoi? Parce qu'en bonne démocratie il fallait une opposition crédible et que Servan-Schreiber, le directeur de *L'Express* où je travaillais, soutenait Lecanuet. J'ai failli me faire mettre à la porte. J'ai rencontré Mitterrand pour la première fois à cette occasion. Il a miraculeusement réussi à sortir la gauche de l'ornière en parvenant au second tour, alors qu'elle était honnie en raison de sa position sur la guerre d'Algérie. En 1969, elle l'a pourtant écarté au profit de Defferre, qui a récolté cinq misérables pour cent et appelé au report des voix sur Alain Poher, qui se situait selon moi à la droite de de Gaulle!

Finalement, les idées de justice, d'égalité, de progrès et de démocratie ont trop souffert de ce qu'en ont fait le communisme et la social-démocratie pour que je croie encore à la vieille gauche institutionnelle. La démagogie, parfois délirante, de ses intellectuels en 1968 m'a porté le coup de grâce : son concept même n'avait plus de sens pour moi, d'autant moins que la politique de de Gaulle me convainquait sur certains aspects. Je me suis donc libéré de cette appartenance, en 1969. En 1974, j'ai voté Jacques Chaban-Delmas au premier tour et Mitterrand au second. Je m'étais mué en «gaullo-réformiste», intéressé, sans me faire d'illusions sur son contenu social, par la «nouvelle société» de Chaban, et totalement anticommuniste.

A. K. – Chez moi, la fin du militantisme politique a très exactement coïncidé avec le début de mon implication dans la réflexion éthique.

J.-F. K. – Oui, tu avais alors commencé à creuser ton sillon dans la génétique. En ce qui me concerne, j'avais surtout pris du recul par rapport à la politique intérieure. Il faut dire que j'étais grand reporter : je couvrais la guerre du Vietnam, celle des Six Jours, Septembre noir, l'entrée des Russes à Prague, la révolution tchèque, les coups d'État en Grèce, la révolution culturelle en Chine. J'étais très préoccupé par ces problèmes-là, beaucoup moins par la situation en France.

À chaque fois que je rentrais, en revanche, je me plongeais instantanément et de façon très intense dans les joutes idéologiques françaises à travers les crises qui agitaient *L'Express*. Alors que nous avions été recrutés par un magazine de centre-gauche, nous découvrions qu'il était devenu pompidolien et ensuite lecanuettiste puis giscardien. Ceci montre bien, soit dit en passant, l'inadéquation du système capitaliste à l'économie de la presse. Il suffit que le capital majoritaire ou ses mandataires glissent pour que le journal suive la même pente. C'est ce qui a provoqué la mainmise de grands groupes industriels ou financiers sur les journaux issus de la Résistance et la réduction drastique du pluralisme.

Donc Servan-Schreiber est revenu pour dépompidoliser *L'Express* et en faire l'organe du centrisme de Lecanuet, avant de soutenir Valéry Giscard d'Estaing! J'ai protesté, pour des raisons déontologiques, contre ce que je considérais comme une tromperie vis-à-vis des lecteurs comme des salariés. J'ai été élu délégué «à la déontologie» et me suis si bien démené que je me suis fait virer!

Mais à quelque chose malheur est bon, puisque, grâce à cela, je suis devenu éditorialiste à Europe 1, pour à peu près sept ans. Je bénéficiais d'une grande liberté de ton. Cette indépendance, jugée «persifleuse», de la station finit par provoquer le limogeage de toute la direction. Paradoxalement, on m'a alors proposé le poste de directeur de la rédaction! J'ai refusé parce que je réprouvais totalement ce putsch, et j'ai proposé la nomination d'Étienne Mougeotte, qui a effectivement été nommé. Il ne lui a fallu que six mois pour me licencier, sans doute sous la pression du pouvoir! Du moins, c'est ce que Giscard lui-même a reconnu un jour devant moi. La giscardisation de l'antenne, à l'époque sous l'impulsion en particulier de Jean-Claude Dassier, passé d'un stalinisme de gauche à un stalinisme de droite, a fait, à mon avis, beaucoup de mal à l'image d'Europe 1.

A. K. – Après ma rupture avec le Parti communiste a suivi pour moi une période de non-engagement. En 1981, François Mitterrand élu...

J.-F. K. – Il y avait d'ailleurs une grande hésitation à l'époque quant au choix du candidat de la gauche, entre Mitterrand et Rocard. Quelle était ta préférence ?

A. K. – Sans hésitation : Mitterrand. En 1965, il avait déjà fait un très bon score, qu'il avait amélioré en 1974, il était clair qu'il pouvait gagner. Le soir de la victoire, je n'ai pas boudé mon plaisir et suis allé faire la fête en famille et avec des copains à la Bastille, où je t'ai d'ailleurs retrouvé, en liesse toi aussi avec ta rédaction des *Nouvelles littéraires* et des amis que tu avais conviés à vous rejoindre dans une grande brasserie du quartier. Le lendemain matin, notre femme de ménage découvrit les reliefs de nos débordements enthousiastes. À la fois adorable et réactionnaire, elle marmonna suffisamment fort pour que nous puissions l'entendre : « Y a pourtant pas d'quoi se réjouir de ça ! »

Une fois la liesse retombée, je me suis avisé, par comparaison avec le Parti communiste, de la faiblesse de l'organisation socialiste. Pour étayer cet élan, j'ai créé le premier cercle socialiste de Cochin, qui réunissait vingt ou trente personnes avec lesquelles je militais au PS. L'expérience a fait long feu, car elle m'a vite atterré. Après dix-sept ans passés à me frotter aux inconvénients des structures communistes, je me suis retrouvé au milieu d'un groupe de jeunes gens – et de moins jeunes – fort sympathiques, mais d'un sectarisme qui dépassait de loin ce que j'avais pu connaître au PC. Ils discutaient en permanence de la stratégie qui leur permettrait de circonvenir le courant adverse, c'était lamentable. Je me rappelle le coup de téléphone d'un responsable socialiste au ministère de la Santé, dirigé alors par Jack Ralite. Il me parlait d'un collègue candidat à un poste de professeur. La question ne concernait nullement ses compétences. «Est-il des nôtres?» J'étais effondré. Deux ans de ce régime ont suffi à me convaincre de ne pas renouveler mon adhésion. Je n'ai jamais repris de carte, dans quelque parti que ce soit, depuis 1983.

Et toi, au fait, qu'as-tu voté en 1981?

J.-F. K. – Extrêmement sceptique, je ne m'engageais plus que ponctuellement, à cette époque, par exemple en faveur de la dissidence soviétique, ou, au cas par cas, sur des questions sociales. Après mon éviction d'Europe, j'ai dirigé la rédaction du *Quotidien de Paris*, puis animé *Tambours et Trompettes*, une émission de chansons, sur France Inter. C'est te dire si j'étais loin de la politique militante! Je suis ensuite entré à Antenne 2 pour m'occuper du service culturel. J'y ai refait des chroniques, mais j'ai vite été marginalisé. Toujours les mêmes pressions élyséennes. Du coup j'ai accepté de prendre la direction des *Nouvelles littéraires*. Une aventure formidable : la diffusion du journal était tombée à mille cinq cents exemplaires; nous l'avons portée à plus de soixante mille et même à quatre-vingt-dix mille en mai 1981. Nous avons fait un journal généraliste et offensif avec une petite équipe qui n'était, à l'origine, que culturelle... ou cultureuse!

C'est à ce moment que je me suis réengagé, avant tout contre Giscard. Je ne supportais plus ce côté cour d'Ancien Régime, ni la politique d'Alain Peyrefitte, effroyablement conservatrice. En 1981, j'ai donc positionné le journal en faveur de Mitterrand, mais au second tour seulement. J'ai même convaincu Françoise Giroud, Coluche et Marguerite Duras de se prononcer pour lui.

Le 10 mai, on avait organisé une réception au restaurant Bofinger, comme tu l'as rappelé. Le patron avait accepté avec ardeur parce que, nationaliste basque, il était persuadé que Mitterrand accorderait l'indépendance à sa région! Il a donc dressé un buffet énorme à ses frais. J'avais prévu trois cents personnes, il en est venu trois mille! Pas une personnalité de l'intelligentsia ou des arts ne manquait. Même pas Aragon qui, à la fin, nous a interrogés : « Mais qu'est-ce qu'on fête exactement? »

Pour autant, je n'ai pas voté Mitterrand au premier tour, car ce qu'était devenu le programme commun me consternait. Toujours gaullo-réformiste, je le trouvais rigide, idéologique et clientéliste. La retraite à soixante ans me paraissait grosse de faillites futures. Je n'étais pas contre certaines nationalisations, mais rebuté par la façon dont elles avaient été négociées : on refilait tel secteur au PC, tel autre au PS. Ce n'était pas l'intérêt économique du pays qui primait, même si certaines d'entre elles se sont révélées positives. J'ai cependant gagné une image d'homme de gauche dans l'affaire, alors que j'en étais à des lieues.

A. K. – Moi, je soutenais les nationalisations. Je continue à penser que c'était plutôt une bonne chose. Beaucoup d'entreprises nationalisées se sont en réalité redressées à cette occasion. Il est d'autres enthousiasmes que je regrette bien plus amèrement. Par exemple, je suis allé jusqu'à déboucher le champagne en 1975 lorsque les Khmers rouges sont entrés dans Phnom Penh! Puisque je fais mon autocritique, j'avoue que j'ai même récidivé à la chute du shah d'Iran, en 1979. Je peux te dire que ces bouteilles-là me sont restées en travers de la gorge... Plus que l'adhésion au programme commun, mon scepticisme pragmatique naissant m'avait convaincu en faveur de Mitterrand. Le peuple de gauche ne pouvait pas continuer à être exclu du pouvoir. Il fallait de nouvelles idées, mobiliser l'énergie de nouvelles couches de la société. Peut-être était-ce là aussi la garantie d'une certaine paix sociale. Il me revient une phrase, prononcée par un flic lors de la manifestation du 10 mai, qui résumait parfaitement la situation : «Après tout, c'est peut-être mieux comme ça.»

J.-F. K. — Après 1981, la droite s'est pourtant raidie, pour s'enfermer rapidement dans un discours agressif, sectaire, dogmatique, que j'ai fini par décrire comme un stalinisme inversé. Elle ne reculait devant aucune outrance, aucune bassesse. L'une de mes journalistes aux *Nouvelles littéraires* était la fille d'un grand médecin membre du comité central de l'UNR. Très riche, il possédait plusieurs voitures de marques françaises. Quinze jours après l'élection de Mitterrand, il les a toutes vendues pour acheter des étrangères afin de précipiter l'échec économique de la gauche au pouvoir! La haine des possédants et même leur furie étaient incandescentes. Tout ce qu'on m'avait raconté sur leur attitude en 1936 redevenait d'actualité. Ce n'était pas au point de «plutôt Hitler que le Front populaire!» mais la droite était très tentée de faire alliance avec Le Pen. Cela dit, la rhétorique de gauche, qui ne correspondait pas à sa pratique du pouvoir, n'en était pas moins elle aussi désolante.

Ce qui m'a le plus consterné, cependant, ce furent les réactions de tous ceux qui, ayant voté pour Mitterrand, ont, dès les premières mesures comme les nationalisations ou la remise en cause de la publicité sur les achats d'or, retourné leur veste, parce qu'ils attendaient de la gauche précisément qu'elle ne tienne pas ses promesses. À quatre-vingts pour cent, un homme politique appliquait son programme (y compris ses aspects que je réprouvais) : il avait effectivement aboli la peine de mort, mis fin au monopole de l'ORTF, nationalisé, fait voter des mesures sociales coûteuses, imposé la prise en compte des victimes dans les affaires d'escroquerie, supprimé la justice militaire... On n'allait pas le fusiller dans le dos pour ça! Eh bien si : il a provoqué des hurlements dans la petite bourgeoisie dite «progressiste», chez tous ces gens qui s'étaient bâti une réputation et avaient gagné de l'argent en faisant carrière à gauche. Au fond, ils ne voulaient pas de ce programme et enrageaient qu'on l'appliquât. Cette volte-face m'a écœuré, et j'ai fini par défendre non pas la politique de Mitterrand, mais sa loyauté programmatique.

A. K. – On peut aussi le créditer des lois Auroux, aux effets très bénéfiques à l'intérieur des entreprises. Et aussi, quoique le compliment soit plus ambigu, d'une réconciliation entre le peuple de gauche et l'esprit d'entreprise.

J.-F. K. — Oui : si on y réfléchit, dans ce qu'il est aujourd'hui de bon ton de considérer comme la mauvaise période de Mitterrand (1981-1983), jamais autant de mesures réellement de gauche n'ont été adoptées. Beaucoup de nationalisations étaient absurdes, mais certaines ont sauvé des sociétés comme Rhône-Poulenc. L'information a été libérée. Le commerce extérieur a également été relancé. Les sept dernières années de Mitterrand sont à mon avis beaucoup plus lamentables.

A. K. — Il m'a très rapidement déçu, moi. Beaucoup d'éléments me choquaient, comme le double langage qu'il tenait au moment de la guerre du Liban. Toujours mon hypersensibilité à ce que je ressens comme de la duplicité. Un attentat, probablement commandité, voire perpétué par les Syriens, tue des dizaines de soldats français à Beyrouth. Mitterrand annonce avec solennité que le forfait ne demeurera pas impuni. Quelques jours après, les Mirages bombardent un hangar dont tout milicien, dûment averti par la France, s'était prudemment écarté. De façon exagérée, sans doute, cette pantalonnade diplomatico-militaire m'a indigné. J'ai cependant voté de nouveau pour lui en 1988, avec encore plus de détermination au deuxième tour, à cause de la tuerie perpétrée à Ouvéa, sur consigne de Pasqua, uniquement pour tenter de faire gagner les élections à Chirac. Je craignais tellement que les êtres assez vils pour se comporter ainsi ne l'emportent que j'étais fou de joie à l'annonce de leur défaite.

J.-F. K. – La première chose qui m'a choqué chez Mitterrand a été le fait qu'il excepte de l'impôt sur les grandes fortunes les collections d'art, les domaines forestiers ou vinicoles, parce que cela concernait des proches.

A. K. – Ah, je l'avais oubliée, celle-là! Je reste toutefois sans conteste de gauche, contrairement à toi peut-être. Il y a en fait pour moi deux grandes conceptions politiques viables, et je continue à me reconnaître dans le but que celle de gauche assigne à l'histoire.

Jusqu'à présent, le capitalisme libéral a démontré, au plan de la production de biens et de richesses, une efficacité supérieure à toutes les autres formes d'organisation économique. Il considère cependant que la main invisible d'Adam Smith que j'ai déjà évoquée exige la recherche de la seule rentabilité économique, gage de prospérité. Le bien-être général en découlerait passivement. Par conséquent, tout ce qui nuit à l'efficacité du système doit être combattu, au premier plan les politiques sociales mues par un désir de solidarité.

La gauche, elle, entend agir sur le réel. Pour ce faire, elle envisage le système de production et les biens auxquels il aboutit comme des moyens, et non comme la fin en soi. Cela implique aussi le souci de l'efficacité, puisqu'elle peut procurer les outils de l'action, mais dirigée vers un objectif choisi selon la norme de justice.

C'est très précisément ce pivot qui m'a déporté du militantisme politique à l'engagement éthique. Poser les choses en ces termes contraint à répondre à la question : tout compte fait, qu'est-ce qui est juste? Quels objectifs de cette qualité valent la peine d'être poursuivis, mobilisant alors pour les atteindre toute l'efficacité des moyens modernes, humains, scientifiques et techniques? J'en suis finalement arrivé à récuser toute action politique, toute loi qui ne viserait pas l'«action bonne» et donc le juste. L'efficacité sans la solidarité n'a, selon moi, aucune légitimité morale. Il n'y a pas de principe plus primordial à mes yeux.

Je suis en particulier passé pour cela par le biais de ma discipline. S'occuper de science oblige à mon avis à s'intéresser à son histoire. La génétique, science relativement récente, a été particulièrement perméable à ce que j'appelle le «rapt par les brigands de l'idéologie»; c'est la seule science à avoir servi de base doctrinale à un courant politique totalitaire. Le nazisme est en effet un fascisme dont le biologisme fonde le racisme et l'eugénisme. En réalité, aucune société ne peut enraciner ses préceptes et ses orientations sur la science authentique. Lorsqu'elles l'ont tenté, ce fut toujours dans le cadre d'un dévoiement idéologique utilisant le prestige d'une science établie au profit de leurs préjugés, pour paraphraser Georges Canguilhem. De façon consciente ou non, on a par exemple eu tendance à voir dans le matérialisme historique, puis dans ses difficultés et sa remise en cause, les conséquences d'une supposée «loi naturelle». Le nazisme fonctionne clairement sur ce *credo*, mais le libéralisme s'enorgueillit lui aussi de reproduire de façon saine les règles biologiques de la lutte pour la vie. En bref, aucune «loi naturelle» ne dispense les peuples de rechercher par eux-mêmes ce qu'ils pensent juste de faire, et de se fixer comme objectif de le réaliser. La génétique, comme toute autre discipline scientifique, est ici de peu d'aide.

J'en ai donc conclu qu'il m'était impossible de m'efforcer d'enrichir ma discipline, de contribuer à sa compréhension par le plus grand nombre, sans lutter aussi contre sa possible récupération idéologique. Entre 1982 et 1984, ma manière de penser a pour l'essentiel cessé de s'édifier en référence à un courant politique pour se focaliser sur l'action bonne et sa justification. Il me fallait désormais m'engager sur le terrain éthique.

J.-F. K. – Mon évolution par rapport à la politique est d'un autre ordre. Le décalage de six ans entre nous joue à plein ici. Comme je te l'ai rappelé, mon relatif désengagement idéologique a été d'autant plus précoce que je n'ai jamais réellement adhéré au projet communiste. Or, depuis quelques années, je suis réengagé dans un processus inverse. Je n'ai jamais été révolutionnaire et je le deviens.

Le rapport entre la morale et la politique, c'est-à-dire la priorité du juste par rapport à l'efficace, m'a moins préoccupé. J'ai par exemple très rapidement considéré qu'il fallait accepter la démocratie dans son ensemble, et j'ai radicalement refusé la dichotomie entre démocratie formelle et démocratie réelle. Quelles que soient les conditions sociales de leur déroulement, les élections au suffrage universel, et donc le pluralisme, sont des exigences incontournables et essentielles.

Ma génération s'est éveillée à la politique à travers le prisme de la guerre d'Algérie, qui constituait pour nous, comme pour les militants de l'affaire Dreyfus, un conflit de valeurs : quelle était l'attitude la plus adéquate pour contester l'horreur des actes perpétrés en notre nom ? L'insoumission se justifiait-elle ? Face à la torture et à l'oppression, certains se demandaient même, comme je te le rappelais, s'il n'était pas légitime d'appuyer un peuple colonisé contre sa propre patrie.

J'appartenais alors à la gauche moralisante ; elle se posait les problèmes d'abord en termes moraux. Du coup, c'est la question de l'efficacité qui m'a très vite préoccupé : si la priorité réside dans la justice, la vérité, l'éthique, comment ne pas me murer dans une tour d'ivoire, les mains propres mais sans mains ? Comment agir et non me complaire dans la satisfaction d'être un homme juste ? Mes deux notions cardinales sont donc les mêmes que les tiennes, mais s'articulent en sens inverse.

A. K. – Je voudrais éviter ici un contresens : efficacité et justice sont pour moi aussi précieuses l'une que l'autre. Le communisme a échoué pour avoir perdu de vue cet élément essentiel : quelque objectif que l'on se fixe, il faut se donner les moyens de l'atteindre. Son inefficacité économique a cruellement validé les prévisions de Karl Marx, pour qui la révolution qui supprimerait la propriété et la compétition ne pourrait être que mondiale. Sans cette globalisation révolutionnaire, un pays à la productivité moindre que d'autres n'a pas d'autre choix que de se refermer sur lui-même. Avant même de quitter le Parti, je m'étais rendu compte qu'il n'y avait pas le moindre doute : dans les pays socialistes, on produisait bien peu, et mal. Le travail ne créait guère de richesse. Inversement, la libre compétition condamne à la disparition tous ceux qui sont moins efficients quant à la création de biens, souvent au mépris de toute empathie et de toute solidarité, sans souci de la justice. Notre civilisation a en fait navigué de Charybde en Scylla, entre la déshérence des moyens et celle des fins.

Le libéralisme affirme que l'essence de la compétition pousse chacun à se dépasser afin de triompher. Le système qui repose sur cette stimulation permanente de l'énergie, y compris créatrice, dispose d'un avantage certain. Dans nombre de révolutions, l'impétuosité que créent l'enthousiasme et la justesse de la lutte l'emporte d'abord souvent sur la recherche de compétitivité personnelle dont elle compense la carence. Mais ni le marxisme ni le léninisme *a fortiori* n'ont prévu par quoi remplacer l'énergie du souffle révolutionnaire. Il en va comme de l'excès de la passion amoureuse : c'est magnifique dans un premier temps, puis ça finit par peser, et en tout cas par passer.

Pour des raisons théoriques, cependant, l'efficacité ne saurait suffire. La société libérale de progrès, forgée progressivement à partir du XVIIe siècle et s'épanouissant surtout au XIXe, dépend de l'idée que, mue par la compétition entre les personnes et les entreprises, chère à Adam Smith, l'addition de la poursuite des égoïsmes individuels engendrera la prospérité générale. La grande illusion, tartinée à l'envi par les Lumières françaises et reprise par les saint-simoniens, consiste à croire que ce mécanisme est de nature à accroître le sens moral des hommes. Dans l'esprit de Condorcet comme de Saint-Simon se constituait un cercle vertueux d'augmentation non seulement des connaissances, de la technique et des biens, mais également de la sagesse, garants d'un usage chaque jour plus juste de la puissance et des richesses.

Force est pourtant de constater qu'il n'existe pas de système plus créateur d'inégalités que celui-là. Un exemple concret dans mon domaine : la santé est un droit, car c'est un bien premier, comme l'alimentation. L'une et l'autre sont aussi des business. Notre société mène deux activités contradictoires de front : d'un côté, elle commercialise de manière quasiment forcée des aliments surdosés en sucre et de l'autre elle consacre dix fois plus d'argent à la recherche médicale sur l'obésité qu'à lutter contre la famine de deux milliards de personnes! Pour que le système conserve son efficacité, et donc sa rentabilité, il ne doit pas fabriquer de marchandises pour qui ne peut pas les payer. L'absurdité relevée se révèle par conséquent d'une logique libérale implacable : il faut vendre à la fois des soft drinks et des produits contre l'obésité aux riches, c'est rentable. En revanche, produire des aliments pour les va-nu-pieds du tiers-monde qui n'ont pas le sou, soigner leurs maux spécifiques, est à l'évidence non rentable, et donc contre-productif.

Il n'y a aucune raison pour que les hommes deviennent de plus en plus raisonnables et veuillent le bien de tous sous l'effet de l'accroissement des savoirs, de la puissance et des richesses. Je ne sais vraiment pas où Condorcet, Saint-Simon, Hugo et les autres ont pu pêcher l'idée que ce modèle de développement portait en lui la garantie d'un développement du bonheur, de la justice et de l'harmonie sur terre. Sur le plan philosophique, ça ne tient pas debout. Il se trouve toujours un groupe de nations ou d'individus qui disposent de davantage de moyens à consacrer à la science, pourvoyeuse de technique, base de l'enrichissement et de la puissance. L'écart entre les uns et les autres est donc nécessairement appelé à s'agrandir. Bien sûr, ce peut être là l'occasion d'accroître les possibilités d'agir au profit des autres, qui en ont tant besoin. Il faut cependant le vouloir pour cela; aucun des principes du fonctionnement de la société libérale de progrès ne l'assure. Au contraire, le libéralisme de droite moderne assimilera un tel dessein à un gaspillage dangereux nuisible à l'efficacité de l'économie, et donc des «consommateurs» dont les droits, dans cette vision, ont remplacé ceux de l'homme.

J.-F. K. – Dans *Complot contre la démocratie*, publié sous Giscard, je développais le concept de «dictature libérale». Socialisme et libéralisme partageaient pour moi l'incompatibilité de leurs formes pures avec la démocratie, ainsi qu'en témoignaient le bloc communiste, le Chili de Pinochet et l'Iran du Shah. La pureté, toute pureté, ne peut se réaliser qu'à l'abri d'une tyrannie.

J'y émettais aussi le sentiment que l'organisation du débat politique autour d'une opposition frontale gauche/droite ou, plus artificielle encore, libéralisme/socialisme, était parfaitement irréelle. La bipolarité se justifie chez certaines nations, comme les États-Unis – encore que le pluralisme soit fort au sein de chacun des deux grands partis –, mais elle ne correspond en rien à notre génie propre, c'est-à-dire à notre façon historique de vivre la politique depuis la Révolution. Sont classés respectivement dans les deux camps des groupes qui non seulement n'ont rien de commun, mais qui se sont même entretués dans le passé. À gauche, on trouve ainsi des girondins, des orléanistes réformateurs, des montagnards ou des hébertistes, des chrétiens sociaux et des révolutionnaires, et à droite, encore des orléanistes, des chrétiens sociaux, des royalistes, des bonapartistes, et des ultralibéraux! Mieux : des gaullistes et des pétainistes! À une époque, gauche et droite recouvraient exclusivement orléanisme et légitimisme, mais ce clivage a été recomposé au gré des émergences du radicalisme, du socialisme, ou du républicanisme. Cette dyade a été artificiellement fabriquée et instrumentalisée par la Ve République et s'est cristallisée autour du gaullisme. Il ne s'agit pas de nier l'existence ou la nécessité d'un clivage : il restera toujours quelque chose des identités propres à la gauche et à la droite. Mais au vu de son obsolescence, il faut à nouveau le subvertir.

L'affrontement bloc contre bloc est donc non seulement absurde, mais mensonger. Il génère en effet un dysfonctionnement sclérosant de la vie politique en déterminant un affrontement à la base, qui ne se vérifie pas au sommet. Il induit qu'on parle deux langues mortes : le libéral ou le socialiste.

La bipolarisation s'est renforcée au cours du premier septennat de Mitterrand. Or les uns, dans leur majorité, n'avaient absolument pas envie d'instaurer le socialisme réel, et tant mieux, tandis que les autres étaient parfaitement conscients de l'impossibilité d'une politique absolument libérale. Ils se contentaient de faire semblant. Depuis, la bipolarisation fonctionnelle est devenue encore plus déconnectée des clivages vécus il y a trois ans. J'ai par exemple téléphoné à de nombreuses personnalités de gauche pour les mobiliser contre la guerre d'Irak, et tu n'imagines pas la quantité d'élus ou d'intellectuels socialistes qui ont refusé de se joindre à notre appel parce qu'au fond ils étaient favorables à la guerre. Bernard Kouchner est aujourd'hui à la droite de Villepin. Tant pis! Il faut faire semblant.

Au demeurant, nombre de personnes que j'ai approchées et qui ont représenté à des degrés divers l'engagement de gauche, en particulier l'engagement intellectuel, comme Georges Suffert, Jean-François Revel, Pierre Daix, Alain Besançon, Annie Kriegel, Stéphane Courtois ou Emmanuel Le Roy Ladurie, sans parler des Glucksmann et autres, sont quasiment tous passés à la droite la plus conservatrice et/ou la plus néolibérale. Cela doit nous interpeller. Quant aux grands patrons de gauche que j'ai fréquentés et avec lesquels je me suis entretenu de questions économiques et sociales, j'aimerais qu'on m'explique en quoi la plupart se distinguaient des patrons de droite! L'uniformité du groupe dominant est réelle. Entre les convictions, surtout en matière économique et sociale, des quelques journalistes, financiers, industriels, technocrates et hommes politiques qui comptent, il y a l'épaisseur d'une feuille de papier à cigarette. Ils vivent entre eux, dînent entre eux, se marient entre eux au sein d'un monde fermé. Gauche et droite ne sont que des postures adoptées en fonction de choix de carrière. On peut relever quelques divergences sur la sécurité ou les mœurs, mais aucune au plan économique ou social. Les élites sont finalement homogènes.

A. K. – Tu fais parfois froid dans le dos. Je vais revenir sur l'interrogation de mon couple de réflexion politique : efficacité, pourquoi ? Objectif juste, avec quels moyens ? Selon quels critères déterminer ce qui est juste ? Deux éléments concourent à définir cette voie bonne. Le premier est individuel : c'est le sentiment que l'on a de ce qui est le moins absurde, de ce qui peut se prévaloir de quelque consistance. Le deuxième, d'une grande banalité, mais inévitable, c'est : que puis-je faire pour favoriser les conditions d'épanouissement du maximum de personnes, des autres donc ? Tel est le seul but sans conteste légitime à assigner à l'action politique.

J.-F. K. – Il ne faut pas trop compter sur les représentants de notre classe politique actuelle pour cela ! Leur posture épuise leur action. Leurs speeches sont parfaitement automatiques : le premier mot entraîne le deuxième, qui entraîne la phrase, qui entraîne l'idée, qui entraîne le raisonnement. Ce n'est plus l'homme politique qui fait le discours, mais le discours qui fait l'homme politique. Il ne parle plus, il est parlé. Ce n'est pas lui qui dit, c'est le dit qui fait qu'il est lui. Si tu t'émancipes de la mélodie imposée, à l'image de Raymond Barre, comme tu as formé tes auditeurs, les électeurs, à la réception de cette musique convenue, ils ne l'acceptent pas. Chacun se déterminant par rapport non au réel, mais à la parole dont la fonction est de nous délivrer, ou de nous protéger, du réel, si tu promets d'instaurer le socialisme devant un public de gauche qui n'en veut pourtant pas, il applaudit tout de même. Si tu préconises le libéralisme total devant un public de droite, qui défend pourtant bec et ongles les subventions agricoles ou le *numerus clausus* dans la pharmacie, il te suivra. Tu lui expliques qu'il faut réduire drastiquement le nombre de fonctionnaires, il applaudit à tout rompre. Moins de policiers ou d'infirmiers ? Il hurle ! En fait, c'est la structure du discours qui détermine le discours et structure à son tour la réaction de l'auditeur. Faute de pays, on a la langue qui fait pays.

Il y a d'ailleurs une structure stalinienne du discours qui s'adapte fort bien à d'autres idéologies que le communisme. L'écologisme ou l'islamisme, par exemple.

A. K. – C'est le cas en ce moment, selon toi ?

J.-F. K. – Absolument et, dans la mesure où elle n'est pas créative, cette logomachie n'intègre de nouvelles thématiques que de façon binaire. Les hommes politiques, et les journalistes encore plus, procèdent systématiquement par couples notionnels à l'antagonisme artificiel : liberté/sécurité, collectivité/individualité, efficacité/réalisation de soi... Or toute avancée s'opère nécessairement en fonction d'un dépassement synthétique, et pas d'une contradiction figée. Le couple liberté/sécurité est un bon exemple. Pour quatre-vingts pour cent des gens, la sécurité constitue la liberté principale. Pouvoir vivre, manger, se promener dans la rue sans être agressé représente la liberté à laquelle ils sont le plus attachés. À leurs yeux, l'opposition n'a aucun sens. De même pour l'individu et le collectif : le projet politique le plus noble est celui qui consiste à limiter la liberté du renard dans le poulailler soi-disant libre, et pas à mettre les poules en cages et à tuer tous les renards. L'option démocratique consiste à accorder le maximum de liberté au renard compatible avec le maximum de sécurité au poulailler.

La dichotomie stricte bloque toute innovation. Quelle idée nouvelle a émergé en politique depuis 1982 ? La grande mode, c'est : « Il faut des réformes. » On disait déjà ça en 1830, en 1789, et même au XVIIe siècle ! La seule nouveauté, c'est que, par réforme, on entend désormais une régression.

A. K. – Tu es un peu injuste. Il y a un fait politique moderne : l'écologie. La nouveauté, certes unique, des trois derniers siècles, c'est : le développement pris dans le sens du « toujours plus » est-il aujourd'hui la voie qu'on doit suivre ? L'inquiétude à propos du monde que nous laisserons derrière nous est fondée. Hans Jonas assigne à l'humanisme l'objectif de léguer à nos descendants un monde compatible avec l'épanouissement d'une vie authentiquement humaine. Il n'y a pas d'objectif plus éminemment éthique que celui-là : le souci écologique est capital.

J.-F. K. – D'accord pour l'écologie. Considérée au départ comme droitière, cette préoccupation a irrigué le discours de la gauche et joué un rôle considérable dans sa rénovation. Mais pour autant pose-t-on le problème de la croissance de façon résolument nouvelle? Je ne crois pas.

Un autre exemple de l'engourdissement engendré par la bipolarité. Le capitalisme connaît aujourd'hui une révolution formidable, gigantesque et radicale : la mondialisation néolibérale. L'une de ses particularités tient à ce qu'elle remet en cause les valeurs libérales les plus authentiques, comme le néosocialisme stalinien remettait en cause les valeurs socialistes les plus authentiques. En attribuant la primauté à la finance, c'est-à-dire à la spéculation sur la production, et en poussant au verrouillage des marchés, en exacerbant les processus de concentration, elle restreint la concurrence, et donc la diversité. Pour accéder à Internet, tu as ainsi le choix entre Microsoft et Microsoft, pour boire un soda à Eurodisney, c'est entre Coca-Cola et Coca-Cola light. Le commerce distinguait autrefois les deux blocs. Le socialisme, c'était les grands magasins d'État du Goum et le libéralisme, la liberté de choisir sa tactique. Désormais, tu n'as plus que trois centrales d'achat pour toute la distribution française, bientôt deux et, dans certains endroits, c'est déjà une seule. Le petit producteur n'a plus accès au marché mais seulement au comité de référencement des centrales d'achat. C'est pareil pour l'édition et le cinéma. Ce n'est plus le marché qui tranche, c'est le capital qui décide de ce que sera le marché. Dans beaucoup de régions françaises, il n'y a plus qu'un journal et il a acheté la télévision et la radio locales! Hachette, fusionnant avec les éditions Vivendi, a failli contrôler soixante-dix pour cent du commerce du livre. La concentration capitalistique menace la propriété démocratique et ressuscite le communisme sur une base privatisée.

Or la gauche persiste malgré tout à désigner le libéralisme comme l'ennemi sans prendre en compte qu'il est submergé par l'ultracapitalisme mondialisé! Un peu d'imagination et d'ouverture voudrait qu'on cherche à préserver au contraire ce qu'il y avait de progressiste dans les acquis libéraux. Cela dit, à droite, le déphasage est tout aussi total : j'ai encore lu récemment un article d'André Glucksmann dans *Le Figaro* sur la menace du système soviétique! Personne ne lui a donc appris que Brejnev avait été renversé?

A. K. – Peut-être, oui! La réflexion politique ignore dramatiquement les mécanismes mentaux moteurs de l'humanité... Rien n'est plus compliqué que de formuler une idée géniale, voire simplement originale et pertinente. Je m'attache en ce moment à mettre au jour les aptitudes psychologiques et neurobiologiques de l'homme qui l'autorisent à accoucher du génie qui sommeille en beaucoup. Pour le directeur d'un Institut de recherche où travaillent près de six cents personnes dont on espère des fulgurances intellectuelles, c'est essentiel. La créativité et le génie ne surgissent pas spontanément; ils ont besoin de certaines circonstances pour émerger. Si on ne crée pas l'environnement favorable, le génie potentiel stagne dans une eau morte.

Jamais le système communiste ne s'est par exemple préoccupé de tirer le meilleur de l'individualité des hommes. La description que tu fais de notre société et de ses débats m'incite à penser que tu es dubitatif quant à la capacité du néolibéralisme mondialisé d'y mieux parvenir. Moi aussi, d'ailleurs.

J.-F. K. – C'est aussi pourquoi j'insiste sur l'aspect sclérosant de la bipolarisation. Par son caractère totalement artificiel, elle n'offre pas ce terreau propice à l'émergence d'idées neuves auxquelles tu rêves.

Le problème, posé après 1981, c'est la finalité de l'alternance : où ? pourquoi ? pour faire quoi ? J'adhère tout à fait et, toi aussi je pense, à la fameuse phrase d'Eduard Bernstein rompant avec le socialisme révolutionnaire et qui définit le réformisme : « Le but n'est rien, le mouvement est tout. » Cela avait été qualifié de révisionniste à l'époque, mais, avec le recul, ça me paraît extrêmement visionnaire. Dans l'économie capitaliste, tous les moyens, qui sont aussi des fins, sont bons, tu l'as très bien dit tout à l'heure. Tout et n'importe quoi a donc été légitimé pour atteindre ce but, à la fois entropique et indépassable. Si le but est tout, le mouvement cesse dès lors qu'il est atteint, ce qui va à l'encontre du processus dialectique lui-même, et l'on a la glaciation soviétique ou cubaine. Aux sociétés idéales des millénaristes, il faut substituer le « mouvement vers » jamais interrompu. Cela dit, attention, pas le mouvement pour le mouvement, sous peine de tomber, comme une fraction de la gauche actuelle, dans ce que Pierre-André Taguieff appelle le «bougisme» : «Il faut bouger. Pour aller où? Peu importe.» Or l'important, c'est le «vers». Les questions qui te préoccupent sont à cet égard fondamentales.

A. K. – D'accord avec toi sur la phrase de Bernstein et ton analyse. À chaque étape du mouvement vers un but, tu te rapproches de ce but. Notre mère disait souvent «De bec de gaz en bec de gaz, on finira bien par y arriver», évoquant par là le chien qui, ayant envie de pisser, se soulage à chaque bec de gaz, mais sait bien où il va. On ne peut dissocier le but poursuivi des moyens employés. Il n'y a en effet jamais de vide dépourvu d'intention entre le but et moi, il est précédé de buts partiels que l'on poursuit parce qu'ils s'inscrivent dans un dessein. Un mouvement sans but est une agitation brownienne, dépourvue de toute signification.

Il est intéressant de noter à ce propos que le marxisme – ou au moins la pratique communiste –, pour lequel la fin justifie les moyens, partage cette dérive avec la philosophie pragmatique de Charles Sanders Peirce, William James et John Dewey, où la moralité d'une action se juge en fonction de son issue.

J.-F. K. – C'était déjà présent chez Jeremy Bentham, à l'origine du libéralisme.

A. K. – C'est un peu différent, car l'utilitarisme de Bentham, pour juger d'une action, fait la somme algébrique de ses bienfaits et de ses méfaits, pas seulement ceux de son issue, mais aussi de sa conduite.

Si cette somme est positive, l'action est moralement légitime, si elle est négative, non. Alors que l'école pragmatique américaine et la pratique communiste sont basées sur « la fin justifie les moyens », sans préjudice des moyens mis en œuvre dont l'inhumanité est par avance pardonnée si l'issue en valait la peine.

J.-F. K. – À ce titre, la phrase la plus antisocialiste et antilibérale qu'on ait jamais prononcée se trouve à mon avis dans *Cyrano de Bergerac* d'Edmond Rostand : « Mais on ne se bat pas dans l'espoir du succès ! Non, non ! C'est bien plus beau lorsque c'est inutile ! »

J'ajoute que, dans l'optique du « mouvement vers », la gauche ne devrait pas occulter la question des valeurs. Autrement dit, ce n'est pas parce que Vichy a fait main basse sur les notions de patrie, pour mieux la trahir, de travail, pour mieux l'opprimer, et de famille, pour mieux la diviser, que la gauche doit les abandonner à la droite. Ces thématiques font intrinsèquement et historiquement partie de son propos. Elle a toujours défendu la patrie contre ses oppresseurs. La lutte pour les droits des enfants préserve la famille. Les congés payés et les mesures contre la spéculation protègent le travail.

Le deuxième point, tu l'as relevé, concerne le rapport de l'individu au collectif. La question de l'altérité et tous les problèmes qu'elle pose, qu'ils soient sociaux, économiques, psychologiques ou pédagogiques, devraient constituer le socle de toute réflexion politique. Quand Sartre écrit dans *Huis clos* que « l'enfer, c'est les autres », ou quand Levinas, à l'inverse, suggère que c'est la porte du paradis, ils font fondamentalement de la politique. La chose publique revient à composer avec l'autre, potentiellement infernal, et à faire en sorte qu'il contribue, peut-être pas à un Éden, mais à un mouvement vers quelque chose de meilleur.

A. K. – Je n'opposerais pas, comme toi, Sartre à Levinas, l'existentialisme à la doctrine qui pose l'infinie valeur de l'autre. Il y a deux manières d'accorder toute son importance à autrui. La première considère qu'il brille de l'humanité que je lui confère en le regardant comme un être humain, c'est l'approche de Levinas. La seconde le voit comme un problème, en tant qu'il a les mêmes droits que moi, mais qu'il n'est pas moi. Dès lors que deux entités de ce type se confrontent, l'autre devient effectivement une difficulté, peut-être un enfer, mais nécessaires. Dire cela, c'est cependant aussi valoriser autrui. C'est la raison pour laquelle Sartre et Levinas représentent deux grandes formes de l'humanisme moderne.

J.-F. K. – Le rapport à l'autre comporte un paradoxe. C'est l'autre qui nous fait prendre conscience que l'on est, ou plus exactement on est par lui, mais on ne peut pas réellement et intrinsèquement connaître l'autre, sans quoi il serait moi. Le mystère en vertu duquel nous ne pouvons savoir que nous sommes que par l'entremise de quelqu'un dont on ne peut pas savoir qui il est constitue un dilemme métaphysique majeur.

Cela dit, je te rejoins à propos de Sartre et Levinas. Ils ne se contredisent pas, mais présentent deux façons différentes d'envisager un processus lui-même contradictoire. Le second envisage le mouvement vers l'autre comme dynamique : je me donne, mais ce don me régénère en retour. Ce processus merveilleux, paradisiaque, de l'ouverture à l'autre et à son éventuel bonheur qui fait le mien n'est malheureusement que temporaire. Vient ensuite le deuxième moment, thématisé par Sartre, où l'on s'enferme avec lui de mille façons : y compris dans l'amour exclusif, dont la haine n'est que la transformation, etc. Lorsque le « mouvement vers » débouche sur une clôture, l'enfer commence. Le « faire ensemble » propose la seule synthèse viable, en intégrant dans notre rapport à l'autre « tous les autres » et en nous ouvrant, par son entremise, à l'universel.

A. K. – Marx disait : « L'homme, c'est le monde de l'homme. » Il y a bien un humanisme marxiste.

VII

Un sens à nos vies?

A. K. – La phrase de Marx rejoint dans mon esprit celle que m'a écrite papa juste avant qu'il se suicide...

J.-F. K. – Lorsque j'ai été mis au courant de sa mort, j'habitais à Montparnasse, il était dix-neuf heures. Je devais recevoir de très bons amis à dîner. Ils étaient sur la route. Je me suis demandé ce que je devais faire. Allais-je les renvoyer chez eux et les rendre en quelque sorte responsables, les faire participer à un drame qui n'était pas le leur? Finalement, j'ai fait comme si de rien n'était. Je me suis toujours demandé si j'avais bien agi ou pas.

A. K. – Je me souviens pourtant que tu étais venu à Mantes-la-Jolie, nous nous sommes ensuite retrouvés tous les trois chez les Dessertennes[1]. Papa était sorti de chez lui au petit matin pour se rendre

---

1. Jacques, frère de Blanche Sismondino, grand-mère d'Axel et de Jean-François, et Simonne, son épouse.

à l'école qu'il avait créée, à Vincennes. Il n'y est jamais arrivé. On m'a téléphoné dans la matinée à l'hôpital où je travaillais comme interne pour savoir où il se trouvait. Je n'en savais rien : j'avais vingt-six ans, on s'aimait profondément, papa et moi, mais on ne se voyait qu'épisodiquement, pris par nos vies. Je suis rentré à la maison vers quinze ou seize heures, j'avais un message. La gendarmerie de Mantes me demandait de la rappeler, je ne voyais vraiment pas pour quelle raison. C'est ma cousine Sylvie qui m'a téléphoné : «Axel? – Oui. – Ton père est mort, il s'est suicidé.» J'ai bondi dans ma voiture pour me rendre à Mantes-la-Jolie, et de ma vie je n'ai conduit aussi imprudemment. Lorsque j'y suis arrivé, les gendarmes n'ont pas voulu me céder la lettre que m'avait laissée papa, parce que c'était une pièce à conviction. On ne m'en a donné qu'une copie tapée à la machine, que j'ai conservée. Il m'a ensuite fallu reconnaître le corps. Le train roulait à pleine vitesse lorsque papa s'en est jeté, son crâne avait éclaté sur le rail. Je ne l'ai reconnu que grâce à un quart de son visage : toute la boîte crânienne et une partie de la face étaient parties.

J.-F. K. – Je n'ai appris l'existence de cette lettre que lorsque ton livre, *Raisonnable et humain*, a paru. J'imagine qu'il t'avait choisi en partie à cause de ton métier.

A. K. – Oui, il pensait que, médecin, j'étais peut-être moins émotif qu'Olivier et toi. Il l'avait déposée sur le siège de son compartiment. Elle commençait ainsi : «Tu es de mes trois fils le plus à même de faire durement les choses nécessaires.» Cela signifiait sans doute : «Je te sais moins sensible que tes frères. Dans les circonstances tragiques, tu as la capacité de ne pas t'arrêter à l'émotion, c'est pourquoi je m'adresse à toi.» Il devait considérer que, de par mon caractère, mon métier, mon engagement, il pouvait m'arriver d'être d'une dureté lui semblant vaguement inhumaine. Cette idée m'a tenaillé toute ma vie, l'effet qu'a eu sur moi ce soupçon est inimaginable. La lettre se terminait par ces deux phrases : «Tu embrasseras mon petit-fils pour moi. [Il est né le jour de ses obsèques et porte le nom de son grand-père : Jean-Emmanuel.] Sois raisonnable et humain.» Il me demandait en particulier – c'est du moins ainsi que je l'interprète aujourd'hui – de tempérer ma violence de jeune militant. La certitude trop affirmée s'oppose à l'humanité, qui incite à accepter l'autre tel qu'il est, et non pas tel qu'on aimerait qu'il fût. Je l'ai écouté et me suis efforcé de respecter son injonction. Il y a bien évidemment un avant et un après sa lettre, dans ma vie comme dans ma réflexion.

Depuis, l'interrogation sur ce qui mérite d'être fait ne me quitte pas. Je suis très souvent invité dans les grandes écoles grâce à ma position académique et à ma notoriété médiatique. J'ai été le grand parrain de promotions d'agronomes, de polytechniciens, de deux ou trois écoles des Mines, etc. Une fois où j'étais dans une école de commerce, les étudiants me parlaient de leurs projets, de ce qui leur tenait à cœur. Je leur ai alors posé une question qui les a plongés dans un abîme de perplexité : «Pour beaucoup, vous appartenez à des familles culturellement développées, et vous êtes encore plus méritants si vous venez de milieux où vous aviez tout à acquérir. Maintenant, vous comptez parmi ceux qui ont fait des études d'un certain niveau ; vous avez du grain à moudre intellectuellement quand vous portez vos regards sur le monde. Vous êtes par conséquent capables de décider ce que vous voulez faire de vos vies. Quel sera ce choix ?» Chacun d'entre eux aurait pu m'avouer qu'il voulait gagner beaucoup d'argent pour s'éclater, mais ils sentaient bien qu'en rester là ferait mauvais effet. Aucun ne m'a répondu. J'aurais admis qu'ils n'eussent pas résolu la difficulté : c'est mon cas. Mais, à l'évidence, il leur avait totalement échappé qu'on pût se poser une telle question.

Je m'efforce de ne pas toujours servir le même discours aux différentes promotions d'élèves que je parraine. Mais, de façon systématique, je leur glisse d'une manière ou d'une autre qu'ils seront les seuls, grâce à leurs positions hiérarchiques élevées, à disposer des moyens d'être responsables, non seulement de leur propre vie, mais aussi du monde qui se construit, car celui-ci ne s'édifie pas indépendamment des volontés humaines.

J.-F. K. – On en revient toujours à la politique, et à la façon dont nous nous y engageons. Comme la tienne, ma démarche a toujours été guidée par le souci de l'extension maximale des conditions de réalisation des potentialités individuelles. Mais on pourrait également faire le compte de toutes les dynamiques intimes qui s'opposent à cette réalisation.

A. K. – C'est ce qui m'a guidé dans un certain nombre de choix que j'ai cru devoir faire, dans le cadre de ma profession ou de mon engagement sur les questions d'éthique.

Un exemple, qui semble anodin, mais qui m'a scandalisé. Le Comité international olympique, pour éviter que des hommes ne s'inscrivent dans les concours féminins, voulait, à l'occasion des jeux d'hiver de 1992 à Albertville, mettre en place le dépistage génétique du SRY, gène de la différenciation testiculaire. Je ne suis pas favorable à la fraude, encore qu'il ne faille pas se payer de mots : la compétition sportive, qui veut que le plus fort l'emporte sur le plus faible, le plus grand sur le plus petit, n'obéit pas à des principes moraux universels ! Il n'empêche c'est la règle du jeu. Et pour la faire respecter, le CIO en était arrivé à éluder tout le processus psychologique d'humanisation de l'homme biologique, à méconnaître la complexité des mécanismes physiologiques de la différenciation sexuelle. Car rechercher l'authenticité du sexe d'une athlète dans ses gènes revient à nier ou à ignorer la possibilité d'une modification psychique ou hormonale de l'identité sexuelle. C'est la testostérone qui confère aux athlètes mâles leur avantage physique, et elle peut être discordante avec le sexe génétique. Nous nous engagions dans une voie de réduction de la diversité humaine et des fantasmes qui l'entourent à une dimension étroitement programmatique. J'ai donc réuni quelques généticiens ; nous avons rédigé une pétition. Elle a rapidement gagné une audience internationale, et le CIO a reculé.

Nous prospérons sur un soubassement biologique indéniable que nous devons connaître ; l'idée selon laquelle l'homme s'est totalement autonomisé de la nature est fausse. En revanche, notre spécificité humaine accroît nos degrés de liberté, et tout ce qui tend à les amoindrir en rapportant cette complexité à ses seuls déterminants génétiques présente un risque pour l'épanouissement individuel.

C'est peu après, à l'automne 1991, que je m'engageai dans un combat épique et difficile, qui n'est malheureusement pas terminé, contre la brevetabilité des gènes revendiquée alors par une équipe américaine soutenue par son gouvernement. Toujours de ma part le refus opiniâtre d'accepter la fusion de toutes les valeurs, celles de la science, des arts, du Bien, avec la valeur marchande érigée en étalon suprême. L'assimilation de la connaissance des gènes à un objet breveté est illégitime et choquante. Elle est de plus injuste, limitant l'accès à cette connaissance de ceux qui en auraient le plus besoin lorsqu'ils n'ont pas les moyens de se la payer. Cette bataille-là me verra guerroyer pour défendre mes positions, qui étaient aussi à l'époque celles du gouvernement français, de Washington à Bruxelles, du saint des saints de la science américaine (l'Académie des sciences, les NIH[1]) à la Commission de Bruxelles et au Parlement européen. C'est malheureusement sous le gouvernement Jospin que, par réalisme, notre pays acceptera de se rallier à une directive européenne entérinant le principe de la prise de brevet sur les séquences génétiques.

Plus récemment, c'est l'affaire Perruche qui m'a occupé corps et âme. J'étais membre du Comité

---

1. National Institutes of Health, organisation gouvernementale américaine de la recherche biomédicale.

d'éthique, et je dirigeais le groupe de travail en charge de cette saisine, en 2001, par la ministre des Affaires sociales. Je rappellerai d'abord le contexte historique et légal de cette affaire. Le 17 janvier 1975 a été adoptée la loi Veil au terme d'un débat éprouvant. Le deuxième volet concernait l'interruption médicale de grossesse. Les catholiques fervents traitaient Mme Veil de nazie et de bourreau, et les partisans d'un eugénisme républicain conduits par Henri Caillavet, député radical-socialiste, considéraient que, au stade où en était la France de son développement scientifique et technique, la naissance d'un enfant taré constituait une injure au progrès. En d'autres temps, ce «progressisme de gauche» a accouché des lois eugéniques sociales-démocrates en Suède. Ni l'une ni l'autre de ces thèses ne l'a emporté en France, et je m'en réjouis. Le législateur a estimé que, lorsqu'une femme est mise au courant qu'elle va accoucher d'un enfant atteint d'une maladie d'une particulière gravité, il n'y a aucune bonne solution – c'est la définition même de la tragédie –, mais personne n'a à se substituer à elle pour énoncer ce qu'il est préférable de faire. Pour que la femme puisse faire un choix, il lui faut être informée et libre de sa décision, même si celle-ci dépend évidemment de préjugés religieux ou idéologiques : la liberté absolue n'existe pas, ce n'est qu'une illusion. Si la mère demande l'interruption de grossesse, comme dans quatre-vingt-dix-huit pour cent des cas, il faut la pratiquer; mais il faut aussi aider cette femme lorsqu'elle désire garder l'enfant.

J.-F. K. — Sans quoi on en arriverait à l'idée que la société doit décider.

A. K. — Absolument; c'était la position de Caillavet.

J.-F. K. — Elle procède directement de l'idée platonicienne de la cité gouvernée par un philosophe-roi.

A. K. — C'est ça! Ce qui est intéressant dans cette affaire Perruche, c'est que la Cour de cassation, en novembre 2001, saisie en dernier recours, statuait sur une faute de diagnostic prénatal ayant engendré une mauvaise information des parents et, par voie de conséquence, la naissance d'un enfant handicapé. Il était juste que les responsables de l'erreur médicale fussent punis et les parents indemnisés puisqu'ils n'avaient pas été en mesure, à cause des professionnels fautifs, d'exercer leur choix. Mais le verdict a considéré de surcroît que cette faute faisait perdre une chance à l'enfant, celle de ne pas vivre! Un tel jugement dit en fait la norme des enfants dont la naissance est justifiée ou pas, traduite par la sanction financière : l'enfant n'est indemnisé pour son handicap qu'à la condition que ce ne soit pas la volonté de la mère qu'il naisse. La séparation des pouvoirs se trouvait gravement atteinte puisque la loi de 1975 privilégiait le respect de la liberté des femmes et n'imposait aucune norme. Si le pouvoir judiciaire modifie en profondeur l'esprit de la loi — c'était le cas en l'espèce —, il faut redonner la parole aux représentants du peuple. Dans sa dernière jurisprudence, la Cour de cassation estimait que des enfants trisomiques victimes de ce genre d'erreur avaient droit à une réparation au motif de leur préjudice intellectuel et esthétique, c'est-à-dire parce qu'ils étaient bêtes et laids!

J'ai été profondément indigné, car ces attendus culpabilisent la femme qui met au monde un enfant handicapé, qui lui impose ce fardeau de vivre si vilain et si sot! La logique consisterait par conséquent à reconnaître le droit à des enfants d'intenter un procès à leurs parents pour les avoir fait naître! C'est d'ailleurs ce que revendiquait, de façon cohérente, mon ami Henri Caillavet.

Presque toute la presse de gauche, à l'exception de *L'Humanité*, s'était rangée à cet eugénisme républicain. Jusqu'à cette affaire, *Le Monde* me sollicitait régulièrement pour écrire dans ses colonnes. Or il avait pris totalement fait et cause pour la jurisprudence de la Cour de cassation dans des articles d'une partialité sans remords ni complexe. Je me suis rendu compte à cette occasion que ce journal mène ses combats de manière fort peu démocratique et, en de nombreux domaines, a depuis très longtemps jeté aux oubliettes l'exigence d'un journalisme «objectif». Il combat par tous les moyens pour les opinions qu'il croit mériter d'être défendues. *Le Monde* a rejeté tous mes textes défendant mon point de vue – qui était en l'occurrence celui du Comité d'éthique – sur les conséquences de l'affaire Perruche et, d'ailleurs, toute contribution depuis.

J.-F. K. – Dieu sait que j'ai pensé et écrit ce que tu dis! Mais cette situation est dépassée, *Le Monde* semble rompre avec ces pratiques. Cette virulence procédait de l'obsession de protéger le droit à l'avortement. C'était malheureusement l'expression d'une pensée à courte vue fondée sur une idée juste dogmatisée.

A. K. – Exactement : les pro-life protestant contre l'avis de la Cour de cassation, *Le Monde* ne pouvait que l'appuyer. Toujours cette idéologie du progrès...

J.-F. K. – Cela repose sur l'une des contradictions que porte la gauche intellectuelle classique. D'un côté, elle a érigé la libéralisation de l'avortement en référent ultime de la pensée progressiste sans prendre en compte ce qu'il peut y avoir non pas de légitime mais de profond dans la démarche chrétienne, et de l'autre fait de l'eugénisme le symbole de l'horreur fasciste. Qu'on le veuille ou non, il y a pourtant un relent eugéniste dans l'avortement, même si sa «libéralisation» me paraît avoir constitué un progrès considérable.

A. K. – Oui sur le plan étymologique, non en référence à sa dimension politique. L'eugénisme tel qu'il a sévi de 1907 aux années 1960 se caractérise par l'intervention de l'État dans le pool génétique de la population. Et le fait qu'un myopathe naisse ou ne naisse pas ne modifie guère ce pool, puisqu'il ne peut pas avoir d'enfants. C'est ici la priorité reconnue à la volonté d'une femme informée, concernée au premier chef, qui s'impose. Cela m'apparaît juste.

J.-F. K. – Voilà des exemples très concrets de ce qu'a été ton engagement après ton militantisme politique. Mais sur le plan plus existentiel, est-ce que tu es parvenu à ébaucher des réponses aux questions que nous nous posons tous ?

A. K. – Elles ne sont que partielles. En tant qu'agnostique, la vie n'a pour moi ni sens ni but : elle est. Un jour, elle disparaîtra. Il n'y a pas de dessein du vivant, pas plus de l'humain que de la plante verte ou de l'insecte.

En revanche, le statut particulier de l'homme le place devant un paradoxe philosophique : alors même que sa vie n'a pas de sens en soi, il ne peut pas, étant doté de raison et de conscience, manquer de se poser la question du sens qu'il désire donner à sa propre vie. Puisque personne n'a créé l'être humain ni ne l'a investi d'une mission, son seul mode de détermination est subjectif.

L'un des éléments qui me guident au premier chef est le souci de l'autre, comme je te le disais. Pas parce que je suis un homme bon, mais parce qu'on est rarement bien tout seul. Le plaisir de vivre, c'est aussi la société de l'homme. Une chose est incontestable : contribuer à l'épanouissement et à la satisfaction d'autrui me procure de la joie, comme l'illustre à merveille le deuxième livre de *Faust* de Goethe. Faust, qui a pactisé avec le diable, a obtenu tout ce qu'il désirait : les femmes, la jeunesse, la fortune. En échange, le jour où il conviendra qu'il est pleinement heureux, le diable prendra son âme. Sauf qu'une telle providence l'ennuie profondément, en fait. Il décide donc d'aller construire des digues chez les Bataves afin d'éviter qu'ils soient régulièrement inondés. Il y consacre toutes ses forces, améliore le sort des Hollandais, et c'est alors seulement qu'il accède au bonheur. Évidemment, après une aussi bonne action, il est inconcevable qu'il aille en enfer. Il parvient ainsi à duper le diable lui-même !

L'autre élément auquel je me réfère réside dans la valeur négative certaine, sur le plan intellectuel comme sur le plan moral, du gâchis. Il consiste pour moi en un potentiel qui ne se déploie pas, comme détenir le pouvoir d'agir en faveur des autres, d'élever leur niveau de conscience, et de n'en rien faire.

J.-F. K. – C'est pour cela que tu es devenu médecin ?

A. K. – Plutôt par élimination. Papa était philosophe, toi historien, Olivier chimiste... Pour ne pas entrer en concurrence frontale avec vous, que me restait-il ? Je n'ai rien vu d'autre que la médecine. Cela dit, c'est extrêmement gratifiant de soigner des gens, notre rôle est évident. Quand tu sauves quelqu'un de la mort, tu ressens un bonheur extraordinaire. L'intensité est hélas la même lorsque tu échoues, et c'est alors parfois épouvantable.

Mais, très rapidement, j'ai trouvé cela insuffisant. Je voulais aussi approcher la médecine par son versant scientifique. Si l'on est capable d'édifier de nouveaux concepts, de trouver de nouveaux remèdes, il est impératif de le faire. Je suis donc devenu docteur ès sciences, et je dirige depuis 2002 un institut de recherche de six cents personnes, après avoir été à la tête d'un laboratoire de plus de cent chercheurs depuis 1983. Il y a beaucoup de gens qui ne peuvent pas supporter l'éclosion de leurs élèves, amenés à les dépasser; pour moi, honnêtement, c'est tout à fait l'inverse. Si j'ai pu y contribuer, ne serait-ce que par mes conseils et un mandarinisme non excessif, j'en suis réellement heureux. La transformation au fil des ans d'une jeune fille ou d'un jeune homme en un scientifique créatif et conquérant, reconnu par ses pairs, est une aventure formidable. Le troisième facteur de joie lié à mon métier est purement intellectuel. Il m'est arrivé une ou deux fois dans ma carrière de mettre le doigt sur une connaissance conduisant à modifier un paradigme. Eh bien, je souhaite à tous les gens que j'aime de connaître ce type de moment, fait de complétion, d'exaltation et de félicité! Si ces choses ne m'ont pas révélé le sens de la vie, elles m'ont en tout cas montré ce qui crée du plaisir. Car tout le monde cherche son plaisir, je n'ai aucun doute là-dessus. Même une sainte femme comme sœur Emmanuelle ne ferait pas le bien si ça l'ennuyait.

Je demeure cependant fort sceptique, comme je te l'ai dit. Je me demande souvent si tout cela vaut la peine... Je ne sais toujours pas vraiment ce qui définit la voie dans laquelle il convient de s'engager. Heureusement, mon attachement aux autres me sauve de l'inaction dans laquelle devrait me cantonner cette espèce de dégoût de la vie. S'il met en péril les gens qui m'entourent, je m'en abstiens, par devoir. Mais je me sens souvent mal à l'aise, je me fais l'effet d'être en représentation... Je serais heureux que tu m'apportes quelques pistes et que notre dialogue m'aide à surmonter ce blocage.

J.-F. K. – Une différence notable, pour commencer : tu as choisi ta profession, ce qui n'est absolument pas mon cas. Ce n'était pas tout à fait clair, mais je voulais obtenir mon agrégation d'histoire et suivre des études d'économie pour travailler en entreprise. J'aurais également aimé entrer à Sciences-Po, mais je n'ai jamais pu payer les droits d'inscription. Après ma sortie du sanatorium, mes rêves d'«études de marché» envolés, j'ai enseigné l'histoire-géographie dans le privé pendant deux ans. La deuxième année, dans une réaction de fuite qui ne fut pas à mon honneur, je suis entré à *Paris-Presse* grâce à quelqu'un que papa y connaissait. Je n'avais jamais pensé au journalisme, je n'ai jamais eu la vocation. À la réflexion, tout ce que j'ai fait, tous les postes que j'ai occupés, l'ont été en réplique à des situations imprévues et négatives. Toynbee a écrit un livre établissant que les grandes civilisations résultent d'une réaction à un manque extrême. L'Égypte a ainsi fourni un tel effort pour survivre, alors qu'elle ne disposait que d'un désert à droite et à gauche d'un fleuve, qu'elle a, en réaction, engendré la civilisation que l'on sait. J'ai au fond, à mon petit niveau, été mû par le même genre de contraintes. J'ai dû travailler tôt, au tri PTT de la gare du Nord, puis comme manœuvre à l'imprimerie Desfossé, et ça a finalement été une école de vie irremplaçable. Je suis resté un an immobilisé à l'hôpital, presque tout mon temps consacré à la lecture et à l'écoute, du coup je me suis plus instruit qu'en quatre ans d'école et j'ai économisé deux ans et demi de service militaire. Démissionnaire du quotidien, j'ai fait de l'hebdo. Viré des journaux, j'ai fait de la radio, viré de la radio, j'ai fait de la télé, viré de la télé, j'ai fait des émissions sur la chanson, viré de partout, j'ai fini par créer mes propres journaux. Du coup, j'ai pu additionner des publics; sans quoi je n'aurais jamais pu fédérer des lecteurs autour des *Nouvelles littéraires*, de *L'Événement du Jeudi*, de *Marianne*.

Bizarrement, je ne me suis jamais posé le problème du sens de la vie, probablement parce qu'il s'est imposé à moi. Mais je suis convaincu, et tu seras d'accord avec moi, qu'elle n'en a pas d'autre que celui qu'on lui donne presque au jour le jour. Le sens de la vie, c'est le résultat de notre effort pour dépasser son apparent non-sens. Bien que culturellement catholique, je suis moi aussi agnostique. Il n'y pour moi ni Dieu ni Jugement dernier, donc pas de paradis ni d'enfer; on ne risque rien. Cependant, bien que je sois convaincu que nous retournerons à la poussière après notre mort et qu'il n'y a rien après, je demeure obsédé par le bien et le mal. J'intériorise toutes les fautes que j'ai commises. À onze ans, j'ai volé un ami dans son casier d'internat. Je suis sûr que ça t'est déjà arrivé. Ce n'était vraiment pas grave, mais je suis encore rongé par la culpabilité! La scène de ce larcin me poursuit, lancinante. Il faut dire que je conçois le bien et le mal en des termes aussi bêtes et simples que dans leur acception chrétienne. Mentir et voler, c'est mal ; dire la vérité et donner aux autres, c'est bien. D'une façon générale, je suis perpétuellement inquiet de la bonté ou de la malignité de mes actions. Ai-je fait assez de bien ? Assez pour la société ? Ai-je été lâche ? Honnête ou malhonnête ? Ai-je trop menti ? Un peu, il le faut bien !

Mon rapport au travail est nettement redevable à mon éducation catholique. Inconsciemment, j'estime que le travail doit être pénible. C'est un moment qu'on doit à la société, pas fait pour en retirer du plaisir. C'est le processus de dépassement de sa propre paresse. Le bonheur, je le trouve ailleurs : dans un opéra, une opérette, une exposition, un livre au soleil, etc. Je suis d'une nature extrêmement flemmarde. J'adore ne rien faire, mais je finis par travailler comme un fou, hanté que je suis par le mal de ma flemmardise.

Je suis sûr que tu es un très bon médecin, mais je ne suis pas sûr d'être moi-même un bon journaliste. Pour commencer, je n'aime pas beaucoup ce métier, et ce milieu m'est très vite sorti par les yeux ; en l'occurrence, il me le rend bien. Je ne sais pas conduire, je ne parle pas l'anglais, je n'utilise pas de traitement de texte, j'écris à la main… c'est rédhibitoire. Ma profession n'est qu'un instrument. Même lorsque j'animais *Tambours et Trompettes*, je me demandais quel message je pouvais y faire passer. Quand je passais le *Et incarnatus est* de la *Messe en ut* de Mozart et que je recevais dix lettres de remerciements pour avoir fait découvrir cette merveille, je ressentais une intense joie. Même chose lorsque j'étais éditorialiste à Europe 1. À chaque fois que je pouvais contribuer à ce que des auditeurs se remettent en cause, ou apprennent quelque chose, j'étais heureux.

Si je n'étais pas persuadé de l'utilité sociale de ce que je fais, même si je ne suis pas totalement insensible à l'argent que ça rapporte et à la notoriété que cela confère, j'arrêterais de le faire. Mais, comme disait La Rochefoucauld, ce souci de l'autre est aussi un souci égoïste. C'est sans doute moins le souci de l'autre qui me préoccupe que l'idée valorisante de moi-même en fonction de ce que je fais pour l'autre.

A. K. – Le souci de l'autre est en effet inséparable de la recherche du plaisir. L'altruisme masochiste n'existe pas!

J.-F. K. – J'ai ressenti la même jubilation professionnelle que toi lorsque j'ai écrit *Tout change parce que rien ne change*. Je crois que j'aurais reculé devant l'écriture d'un tel livre si je l'avais conceptualisé en son entier dès le départ. C'est la dynamique de l'écriture qui m'a conduit à aller plus loin, à presser, en quelque sorte, le jus de mon propre citron! En fait, une œuvre est toujours en partie autonome et se libère de celui qui la produit.

D'où vient, au fond, ma remobilisation? On nous assène à longueur de journée qu'une seule orientation, désormais, est valable et possible, que le verdict des urnes ne sert en conséquence à rien. Qu'on vote pour Gerhard Schröder ou Lula da Silva, c'est effectivement toujours la même politique. Il ne s'agit nullement d'une trahison : comme le serine l'orthodoxie dominante, compte tenu des « contraintes » du marché et de ses exigences, des impératifs européens et de la mondialisation, il n'y a pas d'autre façon de procéder. Ça ne va pas dans le bon sens, mais c'est le seul sens possible! On va dans le mur, c'est vrai, mais ce mur étant « incontournable », comme ils disent, le pragmatisme implique ce fracassement. Mon raisonnement est inverse : puisque nous sommes embarqués sur un train fou qui se dirige vers un précipice, nous devons absolument l'arrêter, même contre l'avis de ceux qui le conduisent, quitte à faire dérailler la locomotive. Tu es bien placé pour le savoir : la commercialisation des gènes montre jusqu'où peut aller la marchandisation du monde. Puisque l'arme de l'expression électorale a été neutralisée, il faut stopper ce train, le réorienter à l'aide d'un projet révolutionnaire démocratique et humaniste. C'est la définition même de ma conception de la révolution : un coup d'arrêt permettant une restructuration autour de l'être humain comme nouveau centre.

Ne nous y trompons pas : ce processus a déjà démarré, de toute façon : l'intégrisme, l'islamisme, le nationalisme ethnique, le national-populisme, le néofascisme, le néostalinisme constituent autant de formes de réactions perverses à une situation insupportable et qui ne sera pas supportée. Si nous ne remodelons pas l'avenir, pour le meilleur, d'autres s'en chargeront pour nous, et pour le pire. Ce sera eux ou nous. Souvenons-nous de 1930 où, face à l'effondrement du capitalisme, ce sont les fascismes et le stalinisme qui ont porté l'aspiration au changement, parce que les démocrates et les humanistes, à part Roosevelt aux États-Unis, n'ont pas su penser la métamorphose du système.

À travers l'histoire, les révolutions ont été de quatre natures : nationale, démocratique, sociale ou libérale. Or, pour la première fois, les quatre sont devenues indispensables ensemble! Le référendum du 29 mai 2005 a montré la nécessité de redonner un sens à la nation, fût-elle européenne (je suis personnellement fédéraliste européen), en réaction à cette espèce de fuite illimitée vers un marché unique sous tutelle hégémonique américaine où seuls l'argent et la recherche du profit tiennent lieu de patrie. Nécessité d'une révolution nationale, donc, mais aussi démocratique : le bulletin de vote doit redevenir un instrument de transformation. Révolution sociale ensuite, en refus des inégalités, des fractures sociales inouïes que même Marx n'aurait jamais pu imaginer! Et révolution libérale, enfin, pour reconquérir tous les acquis progressistes du libéralisme : la concurrence, la propriété démocratique et diffuse, la pluralité et le droit d'accès aux marchés, la vraie liberté d'entreprendre. Si on ne comprend pas que la logique néolibérale, normative, monopoliste, concentrationnaire, uniformisante, spéculative, insécuritaire, sorte de refondation du communisme sur une base privatisée, est radicalement destructrice du libéralisme authentique, on ne comprend rien! C'est cette fusion des quatre aspirations révolutionnaires qui déterminera l'émergence d'une nouvelle modernité.

Pour ce faire, il faut reconstituer un front élargi, formé de tous ceux qui n'acceptent pas, soit pour des motifs philosophiques, soit pour des raisons économiques – ou d'intérêt –, la situation : les chômeurs, les exclus, les salariés certes, mais aussi les petits commerçants, les artisans, les paysans non productivistes, et les patrons de PME, qui seront tous demain balayés par la dynamique néolibérale. En ce sens, la vision gauchiste et néomarxiste de la révolution est aujourd'hui non seulement inadéquate et obsolète, mais aussi contre-révolutionnaire, en cela qu'elle rétrécit ce front, et rend du même coup tout changement radical impossible. C'est en ça que je me dis centriste. Mais tu souris...

A. K. – Je souris parce que le seul centre acceptable, même dans ta conception, est décentré. Il n'y a pas d'oxymore plus évident. Le décentrage me paraît plus important que le centre. Comme je cherche toujours une fin légitime, mon univers se compose davantage de constellations excentrées. Le ciel étoilé me semble plus beau dans son indéfinition que n'importe quelle organisation centrée, pour ne pas dire centriste. Nous n'obtiendrons pas satisfaction en adhérant à des solutions qui ont déjà démontré leur inefficacité et leurs limites.

En revanche, je sais que, n'ayant pas trouvé, je me dois de poursuivre ma quête et de laisser le maximum de pistes ouvertes. J'attends que de nouvelles idées me soient fournies par les autres, qui doivent jouir du même éventail de choix.

J.-F. K. – Mais pour cela, il faut dégager l'espace afin de percer une autre voie! Et pour l'instant, on te dit, on te serine qu'il n'y en a pas, sinon dans le repli sectaire ou corporatiste sur un immobilisme de «résistance». Même si tu ne me suis pas sur ce que je qualifie de «centrisme révolutionnaire», reconnais que le seul fait d'ouvrir le champ à une autre direction possible est en soi, aujourd'hui, révolutionnaire.

A. K. — Oui, quoique, à l'heure actuelle, je reste dans une très grande incertitude quant à ce qu'il conviendrait de faire. Je ne connais pas, je te l'ai dit, le sens qu'il serait bon que je donne à ma vie. Il y a bien autrui, mais constitue-t-il un but ou bien est-il une nécessité pour moi incontournable? Se fixer comme objectif ce qu'on ne peut manquer de poursuivre est sage mais peut sembler manquer d'ambition! J'affirme là encore la vertu d'une recherche syncrétique de pistes plausibles. Leur malaxage dans le maelström de mes pensées ne pourrait-il pas engendrer des propositions d'une authentique originalité? Par moments, j'en arrive à des positions plus gauchistes qu'il y a trente ou quarante ans, probablement parce que notre système est tellement bouclé, figé que, de toute façon, bien que je me méfie de mes pulsions, je me dis que cela peut difficilement être pire. Il faut donner sa chance à autre chose, même si je ne sais pas trop à quoi. J'ai, aujourd'hui, à soixante et un ans, des tendances iconoclastes, vaguement anarchistes, qui m'étaient étrangères il y a vingt ans.

Malgré notre passage en revue critique de l'héritage de 68, je ne peux oublier mon émerveillement devant ce feu d'artifice. Le cynisme ambiant me conduit à estimer qu'il serait préférable de donner un coup de pied dans la fourmilière, de casser les murs sans plan de reconstruction. Je ne vais pas jusqu'à l'acte, si ce n'est dans l'isoloir. Le cours de notre devenir, auquel je participe en tant que scientifique, et parfois inspirateur de lois de la République, me semble mener à une totale impasse. Mes enfants me regardent parfois avec des yeux ronds. Ils n'iraient pas jusqu'à dire que je suis un père indigne, mais ils s'étonnent que je sois aussi peu raisonnable compte tenu de ma notoriété et de mon âge !

J.-F. K. – En fait, ma propre conversion tardive à cette option révolutionnaire (révolutionnaire modéré par refus de l'extrémisme oppressif, mais pas modérément révolutionnaire) s'est doublée d'un autre tournant dans mon existence : la découverte de ce que j'ai appelé la « pensée unique ». En vérité, l'expression était polémique et ne correspondait pas tout à fait à la réalité. La pensée libre restait plurielle. Je ne l'emploie d'ailleurs plus parce que, aujourd'hui, toute pensée adverse est qualifiée d'« unique ». En revanche, il y a effectivement un discours médiatique – y compris intello-médiatique – dominant qui tend à l'unicité.

J'ai pris conscience de cela à propos des événements de Russie, quand l'univers soviétique s'est effondré, car les clivages politiques français, depuis le XVIIe siècle, se sont fréquemment organisés autour de visions contradictoires de ce qui se passait dans ce pays.

Peu de temps après son élection, Eltsine est entré en conflit avec la première *douma* élue, qui s'opposait à une réforme constitutionnelle extrêmement critiquable en droit. Il l'a finalement écrasée dans le sang en envoyant des chars d'assaut. Or tous les commentateurs, les éditorialistes et les médias ont célébré d'une seule voix dans ce putsch une «victoire de la démocratie»! Il faut dire que les mêmes avaient applaudi à la fameuse «thérapie de choc», en fait une immense braderie des richesses du pays à une oligarchie mafieuse qui a entraîné une paupérisation sans précédent.

Le deuxième temps de cette prise de conscience est redevable à la Yougoslavie. Souviens-toi, elle avait réussi à échapper pendant cinquante ans aux horreurs qui l'avaient ensanglantée par le passé en construisant une fédération de peuples et d'ethnies différentes. Le bon sens aurait consisté à encourager les Yougoslaves à se décentraliser, à se démocratiser et à se moderniser, mais à conserver le trésor qu'était leur système fédéral et que nous tentions de construire, nous, à l'échelle de l'Europe. Tout au contraire, on a soutenu les nationalismes ethnico-religieux, et la fédération a éclaté sauvagement. La *doxa* médiatique a trouvé ça formidable : c'était le *summum* du progressisme, puisque chaque ethnie obtenait son propre État. Dans ce cas, un minimum de cohérence aurait voulu qu'on préconisât la même chose pour la Bosnie, eh bien non : les mêmes ont brusquement changé de cap et réclamé une intervention pour garantir son unicité et sa multiethnicité! Ensuite, ils ont de nouveau changé de direction en appelant à une intervention militaire pour obtenir l'indépendance du Kosovo sur une base ethnico-linguistique. Positions totalement contradictoires, mais toujours exprimées unanimement.

A. K. – De façon surprenante, ces soutiens recouvraient des divisions religieuses, et non ethniques, puisque les Bosniaques, comme tous les Yougoslaves, sont des Slaves du Sud convertis soit à l'islam, soit au catholicisme, soit à l'orthodoxie.

J.-F. K. – Absolument ; et ils n'écrivent pas avec le même alphabet. Quant au troisième temps de ce tournant, il s'est opéré lorsque j'ai réalisé qu'une partie de la gauche abandonnait toutes les valeurs républicaines et dérivait vers l'ethnicisme, le communautarisme et le néocléricalisme.

En fin de compte, je n'arrêtais pas de me battre. Pas parce que j'avais un tempérament de guerrier, mais parce que mon rapport à moi-même m'y obligeait constamment. D'où, régulièrement, la tentation du retrait. Après l'aventure de *L'Événement du Jeudi*, qui fut un paradis mais aussi un enfer, j'y ai sérieusement songé. J'ai d'ailleurs traversé alors deux années formidables. J'étais libre, je n'avais pas de responsabilités et je gagnais pas mal d'argent grâce à des activités diverses, multiples mais non contraignantes.

C'est pourtant à ce moment, à la suite de ces prises de conscience, qu'une sorte d'exigence morale laïque, athée, mais aussi impérieuse que si elle m'était venue d'en haut, m'a saisi : « Si tu peux faire quelque chose contre cela, contribuer à enclencher une réaction, c'est ton devoir. » Du coup, on s'est moqué : je me prenais pour Jeanne d'Arc. Je me suis cependant attelé au lancement de *Marianne*. Sans bien réaliser que, dans un premier temps au moins, l'aventure aurait des aspects cauchemardesques.

A. K. – En indiquant comment tu as construit ta carrière, non seulement à côté, mais aussi en opposition à ton corps professionnel...

J.-F. K. – ... Ça n'est vrai que depuis six ou sept ans.

A. K. – ... tu sembles sous-entendre une différence importante entre ton itinéraire et le mien, et que je suis plus estimé par mon milieu que toi par le tien. Rien n'est moins sûr. D'abord parce que je pense que, tout en étant contesté, voire rejeté, tu es reconnu – ce mot est faible – par le public et malgré tout considéré par la plupart des journalistes.

Pour ce qui me concerne, je ne fais pas partie d'une dynastie médicale, comme c'est souvent le cas chez les médecins ou les grands patrons. C'est fondamental pour être intégré et aidé dans l'accès aux postes importants. Or on a dans la famille un rabbin, un banquier, des chefs d'entreprise, des professeurs, toutes sortes de métiers, mais pas de médecin. Deuxièmement, j'ai opéré un choix particulier dans les années 1970 : entre devenir, à terme, chef de service à l'hôpital et me consacrer à la recherche, j'ai choisi la seconde voie, par souci de ma liberté. Un chercheur est titulaire de sa fonction, il l'emmène avec lui où il veut, alors qu'un médecin hospitalier dépend d'une université, d'un hôpital, initialement d'un «patron». Il doit en permanence composer, manifester envers ses supérieurs une déférence de principe. À l'époque, il se disait que j'avais décidé d'être chercheur, mais que ce n'était pas pour en faire définitivement mon métier, tellement il était étonnant que quelqu'un en qui on avait placé un peu d'espoir choisisse cela! On me voyait revenir dès que possible à la voie royale des carrières hospitalo-universitaires. Mon désir d'indépendance a été le plus fort.

Je ne sors pas non plus d'une grande école; je ne suis pas pasteurien, ce qui est assez rare parmi les biologistes de renom en mon domaine. Ma progression académique a néanmoins été relativement classique. Mais à partir des années 1990, en raison de ma conception du progrès, une fracture s'est opérée avec la plupart de mes collègues. Je défendais au sein du Comité d'éthique la position selon laquelle la valeur scientifique d'une innovation ne la justifie pas pour autant sur le plan moral. Je n'ai jamais cru à la notion d'une science bonne en elle-même : toujours légitime, elle est impuissante à elle seule à garantir un progrès social et moral.

Autre motif de discorde, le clonage dit «thérapeutique». J'ai, en toutes circonstances, défendu la légitimité de la recherche sur l'embryon, car pour moi rien n'est sacré. L'embryon humain n'est cependant ni banal ni trivial, et j'ai toujours fait valoir que l'éthique obligeait à en reconnaître le caractère singulier, puisque c'est le commencement possible, éventuel, d'une personne humaine. Cela impose de réfléchir à ce qu'implique cette singularité. Après la naissance de Dolly, la célébrissime brebis clonée, mes pairs ont été pris d'un désir croissant de créer des embryons humains par la technique de transfert du noyau, ce que l'on appelle le clonage thérapeutique. D'un intérêt scientifique certain, il n'a en réalité jamais soigné personne et il est douteux qu'il y parvienne jamais. La portée universelle du débat sur ce sujet est incommensurable avec ses perspectives médicales réelles. Car si chaque fois que nous devons traiter quelqu'un, il faut commencer par fabriquer son clone embryonnaire, au prix que ça coûte et vu le nombre d'ovules que cela nécessite, peu nombreux seront les malades qui pourront en bénéficier! Lorsque Jospin a annoncé qu'il proposait d'introduire dans la loi de bioéthique une autorisation de cette technique, sans l'appeler par son nom – il parlait des « cellules de l'espoir » –, j'ai décidé qu'il fallait informer le public de ce dont il était question. On ne peut pas débattre d'une question dont la nature réelle est masquée. *Le Monde* s'étant sans hésitation rangé derrière l'argumentation gouvernementale, c'est *Libération* que j'ai choisi pour, dans un grand article, préciser et expliquer les enjeux, tenter de lever les ambiguïtés. Je pointais le caractère peu réaliste d'une application thérapeutique de la méthode, m'inquiétait des conditions dans lesquelles seraient recueillis les nombreux ovules nécessaires à sa mise en œuvre. Je notais aussi que la recette du clonage des embryons humains serait pain bénit pour tous ceux dont le rêve était de cloner des enfants. J'ai été reçu à l'Élysée et il est clair que Chirac m'a utilisé pour contrer Jospin. Ce dernier a saisi de ce problème plusieurs commissions et comités, dont le Comité d'éthique. Auparavant, la composition de ce comité avait été partiellement renouvelée de façon très ciblée. Les débats ont été vifs, d'une grande violence intellectuelle. Je me suis battu comme un beau diable pour mes idées, qui ont été défaites par douze voix contre quatorze. En revanche, deux autres instances se prononçaient contre le projet du gouvernement, que le Premier ministre se résolvait, la mort dans l'âme, à retirer.

Je me suis en de nombreuses circonstances élevé contre les annonces aussi régulières que mensongères de ténors médiatiques du corps médical promettant la guérison prochaine et définitive des cancers, des maladies génétiques, voire la disparition de toutes les affections grâce au séquençage du génome humain. Devenus lobbyistes, nous cessons d'être crédibles en tant que scientifiques. Contentons-nous de dire, sans masquer nos hésitations et nos difficultés, ce que nous considérons être le plus plausible. Un monde où la société ne pourrait plus avoir aucune confiance en la parole des savants serait menacé dans ses équilibres fondamentaux. Une telle situation commence à se faire jour. Tu imagines bien que ce cri d'alarme n'a pas été bien accepté non plus.

L'Académie des sciences ne m'a, en particulier, jamais pardonné ces prises de position, surtout en ce qui concerne le soi-disant «clonage thérapeutique». Elle-même, de concert avec l'Académie de médecine et le Collège de France, milite énergiquement pour l'autorisation législative de cette technique, ce qui est d'ailleurs parfaitement son droit, voire dans sa nature. Ma dénonciation de certains de ses arguments comme relevant du lobbying et non de l'information objective a néanmoins été fort mal ressentie. En tant que correspondant de l'Académie des sciences depuis plus de quinze ans, j'étais presque automatiquement appelé à en être membre à part entière, comme notre frère Olivier avant sa mort. Je n'ai pas respecté les règles du jeu, et ne serai donc pas admis dans cette savante compagnie. Rien à dire, je connaissais ces règles. En revanche, j'ai pu conserver ma totale liberté d'intervention et ai acquis en ce domaine, auprès du public et de mes pairs, une certaine légitimité. J'ai connu des conflits terribles avec des ministres de la Recherche et des stars de l'establishment scientifique mais j'ai, au fil des ans, gagné les moyens de mon indépendance dont, je crois, personne ne doute. Les ministres passent et, pour l'instant, je reste. À l'heure actuelle, j'occupe ainsi dans ma sphère d'activité une position singulière, assez voisine de la tienne dans le milieu des médias.

J.-F. K. – Je me suis aperçu en écrivant un livre sur les « rebelles » que, même dans une situation dure de révolte ou de lutte, quand on a son camp – les siens – derrière soi, c'est moins courageux qu'on ne le croit. La crise, c'est quand quelque chose se casse entre toi et ton propre entourage.

Personnellement, je n'ai jamais cherché l'indépendance à tout prix. Et je n'y ai accédé que parce que c'était la seule possibilité qui me restait de m'exprimer. En tant que salarié, j'ai toujours accepté de me soumettre à une discipline et à des chefs qui me demandaient des comptes, je ne suis pas du tout revêche sur ce plan-là. Je me suis attiré une réputation de contestataire malgré moi...

A. K. – ... de grande gueule !

J.-F. K. – ... que j'ai utilisée, ensuite, d'une certaine façon. Il vaut mieux être perçu comme un rebelle que comme un béni-oui-oui. Quand nous avons créé *Marianne*, je savais d'expérience, après *L'Événement*, que ce ne serait pas facile. Lancer un journal sans argent, sans grandes banques ni industriels derrière soi n'est pas chose aisée.

De plus, comme tu le sais, ce n'est pas l'industrie de la presse qui réalise spontanément le plus de profit. Un journal, c'est la seule chose qu'on vende à perte, avec le charbon!

Nous cherchions, avec Maurice Szafran, un capital de dix millions de francs pour réaliser notre projet; une misère! Vouloir faire un journal pour ce prix-là était une folie, disait-on. Presque tous ceux qui m'avaient assuré de leur soutien m'ont fait faux bond. Il n'en est resté que quelques-uns, à qui je suis du coup très reconnaissant. Nous n'avons pu atteindre les dix millions que parce que j'ai moi-même emprunté. Ensuite, les papetiers ont refusé de nous vendre du papier parce que nous n'avions pas de grande banque derrière nous. La seule imprimerie qui avait accepté de nous mettre sous presse a dénoncé le contrat quinze jours avant la sortie du journal. Le peu que je voulais d'avance bancaire, un million de francs, m'a été refusé.

Nous avons quand même sorti le journal. Ce fut un succès de diffusion mais les annonceurs nous boudaient. Ventes record, recettes publicitaires nulles, ça, on n'avait pas prévu! Nous étions donc presque condamnés à mort. Au début, nous pensions qu'ils ne savaient pas que nous diffusions beaucoup, mais une enquête nous a révélé que le rejet publicitaire était purement culturel et idéologique. Des choses épouvantables se disaient sur nous. Je vivais dans un monde finalement artificiel. Je ne soupçonnais pas une telle haine accumulée, liée en fait en partie à mon image. J'étais traité à la fois de quasi-facho et de quasi-anarcho-gaucho, de toute façon «populiste».

La responsable de la revue de presse de France Inter nous boycotta pendant deux ans et demi parce que «nous pensions mal». Et presque tous mes confrères lui donnèrent raison!

Le phénomène s'est radicalisé avec notre opposition à la guerre du Kosovo et s'est propagé à tous les niveaux et, en particulier, dans mon entourage. Car je faisais moi-même partie du milieu qui nous réprouvait! Ce qui se disait à notre propos imprégnait même mes amis, à tel point que je finissais par me voir moi-même comme un type épouvantable et dangereux. Ma stratégie de défense a consisté à m'isoler. Je ne sortais plus, mais il faut dire qu'on ne m'invitait plus non plus! Ma femme s'inquiétait. Ajouté aux difficultés avec les publicitaires, les imprimeurs, les marchands de papier et les banques, j'en étais devenu complètement obsédé par la chute, la fin! Pendant les cinq ou six premiers mois, toutes les nuits revenait, lancinante en mon esprit, la phrase d'un film de Luis Buñuel : «La mort en ce jardin»!

A. K. – Mais tu t'en es sorti!

J.-F. K. – Oui, de deux façons, en fait. Quand je me suis remis à aller au devant des gens, en particulier à l'occasion de réunions en province, je me suis rendu compte d'une incroyable sympathie du public à notre égard, que je ne soupçonnais pas, cela m'a aidé. Quand tu es en crise avec *ton* monde, tu te sens exclu *du* monde. Avant de découvrir qu'il y en a un autre, plus vaste, et qu'il t'est plutôt acquis, tu te retrouves dans un abîme angoissant. Il y avait cependant un risque, auquel je suis certain d'avoir résisté, celui du «populisme» justement. Car quand tu te découvres en rupture totale avec les décideurs et que tu ressens en revanche une affinité avec les «gens», comme disaient les communistes, il faut te garder d'instrumentaliser cette opposition.

La deuxième porte de sortie est presque comique. Confronté à ce manque de rentrées publicitaires, nous avons complètement repensé l'économie du journal, revu radicalement nos modes de gestion. Résultat? Nous nous sommes mis en situation d'équilibre financier, et même de bénéfices, ces cinq dernières années, et cela en pleine crise de la presse. Nous sommes aujourd'hui quasiment le seul journal d'opinion et d'information qui gagne un peu d'argent et dont la diffusion augmente. Fortement même. Ce qui ne signifie pas, d'ailleurs, en soi, qu'il est bon ou qu'il défend des idées justes. Mais dans la société capitaliste, la réussite lave tout. Même si on ne t'aime pas, à partir du moment où tu es étiqueté «réussite économique et financière», tout est acceptable! On feint même de t'apprécier!

A. K. – Personnellement, je ne te voyais pas en danger. Je me demandais si tu allais retomber sur tes pattes. En fait, je suivais tout cela par l'intermédiaire de maman. Ton travail avait une importance particulière pour elle. Olivier, qui parlait de magnétisme moléculaire, la laissait assez froide.

J.-F. K. – Elle était tout de même fascinée.

A. K. – Oui, mais de l'extérieur, comme par une œuvre d'autant plus admirable qu'elle apparaît totalement hermétique. Olivier, pour maman, c'était Lacan pour le commun des mortels. Elle savait que c'était un grand savant, mais ce qu'il disait ou écrivait ne la passionnait pas. Il se présentait comme un bâtisseur de molécules et de fait concevait et créait de nouvelles substances organiques très compliquées incluant toutes un atome de métal et des terres rares. Ses «petites» étaient magnétiques et belles. Il les dédiait parfois à une femme aimée, comme il l'eût fait d'un collier d'anneaux d'or entrelacés auquel ses molécules ressemblaient. Leur intérêt pratique sera peut-être un jour considérable, à la base de nouveaux écrans, voire de nouveaux ordinateurs aux performances bien supérieures aux machines actuelles. Camille, notre mère, écoutait Olivier lui conter avec lyrisme les magnificences de sa recherche, mais avait quelque peine à le suivre! J'étais pour elle un peu plus compréhensible mais, au fond, mes histoires de génétique et d'éthique l'ennuyaient aussi. En revanche, elle adorait la politique.

J.-F. K. – Elle m'a téléphoné le 21 avril 2002 à *Marianne*. Avant le premier tour, nous avions fait une une «Ni Jospin ni Chirac», car je n'imaginais absolument pas que Le Pen serait qualifié. La nuit du premier tour, j'étais déjà dans une impasse totale, car les numéros pour les DOM-TOM, devant être bouclés tôt, étaient sortis! Ce sont d'ailleurs devenus des collectors : en une, le face-à-face Jospin-Chirac, et un appel à voter malgré tout Jospin! À une heure du matin, maman m'a appelé pour me hurler dessus : «N'as-tu pas honte? Voilà ce que tu as fait! Tu es responsable. À ta place, je n'en dormirais pas!» Elle m'a fait un numéro terrible, j'étais effondré.

A. K. – Pour ma part, je te reproche parfois des couvertures un peu trop tape-à-l'œil. Je trouve que la spécificité de *Marianne* pourrait s'exprimer autrement l'été qu'en faisant du fric et du cul comme tout le monde.

J.-F. K. – Je le reconnais pour le fric, encore qu'on aborde la question de façon, je crois, différente. Pour le cul, c'est différent : j'ai beau être très pudique, je ne vais quand même pas m'interdire d'aborder la question et m'imposer le tabou que je dénonce par ailleurs. Ça compte, n'est-ce pas, le sexe dans la vie! En plus, quand on en fait, ça ne se vend pas!

A. K. – Abonné à *Marianne* depuis le début, je me souviens d'un article d'une très grande sévérité envers les socialistes. Il rappelait leurs trahisons lors de l'affaire de Suez, de la guerre d'Algérie, etc., tu en as reparlé il y a un instant. À cette lecture, le sang de maman n'a fait qu'un tour. Elle a pris sa plume pour écrire à l'auteur du papier, François Darras, en invoquant l'espoir suscité par Mitterrand, le Front populaire...

J.-F. K. – Alors qu'elle était Croix-de-Feu à l'époque!

A. K. – ... Elle m'a fait lire sa diatribe, qui se terminait ainsi : « Je ne pense pas que votre rédacteur en chef ait lu cet article, autrement il n'aurait pas laissé passer ce torchon. La prochaine fois que je l'aurai au téléphone, j'attirerai son attention sur votre bassesse. » Je me suis un peu raclé la gorge, avant de lui glisser : « Maman, ta lettre est très bien, vraiment très bien. Elle a du souffle, cela ne m'étonne pas de toi. Cependant, je dois t'apprendre que ce Darras, c'est souvent Jean-François!» Interdite l'espace d'un instant, elle s'est vite reprise : «Tant pis! Ce sera bien fait pour lui!» Et tu as publiée une partie de sa lettre dans le courrier des lecteurs! Le jour de parution de tes journaux étaient des moments forts des semaines de maman et, à la fin de sa vie, je lui avais acheté une loupe pour qu'elle continue à lire l'essentiel : tes éditoriaux, et ceux de François Darras!

J.-F. K. – Avec le recul, cette période s'est avérée très positive pour moi. Je regrette même qu'elle me soit arrivée si tard. J'en suis sorti comme certaines personnes après une grande maladie. Je suis désormais plus relax, libéré. Je ne dirais pas que tout m'est égal, ce serait faux, mais ce qui n'est pas essentiel m'est égal.

A. K. – Il reste des divergences entre nous, mais, du fait de notre enracinement commun, nous sommes parvenus à une vision étonnamment convergente. J'aime bien te lire, même si je ne suis pas toujours d'accord avec toi ni avec ton style. Ce qui me plaît beaucoup dans tes articles, c'est leur verdeur de ton, leur vraie santé.

J.-F. K. – Je ne cherche pas la confrontation, contrairement à ce qu'on croit; je suis extrêmement modéré! Mais si un modéré s'exprime modérément, qui l'écoute? Est-ce parce que ma pensée est douce que je dois frapper fort quand je l'expose?

VIII

De la vérité, du mensonge, du bien, du mal

J.-F. K. – Au fond, toi et moi sommes confrontés à la même difficulté. Être censé traquer une vérité qu'il est impossible d'appréhender ou même d'approcher sans nous heurter aux murs autoprotecteurs que les croyances et les dogmes ont, peu à peu, construits autour d'elle. Ce processus social de l'autoprotection, qui fait que nous nous abritons derrière les mêmes mensonges – que j'appelle mensonges de référence – depuis mille cinq cents ans, est fondamental. C'est aussi l'une des raisons pour lesquelles le discours de gauche et de droite classique – libéral ou socialiste – ne varie pas, même si la réalité, elle, change totalement.

A. K. – Le mécanisme que tu désignes sous le terme de tendance à l'homogénéisation, à la parole unique, est inscrit dans notre nature humaine. L'apprentissage est au départ un processus d'imitation, un acte de mimétisme, parfois suivi d'une différenciation à la marge. La relation du maître à l'élève comporte toujours ces deux phases. L'originalité naît du jeu de la fusion et de l'irréductibilité des altérités. Notre talent d'imitateur fait que, pour reprendre la formule de Pascal, «toute la suite des hommes, pendant le cours de tant de siècles, doit être considérée comme un même homme qui subsiste toujours et qui apprend continuellement». Nous disposons de la capacité essentielle, sans quoi nous ne formerions pas un matériau sur lequel un enseignant peut agir, de recevoir en bloc les idées et les connaissances qu'on nous apporte. Revers de la médaille : le clonage intellectuel. De toutes les épidémies redoutables qu'a connues l'humanité, la plus épouvantable est celle contre laquelle on n'a pas encore trouvé de vaccin, due aux virus idéologiques, qu'ils s'appellent stalinisme, nazisme, fascisme, racisme, fanatismes religieux, parole unique de la société néolibérale ou sexisme. Ce dernier mensonge se base sur la pseudo-évidence que, pour des raisons physiologiques, seuls les hommes auraient les capacités nécessaires pour créer des concepts scientifiques, gouverner, etc. Il s'agit d'un mensonge aux racines historiques et sociales dont la déconstruction n'en est qu'à ses prémisses.

J.-F. K. – La religion en est un autre exemple.

A. K. – Je ne te suis pas sur ce point. Je tiens la religion, moi, pour un mythe fondateur, un énoncé non scientifique qui donne sens à ce qui nous entoure.

J.-F. K. – Un mythe fondateur qui pallie l'absence d'explication, ou bien qui supplée une élucidation contrariante.

A. K. – Il n'est pas forcément mensonger. Le mensonge, c'est le faux. La religion ou du moins les bases spirituelles de son message ne sont pas tant fausses qu'indémontrables.

J.-F. K. – À l'origine, ça n'était pas un mensonge, mais l'explication la plus rationnelle dont on disposait. Seulement, si on avait dit à l'évêque qui a condamné Galilée qu'un jour il serait admis que la Terre n'est pas le centre du monde, qu'il existe d'autres univers et que l'homme descend du singe et partage avec lui la même cellule originelle, il en aurait déduit que, alors, la religion n'y résisterait pas. Qu'il n'y aurait plus de catholicisme possible. Et c'est la raison pour laquelle il se montrait aussi intransigeant dans la défense du dogme. En fait, la religion a résisté à la ruine scientifique de tous ses présupposés. Victor Hugo, bien que croyant, a écrit des pages extraordinaires sur la nocivité des religions, qu'il prédisait balayées sous peu par le progrès. Il n'en a rien été. Pourquoi? Parce qu'elles ont, alors, fonctionné comme mensonges autoprotecteurs de référence. Leur véracité n'est pas interrogée, car de toute façon c'est ce qui fonctionne le mieux pour éviter la confrontation avec des réalités déstabilisantes.

A. K. – Le regain actuel des religions, en dépit des avancées de la science, a deux causes principales. La première, c'est qu'une partie des religieux, rendus prudents par leurs échecs et incohérence passés, se replient sur ce qui n'est pas accessible à une réfutation scientifique : la morale, la spiritualité, les conditions d'accès à la félicité céleste... La seconde, c'est que la science n'a pas apporté le bonheur qu'on espérait d'elle : elle a donc menti ou s'est trompée, pensent tous ses anciens fidèles déçus. On en déduit que, après tout, les fables d'antan reflétaient peut-être la vérité, et c'est alors qu'elles deviennent mensonge réfutable.

J.-F. K. – ... C'est ce que j'appelle « mensonge de référence », car dans la paresse intellectuelle gît l'une des formes les plus répandues du mensonge : on ne désire pas se mettre martel en tête. Peu à peu, au cours de l'histoire des sociétés, se sont structurés et optimisés des mensonges autoprotecteurs qui ont fait souche et dont tous les mensonges autoprotecteurs structurants découlent ; ils se branchent dessus, en quelque sorte. Rien ne s'efface jamais. Le créationnisme en est le meilleur exemple.

Attention, toutefois, à ne pas confondre l'erreur et le mensonge ; j'ai eu un peu cette tendance dans mon livre sur la question. En revanche, une erreur qui se fabrique un système d'autodéfense dès qu'elle est battue en brèche produit du mensonge. Ainsi, le marxisme, démarche philosophique et sociologique d'une importance considérable, a indéniablement contribué au progrès de la réflexion humaine. Mais, à partir du moment où, dans les régimes socialistes, la réalité a contredit certains de ses présupposés, il s'est inventé des dogmes de protection, comme la paupérisation absolue de la classe ouvrière. C'était un mensonge autoprotecteur du dogme.

Autre exemple, plus sophistiqué : à la fin du XIXᵉ siècle, la théorie mécanique classique de Galilée et Newton s'est heurtée à des impossibilités matérielles à ses limites. Les servants de la théorie, devenue idéologie, ont alors improvisé le concept d'éther pour en maintenir la validité.

A. K. – Le concept d'éther n'est pas un mensonge, c'est même à peine une erreur. C'est une déduction qui, dans son contexte, était d'une totale logique. On a découvert et montré, à l'aide d'expériences irréfutables, la nature ondulatoire de la lumière. Or une onde se propage en ébranlant un milieu, comme l'air pour le son ou l'eau pour les ronds que provoque la pierre jetée dans un étang. La conséquence évidente de la nature ondulatoire de la lumière est qu'elle doit ébranler un milieu. On l'a appelé éther, sans savoir exactement ce que c'était. C'est la démonstration que l'éther n'existe pas, à la fin du XIXᵉ siècle, qui amènera Einstein à confirmer l'hypothèse corpusculaire de la lumière initialement proposé par Newton, coexistant avec sa nature ondulatoire.

J.-F. K. – En fait, l'erreur – ou le mensonge parfois – est un «état» et la vérité un simple «moment» d'une dynamique ininterrompue. La vérité nouvelle, en fait relative, consiste en un choc qui ébranle et subvertit une vérité relative ancienne et temporaire, ce qui oblige à tout recomposer. Cette restructuration ne débouche pas pour autant sur une vérité absolue, mais sur un nouvel état qui lui est plus proche mais qui, à son tour, devra être modifié par un nouveau moment de vérité toujours relative.

A. K. – Nous sommes d'accord sur ce point. Nous cheminons, palier par palier, vers l'état de vérité, un terme idéal qui ne peut en réalité être atteint. Le philosophe Thomas Kuhn nous dit que, dans le domaine des sciences, la progression se fait de manière discontinue, par saut d'un paradigme à l'autre.

J.-F. K. – Exactement : il n'y a pas de vérité, mais une progression continue vers elle. Si quelque chose peut définir l'éternité...

A. K. – Le mensonge, tout à rebours, nie la validité même de cet effort. La contestation de cette espèce d'ascèse tendant à une vérité supérieure se fige alors en un état de refus immobile et buté. La vérité, quant à elle, n'est jamais absolue, mais toujours un mouvement, une ouverture. Le mensonge est au contraire une fermeture.

J.-F. K. – Notre conception commune ne se ramène pas pour autant au relativisme. Il est des choses plus vraies que d'autres. La vérité est toujours relative mais le mensonge, lui, est presque toujours absolu.

A. K. – La vérité absolue n'existe pas, le mensonge, si. Certaines vérités sont plus plausibles que d'autres, en effet. Les différents degrés de probabilité des hypothèses fondent la rationalité de la science.

Il existe, de plus, un usage mensonger de la vérité, que j'appelle le raisonnement analogique, c'est-à-dire le placage artificiel d'une vérité sur un autre champ disciplinaire que celui auquel elle s'applique.

On l'a beaucoup utilisée avec Galilée, plus encore avec Newton et beaucoup d'intellectuels procèdent de la sorte, à mauvais escient, selon moi. Hors de son champ spécifique de signification, un concept perd toute valeur intrinsèque. Tous ceux qui ont tenté d'expliquer l'attraction entre hommes et femmes à partir de la gravitation universelle se sont fourvoyés.

J.-F. K. – Je pense que tu as à la fois raison et tort. D'un côté, *Impostures intellectuelles*, le livre d'Alan Sokal et Jean Bricmont, l'a bien rappelé : on peut, par raisonnement analogique, démontrer des choses totalement farfelues. Le darwinisme social, c'est-à-dire l'application de la théorie darwinienne à la vie en société et au système économique capitaliste, justifie la loi du plus fort et l'ultralibéralisme, voire même le fascisme. Cela étant, une grande partie de la philosophie a eu recours à la méthode analogique, et parfois avec succès. Rationalisme et positivisme relèvent en quelque sorte de la transposition de la théorie mécanique de Galilée à d'autres champs. Le structuralisme, méthode de linguistique, a été transféré avec bonheur à l'ethnologie, puis à la sociologie, à la critique littéraire, etc. On peut déplorer quelques applications malheureuses, mais son extension a été extrêmement fructueuse.

A. K. – Comprenons-nous bien. Le structuralisme est une méthodologie ; il ne prétend pas appliquer à un domaine des lois provenant d'une tout autre discipline.

J.-F. K. – Mais le rationalisme du *Discours de la méthode* non plus!

Richard Dawkins a émis l'hypothèse, au premier abord extravagante, de l'existence d'un «gène des idées». Bien qu'il ne l'entende pas de cette façon, je trouve qu'elle se rapproche de ce que tu disais à propos du clonage intellectuel. Quoi qu'on pense, dise ou imagine, cela intègre ce qui a déjà été pensé, dit ou imaginé.

A. K. – Pour Dawkins, puisque la source de la diversité biologique des espèces réside dans la diversité génétique, il convient d'appréhender l'évolution darwinienne, non pas comme une compétition entre les espèces, mais comme le résultat d'un combat des gènes les uns contre les autres, gènes qui se conduisent donc de manière égoïste.

J.-F. K. – Ça n'est pas plus biscornu que les monades de Leibniz!

A. K. – C'est même en partie vrai. Considérons un gène conférant à certains individus un avantage au sein d'une espèce. La lutte entre les membres qui ont reçu ce gène et ceux qui en sont dépourvus sera remportée par les premiers, et les animaux victorieux le dissémineront. L'évolutionnisme darwinien peut donc se rapporter, dans une certaine mesure, à une guerre entre les gènes pour leur autopromotion.

Par ailleurs, Dawkins s'est rendu compte que la civilisation humaine dépendait beaucoup plus de phénomènes culturels que génétiques. Le néodarwinisme rend compte de l'essentiel de l'évolution du monde vivant, mais pas de l'histoire des civilisations. Dawkins a donc utilisé une pure analogie, en affirmant que le mécanisme se répète au niveau des idées, avec la transmission des *memes*, équivalent psychique des gènes (*genes*, en anglais) au niveau de l'hérédité. Il convient alors d'appréhender le cerveau humain comme un appareil à répétition, amplification et dissémination des *memes*, de la même manière qu'on peut assimiler les corps à des machines dont la fonction est de recevoir, d'amplifier et disséminer des gènes.

J.-F. K. — Est-ce réellement analogique dans ce cas? N'est-ce pas plutôt métaphorique?

A. K. — Je crois que c'est analogique, car le but consiste à démontrer que le champ social dépend en fin de compte de la génétique. Mais cette analogie est critiquable car, du fait de l'infinie multiplicité des combinaisons, les gènes engendrent sans cesse une diversité qui excède malheureusement de loin celle des idées. S'il y avait une égale diversité des hommes, génétiquement uniques, et des idées, il n'y aurait pas d'idéologie! Une idéologie se transmet de la même manière que la forme chez les jumeaux. Religions et superstitions relèvent du clonage intellectuel. En ce sens, ce que j'appelle le «virus idéologique» est le *meme* dominant par excellence.

J.-F. K. — L'idée de clonage intellectuel est discutable. Comment la distinguer de l'héritage culturel? C'est pourquoi je préfère raisonner en termes de recomposition de structures de pensée. Finalement, une idéologie évolue pour la même raison qu'un organisme évolue ; et de la même façon ! Le nouveau est la conséquence du réaménagement adaptatif du « déjà-là ».

A. K. – En outre, la théorie mémétique ne rend guère compte du processus créatif à la marge du corpus des connaissances et des traditions ingérées par la mémoire, de la diversification culturelle et sociale des êtres. Les concepts moraux, les notions de bien et de mal offrent un exemple de représentations mentales propres à notre espèce humaine mais portant l'empreinte de l'histoire, des cultures et des traditions.

J.-F. K. – Plus que cela, car je crois qu'il n'y a pas lieu de déconnecter le bien et le plaisir. Le bien est érotique. Les mystiques jouissaient du bien qu'ils estimaient prodiguer et de son idée même ; il y avait quelque chose de torride dans le don soi-disant spirituel de soi d'un saint Jean de la Croix. Même dans ce domaine, il n'y a pas discontinuité : le moral s'inscrit aussi dans l'évolution du vivant.

A. K. – La chapelle romaine baroque Cornaro de Notre-Dame-de-la-Victoire contient la *Transverbération de sainte Thérèse*, du Bernin, selon moi l'une des plus belles sculptures au monde. Elle représente une femme en train de jouir...

J.-F. K. – Quand on lit les lettres de Thérèse, c'est tout à fait clair.

A. K. – Le bien n'est jamais totalement désintéressé. Je n'aide pas les chiffonniers du Caire pour en retirer du plaisir, mais cela me procure néanmoins de la joie. Celui à qui faire le bien est intolérable, voire même seulement désagréable, ne le fera pas longtemps !

J.-F. K. – Celui-là, c'est le mal, justement. Dans le *Faust* de Goethe, le diable intervient ainsi de telle façon que faire le bien ne soit pas agréable.

A. K. – Le bien au sens religieux, en l'occurrence chrétien, auquel tu te réfères est toutefois très différent du mien, parce qu'il se soumet à une loi transcendantale, révélée. Une partie de ce bien-là n'a, pour moi, rien à voir avec l'« action bonne » : je ne vois pas pourquoi il serait mal de jouir en faisant l'amour autant qu'on veut et qu'on peut, dans toutes les positions imaginables entre personnes adultes consentantes. On fait plutôt du bien à l'autre quand ça réussit !

J.-F. K. – Quatre-vingts pour cent des religions et des systèmes politiques, de tous temps, définissent en gros les mêmes règles de morale, il doit bien y avoir une raison ! C'est le résultat d'une optimisation évolutive du *corpus* de ce qu'on appelle la morale. Et cette morale (tu ne porteras pas atteinte à ton prochain, etc.) a une source biologique, d'une certaine façon, puisqu'elle permet notre survie et rend l'espèce humaine sélectionnable. C'est darwinien !

A. K. – C'est biologiquement compréhensible, mais pas darwinien. Il s'agit d'un concept philosophique développé par un esprit ayant les mécanismes mentaux et dont les déterminants génétiques le permettant. Quels sont ces mécanismes ? Pour David Hume, la conscience et la raison ne sont que des artefacts d'un être cherchant à optimiser son plaisir. Pour Emmanuel Kant, la raison d'un être libre est un fait en soi qui permet de présenter à la volonté ce qui est nécessaire : le devoir, ou impératif catégorique.

J.-F. K. – Traduit en langage commun, cela revient à dire : « Ne fais pas aux autres ce que tu ne voudrais pas qu'on te fasse. » Ça n'est ni plus ni moins que la morale chrétienne laïcisée. Mon bien et mon mal sont kantiens et chrétiens à la fois.

A. K. – Je ne peux, moi, me référer à Kant sur ce point. La notion kantienne de devoir implique que la raison constitue l'essence de l'homme. L'évolutionniste agnostique que je suis reconnaît que la raison humaine est permise par la biologie, mais aussi très largement construite. De ce point de vue, je suis plutôt en accord avec Hume : la raison n'appartient pas à l'« essence » de l'homme. Comment, à partir de ce qui est structuré par la recherche du plaisir, fonder un impératif catégorique ? Je préfère rebâtir les notions de bien, de mal, et l'impératif de faire le bien à partir du postulat suivant. Comment s'élabore ma raison ? Uniquement dans l'intersubjectivité. L'autre en est la condition *sine qua non* de l'émergence et de la formation. Sans lui, je ne profiterais pas de mes gènes pour édifier un comportement et une idéation raisonnables, et je lui rends la pareille. Il s'ensuit que nous devons être de valeur équivalente, également dignes. Dès lors, j'appelle bien tout ce qui respecte la valeur de l'autre et mal, tout ce qui la nie. Cette conception-là me semble catégorique. Le bien et le mal sont-ils objectifs ? Oui ; construits et matérialistes, ils n'en sont pas moins absolus.

J.-F. K. – C'est la raison pour laquelle Dawkins considère également le bien comme un gène égoïste. Le scepticisme de Hume estime que la réalité est toujours susceptible d'être une ruse, donc «l'autre» aussi. Tu ne peux à mon avis pas suivre Hume jusqu'au bout.

A. K. – Il n'y a pas de contradiction entre ma position et le scepticisme de Hume : je puis fort bien supposer que l'autre est une ruse, mais que son image est néanmoins indispensable à mon édification psychique et morale.

J.-F. K. – Pour forger cette définition du bien, il faudrait que tu reconnaisses l'autre comme réellement autre, c'est-à-dire irréductible à toi, et qu'il ne dépende pas de l'idée que tu t'en fais. En réalité, ce que tu crois faire en direction de l'autre, tu le fais en direction de toi grâce à la médiation de l'autre. Je réitère que les concepts de bien et de mal sont le résultat d'une sélection naturelle, en cela qu'ils participent du ciment de notre vie sociale qui constitue lui-même notre avantage sélectif. La particularité de la race humaine consiste à s'entretuer alors que les animaux n'exterminent pas leur propre espèce. L'homme est un loup pour l'homme, mais le loup n'est pas un loup pour le loup. Paradoxalement, l'espèce humaine doit cette originalité à sa liberté et à son intelligence. Parce qu'il dispose de la faculté d'arrêter un massacre, l'homme peut le commettre. Les autres animaux ne pourraient pas arrêter. Nous nous faisons la guerre parce que nous pouvons signer des traités.

A. K. – Je ne sais pas, mais il est vrai que l'homme a inventé le mal gratuit : un mal dont il n'a besoin ni pour conquérir une femelle ni pour manger. Le mal sans autre finalité que procurer du plaisir à celui qui le perpétue n'existe que chez l'homme. Cela dit, les comportements altruistes ne sont considérés comme moralement bons que grâce à l'invention du mal. Sans elle, ils seraient purement naturels, produits d'une sélection reposant sur les avantages qu'ils procurent. Les tourterelles roucoulant d'amour ne sont pas plus bonnes que le crocodile dévorant l'antilope n'est mauvais. Dans l'un et l'autre cas, c'est dans leur nature. Dans mon hypothèse, la vraie invention humaine est le comportement inhumain. C'est la contrepartie à payer pour l'exigence, ou l'illusion, de la liberté.

J.-F. K. – C'est ce que j'ai tenté d'expliquer à ma façon. Mais dirais-tu que cela résulte de notre faculté, unique dans le monde animal, de nous libérer du déterminisme génétique ?

A. K. – En tout cas, nous sommes les seuls à revendiquer la liberté et la responsabilité de nos choix en fonction de nos pouvoirs ; nous ne devons donc pas être déterminés à les utiliser uniquement au bénéfice des autres. Autrement, nous ne serions pas libres.

J.-F. K. – Si le déterminisme biologique fait que les animaux ne se tuent pas entre eux sous peine de disparaître, le fait que l'homme soit le seul à pouvoir s'émanciper de ce déterminisme n'explique-t-il pas que l'on se tue entre nous ?

A. K. – C'est ce que je disais. Si la liberté consiste à faire un choix qui n'est pas prédéterminé, elle correspond à l'autonomie acquise par rapport au déterminisme.

J.-F. K. – Tout à fait d'accord avec toi. Qu'est-ce que notre liberté, sinon la capacité que nous avons acquise, peu à peu, de contester ou de rééquilibrer notre déterminisme biologique ?

A. K. – Je ne peux pas prouver mon scénario mais, à mon avis, l'aptitude mentale sélectionnée n'a été ni le sens moral ni l'aspiration à la liberté, mais la capacité de se projeter dans l'avenir, qui permet de planifier ses actions et de se préparer à répondre aux défis du lendemain, à se préserver des dangers. Il a, je crois, présidé à l'avènement de la conscience. Quand on agit dans l'instant, le sentiment de l'unicité de l'être est superflu. Le chat n'a pas besoin de savoir qu'il est lui, cet animal qui, dimanche, a mangé une souris, lundi, un moineau, et, mardi, a échappé à un chien. Il lui a suffi de réagir de manière parfaitement adaptée aux conditions du moment. En revanche, si j'imagine dimanche ce que pourra être la situation mardi, que j'élabore un plan pour y répondre et que je me prépare à le mettre en œuvre, il n'est efficace que si je sais que le sujet de ces différentes pensées et actions est le même. La conscience n'a pas été selon moi directement retenue par un procédé darwinien, mais est corrélée à la vision de l'avenir. Ensuite, en cascade, en a découlé la notion de liberté (puisqu'il faut faire un choix), la possibilité d'attribuer une valeur à l'action résultant du choix et ainsi une potentialité de sens moral.

J.-F. K. – Je suis réticent à cette idée. Le béhaviorisme explique mécaniquement le réflexe pavlovien. Mais quand je siffle mes chiens et mes chats et qu'ils accourent pour la pâtée, c'est parce qu'ils ont conscience d'avoir déjà eu à manger après ce signal. N'est-ce pas là une planification de l'avenir par rapport à un passé intériorisé, esquisse de conscience?

A. K. – C'est loin d'être évident. D'un point de vue neurologique, c'est du conditionnement : entendre un sifflement et obtenir de la nourriture représentent deux circuits indépendants l'un de l'autre. La perspective de la nourriture provoque du plaisir en stimulant la libération d'un neurotransmetteur, la dopamine, de la même manière que le fait d'aider les chiffonniers du Caire chez sœur Emmanuelle.

J.-F. K. – Voilà donc une différence avec l'homme : le bien ne fait pas plaisir à l'animal.

A. K. – Non, puisqu'il est insensible à la dimension morale de l'action, à moins qu'il n'ait été préalablement conditionné. La répétition coordonnée des deux phénomènes fait que le sifflement lui-même libère de la dopamine, grâce à l'évocation de la pâtée promise. Les deux circuits neuronaux liés à la perception sonore et à la promesse de nourriture deviennent physiquement interconnectés. Il n'est ici pas question d'options entre lesquelles se déterminer dans l'avenir.

J.-F. K. – Le mécanisme est rigoureusement le même chez l'homme. Pourquoi n'y aurait-il donc pas l'esquisse d'une conscience chez l'animal ?

A. K. – S'il n'y avait que cela chez l'homme, il serait conditionné. Il peut l'être. L'hypothèse du futur que j'échafaude ne relève pas seulement de cet ordre, mais aussi de la conscience de soi. En effet, cette projection dans l'après implique une multiplicité de choix, tout à l'opposé du conditionnement pavlovien. Si l'avenir était déterminé, si nous étions conditionnés à y agir de façon stéréotypée, conscience de soi et liberté n'auraient aucun intérêt. D'où l'idée que la liberté est liée à la conscience et implique à son tour la création du mal, et donc la justification du bien.

J.-F. K. – Oui : si nous étions libres et que n'avait pas été sélectionnée notre capacité à différencier le bien du mal, nous serions une espèce disparue.

A. K. – .... Et pas bien glorieuse non plus si nous ne savons pas penser autrement que par référence à des catégories de bien et de mal immuables, figées en notre esprit, habitées une fois pour toutes d'anges et de démons. Le jeu gagnant consiste alors à les désigner, qui à l'admiration générale, qui à la vindicte publique. Les réactions correctes du bon peuple sont alors prévisibles. On approuvera les bons, on accablera les méchants. Le discours médiatique à propos de la Russie et de l'ex-Yougoslavie, que nous avons déjà évoquées toutes deux, illustre ce point jusqu'à la caricature. Parmi les gentils, les Slaves non orthodoxes (Croates, Bosniaques, en partie les Ukrainiens) et, plus généralement, tous les adversaires des seconds, les Slaves orthodoxes, Russes et Serbes. Ces derniers, personne de sensé ne peut le contester, personnalisent le mal, qu'ils soient communistes, nationalistes ou plus ou moins convertis à un libéralisme sauvage. Quand les Russes sont victimes de prises d'otages particulièrement brutales, le théâtre de Moscou ou l'école de Beslan, c'est leur incontestable incurie et leur violence mal maîtrisée qui sont seules stigmatisées, les terroristes s'en trouvant de ce fait étrangement épargnés. Cela est même vrai du commando de Beslan, d'une cruauté rare, qui priva de boisson les centaines d'enfants retenus dans des locaux bourrés d'explosifs, les contraignant pour ne pas mourir à boire leurs propres urines.

J.-F. K. – Ton constat est juste. *A priori* aucune affinité ne me lie particulièrement aux Serbes, aux Croates ou aux Bosniaques ; je n'ai pas de famille là-bas ni aucun rapport particulier à cette région. La responsabilité de Slobodan Milosevic dans l'éclatement de la fédération est immense. À *L'Événement du Jeudi*, nous nous étions mouillés pour un démocrate serbe pacifiste, antinationaliste et anti-Milosevic qui a fait huit pour cent aux élections. Cela n'a pas empêché, dès lors que nous avons refusé la diabolisation à sens unique des seuls Serbes, de nous faire quasiment traiter de pro-Milosevic ou de pro-Serbes, ce qui était devenu une grave injure. En fait, il y a eu un déferlement de racisme objectif.

Il faut aller plus loin dans ce que tu dis. Depuis vingt-cinq ans, la vision de tous les conflits est devenue extrêmement binaire et manichéenne. Je crois comme toi au bien et au mal, mais pas aux bons et aux méchants figés dans leur bonté ou leur méchanceté, aux peuples gentils confrontés à des peuples affreux. Or la grille d'analyse dominante cherche immanquablement à distinguer des anges et des démons, puis à tout lire à travers cette grille. Ç'a été le cas au Rwanda, au Biafra, au Proche-Orient, par exemple. C'est évidemment toujours plus complexe.

A. K. – On peut proposer un mécanisme psychique et neurobiologique d'autorenforcement du manichéisme. L'évocation du bien et des bons, ou du moins que nous tenons pour tels, est agréable, sentiment relayé par la sécrétion des médiateurs du plaisir, avant tout la dopamine et, à un moindre titre, les endorphines. L'adhésion à ces idées s'en trouve renforcée. À l'inverse, penser aux méchants et à leurs mauvaises actions est fort déplaisant; cela engendre colère et crispation, le tout lié à la production de substances qui entretiennent et accroissent ces impressions désagréables. Vaincre notre tendance naturelle au manichéisme exige de prendre conscience de notre fragilité à son égard. Je me méfie d'autant plus de ce mécanisme d'autoamplification que je n'y échappe pas moi-même.

Je dois en effet confesser ma tendance russophile. Ce peuple malheureux, qui en a tellement bavé, me fend le cœur. Il habite un pays dur, à l'image de son climat. Les villes sont souvent magnifiques, mais se lit sur le visage de leurs habitants l'âpreté de la vie. Malgré cela, c'est un peuple admirable : l'Europe sans Dostoïevski, Tchaïkovski, Scriabine, Tolstoï, Tchekhov, Moussorgski, Mendeleïev, Pavlov, Borodine... et j'en passe d'innombrables, ne serait pas l'Europe. La Russie a offert dans le domaine des sciences et de la culture des présents inouïs au monde. Même s'il me faut reconnaître qu'elle se comporte trop souvent de façon abominable, quand je pense à elle, moi, je sécrète de la dopamine, peut-être un peu d'endorphine, et le bien-être psychique provoqué par ces substances me la font paraître encore plus sympathique ! Il faut donc que l'observateur impartial de chacun en chacun, comme dirait Adam Smith, me mette en garde et me pousse à plus d'objectivité, à condamner bien sûr les exactions des soudards russes en Tchétchénie. J'aimerais que tous les russophobes fassent preuve d'une semblable lucidité quant aux ressorts de leur manichéisme inconscient.

J.-F. K. – Je ne suis pas russophile, plutôt culturellement américanophile. Je partage pourtant ton sentiment. Tel qui appelle à une guerre implacable contre le terrorisme en général et l'islamisme en particulier justifie en revanche un effroyable attentat terroriste et islamiste quand il est commis par des Tchétchènes contre des Russes. Je pense par exemple à André Glucksmann. Le dualisme manichéen est intellectuellement structurant comme le dualisme cartésien. D'un côté, on ne supporte pas, parce que c'est dérangeant, que se mêlent le corps et l'esprit ; de l'autre, pour la même raison, on ne supporte pas le mélange du bien et du mal. Le bien doit être d'un côté et le mal de l'autre, comme l'esprit d'un côté et le corps de l'autre.

IX

Propos sur la liberté

A. K. – Le problème de la liberté se pose depuis vingt-six siècles que la philosophie existe, et oppose deux grands courants. Pour le premier, nous sommes soumis à la nécessité; la liberté n'est donc qu'une illusion. Notre seul pouvoir consiste à en avoir conscience. Cette conception a dominé pendant l'Antiquité, le stoïcisme et l'épicurisme sont déterministes. Pour Spinoza, héritier de cette sagesse antique, seule la nature est pleinement libre, c'est-à-dire cause d'elle-même. Nous n'en sommes que les conséquences. La quête scientifique est pour l'homme le moyen de n'être pas le jouet aveugle des déterminants qui pèsent sur lui, puisqu'il apprend ainsi à les connaître et à les comprendre.

Platon et Aristote marquent l'émergence de l'idée de liberté comme consubstantielle à l'essence humaine, atténuée cependant par le poids du destin. Cette idée fonde la philosophie rationaliste de Descartes et, associée à celle du devoir, de Kant. Présenter la raison et la liberté comme données par une transcendance et ne pas rendre compte de leur construction me met mal à l'aise. Une grande partie de ce que nous sommes et faisons résulte sans conteste de contraintes, biologiques ou culturelles, sur lesquelles nous n'avons pas de prise. Pour un scientifique, toute action peut être assimilée à l'effet de causes efficientes, ce qui tend à le ranger plutôt dans le camp des déterministes selon lesquels la liberté n'existe pas en tant que telle. Cependant, il faut se rappeler que les conditions initiales ne déterminent pas une seule issue. Par exemple, les mutations du matériel génétique qui créent la diversité biologique nécessaire à l'évolution du vivant relèvent de l'aléa. L'incertitude se trouve aussi à la base même de la physique quantique. Le principe d'Heisenberg établit en effet que dans certains cas, on ne peut connaître qu'une partie de la vérité : soit la vitesse, soit la position d'un photon ou de toute particule élémentaire. Je pourrais encore citer la théorie des chaos.

Les mécanismes de l'esprit générateurs du choix sont si complexes qu'ils ne sauraient à mon avis déterminer une seule décision, plusieurs demeurant également plausibles en fonction des conditions causales. Par exemple, j'aurais pu faire ma vie avec d'autres femmes que la mienne. Le hasard joue toujours un certain rôle dans les décisions et actions humaines. Le hasard n'est pas la liberté, bien sûr, mais, sachant que j'aurais pu agir différemment de la manière dont je l'ai fait, je m'approprie mon choix aléatoire ; il m'engage. Le sentiment de liberté résulte donc en grande partie d'un processus *a posteriori* et est en cela, en effet, illusoire. Même si le démon de Laplace, censé prédire l'avenir grâce à une connaissance parfaite des lois de la nature, avait accès à tous les déterminants de notre action, il ne pourrait pas la prévoir : il se trouverait face à un éventail d'issues également possibles. Selon moi, ce que l'on appelle liberté s'identifie à la décision d'en retenir une, prise largement au hasard. Cet espace d'indétermination rend cependant possible l'idée de liberté. Puisque mon choix n'était pas le seul possible, j'en suis responsable. Voilà pourquoi je n'ai jamais compris que le spinozisme affirme la compatibilité du déterminisme absolu avec la responsabilité. Comment peut-on être responsable de ce qu'on ne pouvait éviter de faire ? Pour moi, ce que j'ai choisi ne m'a pas été imposé par d'autres, n'est pas seulement la conséquence des contraintes de la nature. Les écrivains vivent souvent l'expérience de l'appropriation *a posteriori* d'une formule, d'une image, d'une idée que ni eux-mêmes ni les conditions extérieures ne semblent avoir imposées. La construction d'une phrase vient au fil de la plume, puis est acceptée par l'auteur qui, en d'autres circonstances, en aurait écrit une autre qu'il aurait faite sienne de la même manière.

J.-F. K. – C'est vrai. On n'est jamais totalement l'auteur de ce qu'on écrit, si ce n'est du début et de la conclusion. Et encore, c'est parfois la conclusion qui nous impose son écriture. Pour l'essentiel, on ne fait qu'accompagner la dynamique propre d'un texte qui s'autoconstruit en nous. Entre une œuvre et son auteur, il y a fusion, mais pas confusion : je ne pourrais pas concevoir totalement à l'avance ce que je finis par écrire. Pourquoi ? Parce que l'idée que j'engendre à son tour engendre l'idée. Pour une part, l'auteur est un médiateur.

Je considère en revanche la question du rapport entre le déterminé et l'aléatoire comme scolastique et artificielle. Je suis contraint de connaître une femme pour procréer, c'est un déterminisme mais, comme tu le soulignes, je peux la choisir et elle peut ne pas me choisir. L'espace de ce choix incertain influence directement le jeu déterministe des gènes : ce ne sera pas le même enfant selon la personne sur qui j'aurai jeté mon dévolu.

A. K. – Tu as raison. Mais je ne choisis pas, en réalité, parmi un immense échantillon de femmes. C'est plutôt parmi les trois ou quatre que j'ai eu l'occasion de rencontrer ! Le hasard joue, là encore, beaucoup.

J.-F. K. – D'autant plus qu'elles auraient pu t'envoyer balader !

A. K. – La différence entre le sage et le fou, en ce cas, réside en ce que le fou ne s'en console pas. Il continue de s'identifier au choix qui lui est refusé, là où le sage s'avise qu'il ne s'agit pas du sien.

J.-F. K. – Hasard et nécessité interagissent sans cesse. L'élément le plus certain de notre vie est notre mort, mais nous pouvons toujours décider de ses modalités ! La nécessité de boire participe d'un implacable déterminisme biologique, mais pas la nature de ce que l'on boit et dont on peut mourir. Le déterminisme n'est absolu qu'*a posteriori* et sa manifestation projetée dans l'avenir prend nécessairement une forme aléatoire. N'importe quel accident de voiture s'explique par un enchaînement causal déterministe. La description rétrospective peut totalement éliminer de fait le hasard. Mais n'empêche : ce que vit objectivement un automobiliste qui dérape et s'écrase contre un arbre, c'est qu'il est victime d'un enchaînement purement aléatoire. L'aléatoire, c'est le déterminisme indéterminable.

Le débat est donc scolastique, mais il ne manque pas pour autant de pertinence pratique. Toute action politique réclame, par exemple, de pouvoir jauger avec la plus grande attention la part d'une situation qui est déterminée et la part sur laquelle on pourra agir, quitte à utiliser et à réorienter, pour ce faire, l'impact de ce qui apparaît comme un pur hasard. Une révolution, c'est souvent le résultat de la réorientation, et donc de la détermination après coup, en fonction d'une réalité objective elle-même déterministe, d'une révolte provoquée par un événement tout à fait aléatoire.

A. K. – Cela laisse une place à la volonté, ou à son illusion.

J.-F. K. – J'allais le dire : c'est là qu'intervient le rôle de ce qu'on appelle les personnages historiques. La liberté, ici, c'est ce qui permet d'agir de façon volontariste sur la façon dont se manifestera la nécessité. Ainsi la défaite des nazis, en 1945, était inéluctable pour la raison que de Gaulle avait pressentie dès 1940. Mais l'aspect aléatoire qu'illustra le rôle de de Gaulle lui-même n'en eut pas moins des conséquences considérables sur la forme que prit l'avènement de cet inéluctable : le hasard a agi sur le mode d'expression de la nécessité.

Je t'ai déjà fait part de ma conviction de l'existence d'une esquisse d'intelligence chez les animaux supérieurs ; l'intelligence est la résultante d'un processus. Elle n'a pas pu apparaître, tout à coup, par l'opération du Saint-Esprit chez l'homme. Avant d'être, il faut qu'elle ait été esquissée. En revanche, les animaux, même supérieurs, ne sont pas libres, car ils sont intégralement soumis au déterminisme biologique.

A. K. – Le premier ressort de la volonté, lié à la conscience, réside dans la connaissance des éléments qui nous ont impressionnés au cours de notre vie : qui nous avons aimé, ce qui nous donne du plaisir, nos opinions politiques et économiques. La volonté n'exige pas l'absence de déterminismes, car elle résulte en partie, je pense, de leur traitement par l'esprit ; c'est là mon côté spinoziste. Notre société, cependant, nie même l'efficience de cette volonté-là fondée sur la conscience de nos mobiles. On nous serine que le cours des choses ne nous concerne pas. La sociobiologie prétend qu'il dépend de nos gènes, l'historicisme marxiste, du rapport de classes, et le néolibéralisme, de la main invisible qui nous conduit et des règles du marché qui en résultent. Même si l'on estime que le libre arbitre ne fait que refléter la libre nécessité, comme le pense Spinoza, il ne s'ensuit pas que toute manifestation d'une volonté autonome soit sans objet. Contrairement à ce que semble affirmer la résignation du temps, il est possible, et peut-être efficace, de vouloir, tout en étant d'une parfaite lucidité sur les influences et déterminismes auxquels nous sommes soumis.

J.-F. K. – C'est le concept grec de destin, de *fatum*, que les tenants néolibéraux de la seule direction possible réhabilitent aujourd'hui. Étonnamment, c'est dans ce contexte que revient à l'honneur, au travers de romans en particulier, la philosophie schopenhauerienne selon laquelle le monde n'est que l'expression de ma volonté!

A. K. – Suis-je, en tant que sujet, autre chose que ce que je devais être, en fonction de mes gènes, de mon histoire, de mon éducation et de la culture à laquelle j'ai été confronté? Existe-t-il une volonté reflétant une réelle liberté? Aujourd'hui, c'est la réponse négative à ces questions qui a le vent en poupe. Le spinozisme connaît un retour en grâce : Antonio Damasio a publié coup sur coup *L'Erreur de Descartes* et *Spinoza avait raison*. Tu l'as compris, j'admets l'influence des causes sur le cours de notre vie, y compris sur l'élaboration de notre volonté. Je conteste seulement l'enchaînement linéaire selon lequel des circonstances initiales n'aboutiraient qu'à un effet – un choix – possible. Les options restent plurielles, entre lesquelles je puis avoir l'impression de choisir, même si c'est au hasard. Sans hasard envisageable, plus de liberté de pensée.

J.-F. K. – Il faut être prudent, je ne serais pas loin de penser l'inverse, car il n'y aurait pas de liberté possible dans le règne du tout-aléatoire. La liberté implique que l'on puisse jouer avec la nécessité, et donc qu'il y ait une nécessité. La liberté, c'est un trou dans le mur d'une prison, mais pour cela il faut qu'il y ait une prison.

A. K. – Ce qui fonde une liberté responsable, c'est que, même si j'arrête mon choix aléatoirement, je m'identifie à lui, et rétablis par là l'unicité de ce que je suis, pense, et fais.

J.-F. K. – Non : je ne m'identifie pas forcément à ce que j'ai choisi. Je peux, même, quoi que ce ne soit pas la tendance naturelle, conserver une distance. C'est d'ailleurs recommandable : se projeter totalement dans sa propre conviction, ou sa propre action, c'est une façon de se réinventer un déterminisme de confection. L'identification à leurs causes, à leurs discours, à leur projet est si forte chez certains libéraux ou socialistes sectaires qu'elle finit par les automatiser.

A. K. – Bien évidemment, nous restons conscients : nous pouvons en permanence convoquer notre action au tribunal de notre conscience. Il n'empêche que nous savons que celui qui a choisi, c'est nous.

J.-F. K. – Oui, et cet examen n'a rien à voir avec la schizophrénie, il est sain.

A. K. – Quand quelqu'un commet un viol, il répond indéniablement à un déterminisme sexuel. Était-ce lui qui agissait, au moins à un certain niveau ? C'est là-dessus qu'il sera jugé. Si l'on considère qu'il n'avait pas la possibilité d'agir autrement, il sera déclaré irresponsable et envoyé à l'hôpital, pas en prison.

J.-F. K. – Tu trouveras aussi des gens, qui se croient d'un grand progressisme, pour t'expliquer que les déterminismes sociaux ou familiaux, la pauvreté et l'enfance difficile d'un assassin, étaient si prégnants que celui-ci ne pouvait que découper une vieille dame en rondelles. Or ce dédouanement est parfaitement réactionnaire puisqu'il renvoie à un déterminisme social implacable qui nie la liberté : que faut-il penser des millions de pauvres qui ne tuent pas ? Ce sont des débiles mentaux ? Des crétins ? L'idée des classes dangereuses reposait là-dessus : ils sont pauvres, donc ils sont potentiellement des assassins.

A. K. – Le jugement qui intime au délinquant qui n'a pas résisté à ses pulsions de payer pour ses actes le reconnaît en effet comme une personne, l'institue dans son humanité. Rien n'est plus déshumanisant que de postuler son incapacité à être responsable, à maîtriser ses faits et gestes. Les déterminismes qui constituent des circonstances atténuantes d'un délit ne sont heureusement pas toujours absolus.

Permets-moi une digression à ce sujet. François Besse, célèbre pour ses évasions multiples, dont l'une avec l'ennemi public de l'époque, Mesrine, avait demandé à me rencontrer. Je lui ai donc rendu visite à la centrale Sainte-Maure, à Châteauroux. Nous avons conversé pendant deux ou trois heures, c'était passionnant. Nous avons parlé en grande partie de ce qui nous occupe en ce moment. Besse a suivi des cours de philosophie en prison, où il a étudié toute l'œuvre de Spinoza. Devenu adepte de sa pensée, il s'appuie sur l'idée de la libre nécessité pour considérer que les conditions dans lesquelles il a été élevé, la société se réduisant à une agression de tous les instants, ont déterminé, sans qu'il puisse y échapper, son parcours de brigand. Je lui ai fait remarquer que cette analyse m'apparaissait en contradiction avec son évolution actuelle ; la prise de conscience des ressorts et mobiles de ses actions passées lui permettait au contraire de vouloir modifier le cours de sa vie, et sans doute d'y parvenir.

Lorsque le moi est totalement disjoint de l'être agissant, il n'y a ni liberté ni responsabilité. L'aspiration à la liberté, élément constitutif de la volonté, et la responsabilité, principe humanisant par excellence, entretiennent donc un rapport privilégié. Il démarque ni plus ni moins l'humain de l'animal.

J.-F. K. – Ce débat traverse toutes les grandes confrontations idéologiques, théoriques et politiques. Lorsque je disais que la bonne politique consiste à jauger la part de détermination et la part d'aléatoire, la part de nécessité et la part de liberté, c'est parce que deux dérives découlent de la prise en considération d'une seule de ces composantes. Ceux qui se sont précipités sur les intuitions de la sociobiologie, par ailleurs intéressantes, avaient la volonté de presque tout réduire au déterminisme biologique, ce qui peut déboucher, par exemple, sur le racisme : l'homme renvoyé à ses gènes, et particulièrement à cette infime particularité génétique qui détermine sa différence physique. À l'inverse, la surinterprétation des enseignements de la mécanique quantique, qui pose qu'à un certain stade, l'infiniment petit par exemple, on entre dans le monde du tout-aléatoire et qu'il est impossible en cela de préciser les déterminants, a fini par justifier tous les irrationalismes et le néomysticisme.

A. K. – L'incompréhension à son propos revient à utiliser la musique sans rien entendre aux paroles. La mécanique quantique nous apprend qu'à une échelle donnée le déterminisme scientifique n'est que probabiliste. Cela dit, rien n'est plus opérationnel, et par conséquent déterministe à un certain niveau, que la mécanique quantique.

J.-F. K. – Absolument. Cela dit, il est évident qu'on ne se libère jamais totalement du déterminisme biologique. Si nous pouvions établir ce qui, en vingt-quatre heures de notre existence, participe de ce déterminisme ou bien est le fruit de notre liberté, ce serait démoralisant. Il n'est qu'à songer au temps que nous passons à œuvrer pour manger, boire, dormir, copuler, nous abriter, nous chauffer, etc. La liberté, en revanche, est statistiquement illusoire, mais ces quelques pour cent forment une totalité à la signification gigantesque. Tout l'humain est dedans, comme dans le un pour cent de gènes qui distingue notre génome de celui du chimpanzé. En ce sens, la phrase de Sartre, «Nous sommes libres de tout, sauf de ne pas être libres», est profondément juste : on ne peut pas échapper à cette liberté minimale aux implications maximales. Même l'esclave garde la possibilité de tenter de s'enfuir, même l'opprimé conserve le choix de la révolte et de la résistance. Beaucoup d'idéologies, en revanche, comme celle de la prédestination, nient qu'on puisse échapper au déterminisme global.

Toute idée de destin, de divine Providence, de prédestination, réfute la liberté.

A. K. — C'est la raison pour laquelle je considère que, sur le plan de la liberté, le catholicisme surpasse philosophiquement le protestantisme.

J.-F. K. — Et si tant de religions refusent aussi fortement toute idéologie du libre arbitre, c'est parce que la liberté ne va pas sans la liberté de ne pas croire. La liberté induit le règne de la raison. Le combat laïque, rationaliste, est essentiellement un combat pour le libre arbitre. Il arrache littéralement l'homme à une force supérieure et coercitive. La ruse de Spinoza, qui prouve Dieu pour mieux lui ôter son pouvoir providentiel en l'identifiant à la nature, ne tient pas debout. Mais elle ouvre un formidable champ à la liberté individuelle.

A. K. — Je l'appelle le « panthéisme athée ». Quant à l'ouverture de la pensée de Spinoza à la liberté individuelle, elle ne m'apparaît pas aussi évidente qu'à toi.

J.-F. K. — « Panthéisme athée »... C'est exactement ça. Chronologiquement, les seconds ennemis de la liberté sont les darwinistes sociaux, pour qui la génétique conserve le dernier mot. Les troisièmes affirment que l'histoire, et donc l'homme, se plient mécaniquement à un processus socioéconomique qui les dépasse. Quand le marxisme tient le mécanisme « scientifique » — ce qualificatif aurait dû nous alerter — de la lutte des classes pour implacable, il révoque, par voie de conséquence, le rôle de la volonté et donc de la liberté.

A. K. – ... de l'individu.

J.-F. K. – Cela ressemble aux «trois états» d'Auguste Comte, que les sociétés empruntent les uns après les autres, que les acteurs le veuillent ou pas : théologique, métaphysique, et enfin positif.
 Une pièce de Jean Giraudoux, *Intermezzo*, décrit la cour qu'un homme, préposé aux «poids et mesures», fait à une jeune fille. Il lui plaît, mais elle lui confie son léger désarroi en lui faisant part de son propre caractère téméraire, de ses lectures de romans d'aventures et de son doute quant à la possibilité d'être dépaysée par un fonctionnaire. Sans se démonter, il lui répond qu'elle se trompe complètement et que son métier formidable offre une foule d'imprévus : «Par exemple, je peux, à un moment de ma carrière, choisir entre Niort et Bressuire, et ce qui est merveilleux, malgré cet imprévu, c'est que je me retrouve à la fin à Paris!»
 Le *summum* du déterminisme, aujourd'hui, est évidemment représenté par le pendant droitier du marxisme, le néolibéralisme, dont tous les médias relaient complaisamment le discours de résignation face à une supposée «nécessité» incontournable. Ce socioéconomisme-là va beaucoup plus loin que le marxisme, qui laissait une porte ouverte avec la révolution. Ici, plus de mouvement de masse possible, l'homme en tant que collectivité a disparu; il n'est plus que l'instrument d'un mécanisme à la fois matérialiste et transcendant. Cette théorie annihile, contrairement à ce qu'elle affirme, l'idée de liberté.

Les Atrides peuvent faire ce qu'ils veulent, ils finiront par se bouffer entre eux.

Le discours, en apparence volontariste, de Nicolas Sarkozy ne se place en fait qu'au service de cet inéluctable. Achille, Hector et Ulysse symbolisent la volonté, mais pour mieux exécuter le choix de l'Olympe. Sarkozy est l'instrument des dieux néolibéraux.

A. K. – Selon cette doctrine, les mécanismes de la nature sont tels que, si on laissait libre cours à la volonté des hommes, ils s'engageraient dans cette voie-là.

J.-F. K. – Voilà quelques semaines, j'étais invité à Europe 1 pour commenter les résultats des élections allemandes en compagnie d'une universitaire spécialiste de l'Allemagne. En fait, rien de scientifique chez elle : ce n'était qu'une propagandiste néolibérale. Elle préconisait un gouvernement Merkel, avec les sociaux-démocrates – la «grande coalition» –, pour «faire la réforme». Elle n'arrêtait pas de répéter cela, sans jamais préciser le contenu de la réforme. Il n'y en avait apparemment qu'une, et elle était indiscutable. J'ai donc fini par lui demander ce qu'elle plaçait sous ce terme. Elle m'a regardé, effarée que je puisse poser cette question : «Mais enfin : travailler plus et gagner moins!» Et après, j'ai bien sûr eu droit à la concurrence chinoise, à la compétitivité, au coût du travail... Elle avait enfourché son petit cheval.

A. K. – Les libéraux disent tous cela en substance, mais moins franchement. Le seul débat chez les gens qui nous dirigent, y compris au PS, consiste à savoir si on peut présenter cette «réforme» sous cette forme abrupte, ou s'il faut prendre des gants. À propos de l'Allemagne, il faut faire une remarque. Lors des élections de cet automne 2005, la gauche s'est retrouvée majoritaire tout de même : elle a gagné! Mais il y a de tels préjugés en faveur de l'orthodoxie économique que les observateurs n'ont retenu que la défaite des grands partis, l'absence de toute majorité. Que le SPD, les *Grünen* et le *Linkspartei* réunis aient obtenu cinquante-deux pour cent des voix n'a pratiquement pas été commenté.

J.-F. K. – Alors que, quand la droite a gagné en Italie, au Danemark et en Norvège, avec l'apport des populistes d'extrême droite, tout le monde l'a admis. Tout se passe comme si le suffrage universel devenait superfétatoire, puisqu'il n'y a qu'une seule voie possible. C'est vraiment : «Nous, les gens intelligents, les experts, le savons, mais il y a encore un peuple un peu sale et inculte qui l'ignore.» La phrase provocante de Brecht : «Puisque le peuple vote contre le gouvernement, il faut dissoudre le peuple» s'est muée en idée largement partagée.

A. K. – À mon avis, cela est dû au fait que ces grands partis fonctionnent selon le modèle du choix des religions au sein des États du XVIe siècle, qui adoptaient celle de leur chef.

J.-F. K. – Exactement! Je n'y avais pas pensé : *Cujus regio, ejus religio.*

X

Le progrès

A. K. – Il est impossible de dégager une caractéristique physiologique ou anatomique qui soit exclusivement le propre de l'homme. Les singes et les corneilles utilisent des outils, qu'ils façonnent parfois, et les chimpanzés se transmettent des savoir-faire différents, au sein d'une même espèce, en fonction de leur environnement. Ce qui est spécifiquement humain, au fond, est combinatoire et évolutif. Il y a humanisation dès lors que la totalité de ces dons aboutit à créer une culture, y compris technique, suffisante pour amplifier les capacités de créativité de l'esprit. Ces dernières vont alors enrichir la culture, et ainsi de suite. Le moment à partir duquel le progrès culturel a pris l'ascendant sur celui lié à l'évolution biologique marque le passage de l'animalité à l'humanité.

J.-F. K. – Voilà : en gros, Arte est propre à l'homme, mais pas *Star Academy*!

A. K. – Surtout dans la perspective du Progrès avec un grand «p», celui qui, fruit de la raison, postule que l'accroissement des connaissances et le développement des techniques doivent nécessairement aboutir au progrès pour l'homme, à son plus grand épanouissement et à son bonheur. Cette idée naît au XVIIe siècle de la rencontre de trois maximes : « Le savoir est pouvoir » (Francis Bacon), « Pour l'homme de se rendre comme maîtres et possesseurs de la nature » (René Descartes). Or, comme je te l'ai déjà rappelé, « toute la suite des hommes pendant le cours de tant de siècles doit être considérée comme un seul homme qui subsiste toujours et qui apprend continuellement » (Blaise Pascal). De plus en plus savant, l'homme accroît sa puissance et améliore l'exploitation de son milieu. Un élément s'ajoute à cette conjonction pour former le progressisme. Pour que le Progrès assure l'accès au bonheur, il faut lui ajouter l'optimisme de Socrate pour qui le vrai (et donc la connaissance) conduit au bien.

La césure entre l'Occident et le reste du monde repose sur le choix, ou non, de ce mode de pensée et de développement. Du côté de l'Islam, qui a développé les arts et la science bien avant l'Europe, ces disciplines constituent un moyen de chanter la magnificence de Dieu et de sa créature. Son ambition consiste à s'approcher des mécanismes par lesquels se manifestent les desseins de Dieu. Pour les Grecs, c'était plutôt un hymne à la raison humaine. Les sociétés libérales de progrès, elles, ont toujours conçu la science comme outil de pouvoir, technique et économique, voire militaire.

J.-F. K. – Le progrès est un mot commode qu'on emploie à toutes les sauces. Il ouvre en général des abîmes d'ambiguïtés. L'Égypte est intéressante à ce titre : entre les deuxième et quatrième dynasties s'est produite une explosion formidable de civilisation. C'est là que se sont construites les pyramides, mais l'art égyptien s'est tout à coup figé et a répété mécaniquement la même chose pendant mille cinq cents ans. Une révolution a bien eu lieu sous Aménophis IV, l'expression artistique s'est libérée, mais s'est refermée sur elle-même de nouveau.

A. K. – ... Jusqu'aux Grecs et Ptolémée. Mais je t'ai déjà fait part de mon doute quant à l'application à l'art de l'idée de progrès. Miró représente-t-il un progrès pictural par rapport aux chefs-d'œuvre inouïs peints il y a trente-deux mille ans par des Aurignaciens sur les parois de la grotte Chauvet en Ardèche? C'est différent, certes, mais est-ce un progrès dans l'ordre de la beauté?

J.-F. K. – En tous cas, Ptolémée est une décadence.

A. K. – Mais tellement brillante! Je suis fasciné par les portraits du Fayoum.

J.-F. K. – On pourrait donc développer une théorie de négation du progrès à partir de l'exemple égyptien. Mais même si l'Égypte ne brille pas aujourd'hui du même éclat que sous Ramsès II, ses habitants sont mieux soignés et nettement plus alphabétisés. Le processus n'est évidemment pas linéaire, il est contradictoire. Tu as longtemps cru que je n'étais pas d'accord avec toi sur la conception du progrès à cause de mon hugolisme...

A. K. – Hugo dit du Progrès que c'est «le pas collectif du genre humain».

J.-F. K. – Oui, la civilisation monte une espèce d'escalier monumental, marche par marche, en vue d'une amélioration continue : l'école rendra plus intelligent, l'intelligence rendra plus libre, et la liberté plus heureux. Il a effectivement écrit des pages merveilleuses de cette veine, mais il faut préciser qu'à la fin de sa vie, il n'y croyait plus du tout. Au regard des pogromes antisémites en Russie et de la paix honteuse de 1870 qui lui a fait prévoir une guerre mondiale, il était devenu très pessimiste. Il restait cependant convaincu que l'unique combat valable était celui qui s'inscrivait dans la perspective d'un progrès lisible. Aujourd'hui, nous vivons une période d'effondrement de toutes les utopies, de désespoir, mais aussi de remise en cause des acquis de ce qui fut présenté comme constitutif du progrès. S'y résoudre? Non! La seule raison de vivre, à mes yeux, demeure de se battre pour cet inatteignable, ce mouvement vers un monde plus juste que je continue à appeler le progrès.

Nombreux sont ceux qui confondent progrès moral et progrès scientifique, comme le faisaient un peu Hugo ou les encyclopédistes. Je vais proférer une banalité, mais toute innovation scientifique présente un double visage. L'exploitation de l'atome, qui permet à la fois de lutter contre le cancer et de fabriquer une bombe atomique, en est le plus fameux exemple. Internet, c'est la mondialisation et de la démocratie et du mensonge! Au moment où j'ai travaillé en usine, la télévision était un moyen d'éducation prodigieux. Les ouvriers discutaient du *Britannicus* de Racine diffusé la veille. Or elle est devenue un instrument d'abrutissement culturel à grande échelle.

A. K. – Ce dont tu parles est bien le progressisme, la vision du Progrès défini par Condorcet comme «la marche de l'humanité d'un pas sûr et ferme sur la route de la vérité, du bonheur et de la vertu», grâce aux avancées techniques et scientifiques.

J.-F. K. – Souviens-toi de l'extraordinaire intervention d'André Malraux auprès de Chaban-Delmas lors de l'élection présidentielle de 1974, sur l'air de «la télévision à l'école, un formidable outil de culture, de libération, de démocratie», etc. On a vu! Il me semble cependant, et c'est peut-être là qu'il y aura désaccord entre nous, qu'une régression réelle n'abolit pas l'existence d'un progrès virtuel. Même en phase de régression, un ferment est déposé. Par exemple, la révolution contre Jean sans Terre qui débouche sur l'élaboration de la «Grande Charte» de 1215 en Angleterre, Étienne Marcel et le mouvement cabochien en France, sèment ce qui deviendra la révolution américaine et la Révolution française, malgré les retours en arrière qui ont suivi.
L'absurdité de l'image de l'escalier gravi régulièrement est certes contredite par des périodes de

reflux parfois très longues. L'exemple de la civilisation musulmane le montre. Elle a connu une renaissance formidable avec les Mozabites et Averroès, puis son rationalisme s'est éteint et le recul a été continuel. Mais le progrès, tel que l'entend un démocrate conséquent, reste tendanciel, à l'échelle de l'histoire des hommes. La Renaissance, réaction au Moyen Âge, s'élabore en référence à l'Antiquité, mais va beaucoup plus loin qu'elle dans tous les domaines.

A. K. – Le progrès cumulatif des savoirs et des pouvoirs, les uns étant le moteur des autres, est peu contestable, même s'il existe en effet des périodes de décadence en raison de conflits, de catastrophes ou de difficultés économiques. La conception progressiste, c'est-à-dire l'optimisme du Progrès, c'est bien autre chose. Cette idée que le cumul évident des savoirs et des pouvoirs est le garant du bonheur humain sur terre était historiquement portée par les hommes de gauche, les auteurs des Lumières, les révolutionnaires de 1789 et les socialistes du XIXe siècle. Cela devient plus flou avec Auguste Comte, qu'il est difficile d'assimiler à un militant de gauche. Pour les progressistes, l'accès au savoir, le pouvoir de maîtriser la nature représentaient aussi le moyen pour l'homme de briser ses chaînes et de gouverner enfin son propre destin. Aujourd'hui, l'augmentation nécessaire du bonheur par le progrès scientifique et technique est largement contestée par les partis de gauche, des écologistes au PC, désormais très proche de José Bové. L'argument du Progrès nécessaire et bienfaisant est devenu le cheval de bataille de la droite néolibérale : la science produit de la technique, qui engendre la richesse et la puissance. Or, pour le libéralisme, c'est l'accumulation des richesses seules, selon les règles du marché, qui peut satisfaire les besoins humains, notamment celui de l'accès au plaisir. Il n'y a pas d'autre moyen pour elle de libérer l'homme.

Le savoir permet de développer de nombreuses techniques profitables à l'homme, c'est vrai. Mieux soigner favorise à l'évidence l'épanouissement individuel. Le progressisme, jadis de gauche et aujourd'hui plutôt apanage de la droite libérale, a malheureusement épousé le déterminisme du progrès, c'est-à-dire son caractère nécessaire, sans s'interroger sur ses mécanismes. Les révolutionnaires de 1789, Robespierre y compris, ne se posaient pas cette question : le grand horloger, ou architecte de l'univers, réalisait son dessein divin, la libération de l'homme, par l'intermédiaire de l'utilisation de la raison, du savoir et de la technique. Avec les athées, Condorcet imagine que le progrès modifiera l'environnement culturel au point qu'à son contact, l'esprit humain s'élèvera progressivement. Cette conception est typiquement lamarckienne, puisqu'elle postule l'hérédité d'un caractère acquis, à savoir l'accroissement des qualités morales. Nous autres biologistes savons que notre esprit est, à la naissance, bien semblable à celui de nos ancêtres qui vivaient il y a des milliers ou des dizaines de milliers d'années, les peintres de la grotte Chauvet, par exemple. Il ne fait que s'acculturer au contact du corpus des connaissances et des symboles des générations précédentes. Or, c'est significatif, les références de la pensée morale (le bien, le juste, la sagesse, la bonté, etc.) n'ont guère évolué depuis la philosophie antique, alors que les savoirs scientifiques et techniques ont explosé. L'idée que les pulsions et les sentiments profonds de l'homme se corrigent de façon parallèle à l'accroissement des connaissances et des pouvoirs humains ne peut être regardée qu'avec incrédulité par un matérialiste darwinien. Pour l'essentiel, les sciences permettent aux hommes de se doter d'outils d'une puissance extraordinaire, mais ne donnent aucune indication quant à leur utilisation, qui exige une réflexion distincte. L'accumulation des biens et le progrès technique ne devraient jamais être en eux-mêmes les buts de notre action, mais seulement les moyens de la poursuite d'une fin incluant explicitement l'épanouissement de tous. Encore faut-il le penser, et le vouloir. Mon combat consiste à réhabiliter la volonté en lui fixant un but qui, de nos jours, se perd : se déterminer une fin qui, pour prétendre à une légitimité universelle, ne peut guère que reposer sur la valeur de l'autre, ici et ailleurs, aujourd'hui et dans le futur.

J.-F. K. – Même la nature des émotions se transforme sous l'effet de l'apport culturel. Un exemple de progrès à la fois objectif et subjectif : au XVIIe siècle, des foules immenses assistaient au supplice de la roue et de l'écartèlement de façon totalement insensible, alors qu'aujourd'hui personne ne pourrait soutenir la vue d'un tel spectacle sans tourner de l'œil. Il y a eu recomposition de la structure de nos émotions. Y a-t-il une perversion de l'idée de progrès ? Une dérive? Cela s'appelle désormais le modernisme, ou l'alibi de la modernité. Est-ce bien, est-ce mal, juste, injuste, adéquat, inadéquat? Qu'importe, c'est «moderne». Ça va dans le sens de l'histoire! Le fascisme et le stalinisme déjà se définissaient comme radicalement modernes par rapport au «démocratisme petit-bourgeois» qui était archaïque et ringard!

A. K. – C'est un bien si ça va dans le sens supposé de l'histoire, entend-on.

J.-F. K. – Aligner le coût du travail sur celui qui a cours en Chine, ça c'est moderne! La mercantilisation générale du sexe, c'est moderne! Pourquoi faudra-t-il privatiser les routes comme au Moyen Âge? Parce que c'est moderne!

A. K. – Les modernistes tirent la cohérence de leur pensée de l'accumulation de biens matériels, considérée comme bien suprême de la société. Les catégories du bien, et parfois du vrai, sont aujourd'hui peu à peu assujetties à celle du rentable.

XI

L'évolution

J.-F. K. – Le problème de l'évolution a longtemps constitué notre seul vrai désaccord, mais je me demande si nous n'avons pas un peu exagéré les choses.

A. K. – Tu as longtemps été néolamarckien, mais je crois savoir que tu es allé à Canossa...

J.-F. K. – Et moi, je t'ai longtemps cru darwinien dogmatique. Le problème est délicat à aborder, car je me trouve face à un expert qui peut faire valoir l'argument d'autorité. Il y a peu de dialogue effectif possible entre l'expert et le profane. Le premier assène une vérité, avec la bénédiction du second qui fait un complexe. Ça a malheureusement créé de nombreux malentendus dans nos démocraties, comme l'a montré l'épisode du référendum européen. Dans le domaine qui nous intéresse ici, cela a fait le jeu du regain actuel des théories néocréationnistes camouflées derrière le «dessein intelligent». Les «experts» darwiniens ont, en effet, eu tendance à rejeter en bloc dans le camp spiritualiste et fidéiste ou dans celui du lyssenkisme toute tentative de correction, fût-ce à la marge, de la théorie synthétique de l'évolution (c'est à dire Darwin, plus Mendel et la non-hérédité des caractères acquis). Le néocréationnisme a de la sorte acquis une certaine crédibilité en s'agglomérant à des évolutionnistes qui remettaient en cause l'impérialisme de l'aléatoire.

A. K. – Là, je t'arrête. Contrairement à ce qu'on pense communément, il n'y a pas d'opposition irréductible entre la loi, et donc la croyance en un Dieu créateur, et le darwinisme, entre la spiritualité religieuse et l'évolution. Dans la Genèse, lorsque l'homme est chassé du jardin d'Éden, Dieu lui rappelle qu'il n'est que poussière et qu'il retournera à la poussière, reconnaissant par là sa nature matérielle.

J.-F. K. – Remarque très juste, mais qui ne fait pas avancer le schmilblick!

A. K. – Et après le châtiment du déluge, les flots se retirent pour laisser l'arche de Noé retrouver la terre ferme. Tous les couples d'êtres vivants en sortent et Yahvé établit la nouvelle alliance, symbolisée par l'arc-en-ciel. Le texte précise qu'il la passe avec l'ensemble de ses créatures. L'homme n'est pas ravalé à leur rang, mais en fait partie. Le darwinisme ne dit en somme pas autre chose. En revanche, ce qui est inacceptable pour les religions (au moins celles dérivées du Livre), c'est que l'âme elle-même soit considérée comme un produit de l'évolution, c'est-à-dire que les comportements, raisonnements et qualités morales de l'homme ne soient pas don de Dieu mais dérivent de ceux de nos ancêtres animaux.

J.-F. K. – Parenthèse : lorsque Amerigo Vespucci s'est aperçu, en en faisant le tour, que l'Amérique était un continent, ce que n'avait pas prévu Christophe Colomb, il a aussi découvert une multitude d'animaux inconnus. Exalté, il en a consigné la description dans son journal de bord, mais, de retour en Espagne, il a arraché ces pages-là parce qu'il s'était rendu compte qu'une telle faune n'aurait pas pu tenir dans l'arche de Noé et qu'il risquait donc d'avoir quelques ennuis avec l'Inquisition !

A. K. – Je ne connaissais pas cette anecdote. Mais l'utilisation de la lecture littérale de la Bible pour s'opposer au darwinisme est aujourd'hui relativement marginale parmi les croyants. Ce qui a posé de gros problèmes au départ, c'est le monisme, c'est-à-dire la réfutation de la séparation de l'âme et du corps. La pensée religieuse n'est au fond guère heurtée par le fait que le corps soit objet d'évolution, elle peut très bien s'y adapter. Cela renvoie au concept cartésien du corps animal assimilé à une machine. Aujourd'hui, après Teilhard de Chardin, paléontologue et jésuite, des catholiques fervents, voire des ecclésiastiques, sont des néodarwiniens purs et durs ; j'en connais.

J.-F. K. – On peut à la fois être mystique et homme de science. J'accepte le fidéisme : *credo quia absurdum*. D'un côté, je crois même l'incroyable.

De l'autre, je cherche sans tenir compte de ma croyance. Bravo! Ce que je ne tolère pas, c'est, justement, la démarche d'un Teilhard de Chardin : car sa croyance infusait sa recherche, au point que la seconde n'était là que pour justifier, en fin de compte, la première.

A. K. – Je suis d'accord avec toi sur le fond, mais je crois que tu fais un contresens sur Teilhard de Chardin. Ses recherches l'ont mené à l'évolutionnisme; il n'a pas cherché comment Dieu avait conduit l'émergence de l'homme. Cela lui a d'ailleurs posé un problème : si Dieu n'est pas le créateur, où le mettre? D'où l'idée de le placer partout, avant et après, en aval, comme point attracteur; c'est donc l'inverse de la démarche de ceux qui nous vendent le dessein intelligent en tentant de démontrer que l'évolution obéit à des lois mathématiques. Cela nous renvoie une fois de plus à Galilée : si des lois mathématiques rendent compte de l'évolution, elles sont la manifestation d'un législateur...

J.-F. K. – ... ou d'un grand mathématicien. Celui qui a le plus théorisé cette idée d'un Dieu calculateur, c'est Leibniz.

A. K. – Beaucoup de travaux avancent masqués, aujourd'hui. Le but est de mettre au jour les lois cachées gouvernant un ordre dans le chaos évolutif. Le fondamentalisme ressortit à un mouvement parasectaire qui refuse le monde en bloc et où toutes les amarres de la vraisemblance sont rompues. Et à partir du moment où on se coupe de la rationalité, on peut prétendre, comme les raëliens, que les Élohims ont créé l'homme par clonage il y a vingt-cinq mille ans, ou comme les littéralistes que le monde n'est vieux que de dix mille ans.

Il est contestable de parler de dogmatisme darwinien, car la pensée la plus dogmatique sur l'évolution ne relève pas de Darwin lui-même, mais de l'extension de la synthèse néodarwinienne et de la sociobiologie.

J.-F. K. – Spencer? Je nommerais plutôt ça une dérive, voire une hérésie darwinienne. Ce n'est pas ce que j'appelle le dogmatisme darwinien.

A. K. – Le spencérisme, c'est une idéologie. Profondément raciste et transformiste. Herbert Spencer n'était pas scientifique. Il a découvert sur le tard les travaux de Darwin et les a utilisés pour justifier ses opinions. Il a fabriqué une idéologie scientifique, au sens où Canguilhem définit le terme. Elle sera plus ou moins à l'origine, en effet, de toutes les dérives auxquelles tu fais allusion, l'eugénisme, le darwinisme social, etc.

J.-F. K. – Engels, qu'on a tort de ne plus lire, a lui aussi mobilisé le darwinisme pour justifier la théorie de la lutte des classes.

A. K. – Tu évoques Engels et son rapport à Darwin. En fait, les relations entre Engels, Darwin et Marx sont captivantes. Engels travaillait en Angleterre, alors que Marx se trouvait encore en Allemagne. C'est Engels qui a attiré l'attention de son ami Karl sur les travaux de Darwin dans lesquels se trouvait peut-être, selon lui, l'origine des phénomènes sociaux que tous deux étudiaient. Ils lui ont écrit, ont cherché à le rencontrer, mais sans résultat. La suite de leurs travaux les a fait diverger, mais Engels a effectivement considéré que l'inéluctabilité du sens de l'histoire avait peut-être des racines biologiques.

Lorsqu'il a publié *De l'origine des espèces* en 1859, Darwin ne connaissait pas le mécanisme producteur de l'hétérogénéité biologique, *substratum* de l'évolution. Avec la génétique et le néodarwinisme, vers 1920, on prouve que les gènes gouvernent les propriétés physiologiques, responsables de la diversité sur laquelle opère la sélection. Il s'ensuit que c'est vrai aussi des qualités morales, Darwin ayant couplé les deux dans son ouvrage *La Filiation de l'homme*, publié en 1871. La réunion de la science génétique et de cette théorie darwinienne aboutit au modèle standard actuel, la théorie synthétique de l'évolution ou néodarwinisme, qui connaîtra une dérive ultraréductionniste bien représentée par les ouvrages de Richard Dawkins et son gène égoïste : l'évolution y est ramenée à un combat entre les gènes pour leur dissémination maximale, nous en avons parlé il y a peu. D'où l'hypothèse de la responsabilité intégrale des gènes, depuis l'être biologique jusqu'à l'agir en société de tous les êtres vivants. Conséquence ultime : la sociobiologie d'Edward Wilson en 1975 pour qui, puisque tout est biologique, il faudra demain remplacer les historiens, les géographes, les philosophes et les prêtres par des généticiens, les mieux à même de connaître les ressorts intimes de l'évolution des sociétés dans tous leurs aspects.

J.-F. K. – Il travaillait sur les fourmis au départ, n'est-ce pas?

A. K. – Tout à fait.

J.-F. K. – Ça prédispose beaucoup à ce genre de théorie. D'autant que, en ce qui concerne les «insectes sociaux», fourmis ou abeilles, c'est l'ensemble de la société qui fait corps et les attributions de chaque individu – ou parcelle de ce corps – participent en effet d'un déterminisme biologique radical.

A. K. – Oui, la sociobiologie est opératoire chez les fourmis, pour des raisons qu'explique la théorie de l'évolution. La sociobiologie appliquée aux espèces animales se vérifie le plus souvent, quoique aujourd'hui pas mal d'exceptions apparaissent.
La proposition darwinienne s'est donc transformée de fil en aiguille, sous l'effet du réductionnisme génétique (le gène égoïste de Dawkins) et de sa généralisation aux sociétés humaines (la sociobiologie). Quand tu parles de darwinisme dogmatique, précise donc duquel il s'agit.

J.-F. K. – Je pensais à la façon dont Gould a excommunié *a priori* la sociobiologie, puis a été ostracisé à son tour par les darwiniens purs et durs. Le phénomène se retrouve aussi dans les écoles freudiennes, par exemple.

A. K. – Et même dans toutes les disciplines. Comme nous le notions à propos de la politique, on est toujours plus violent envers un dissident qu'envers un adversaire qui a de tout temps développé une pensée différente.

J.-F. K. – Il y a pour moi une continuité évolutionniste. Ce qui régit l'évolution du vivant, de la bactérie au vertébré, de la cellule à l'organisme, régit pour partie l'évolution de ce vivant collectif qu'est le social. Pour partie seulement, car le libre arbitre et l'intelligence humaine démentent la sociobiologie, mais l'émergence de l'homme, qui devient mais ne naît pas homme, ne met pas tout à coup, comme par miracle, fin à une histoire vieille de milliards d'années. Ce point de vue n'est justifiable que si l'on considère ce dernier comme un chef-d'œuvre créé de toute pièce par Dieu. L'apparition et le développement d'une société continuent le processus qui a permis de passer de la cellule à l'animal et de l'animal à l'homme. Toute théorie de l'évolution induit donc une théorie du vivant global (le corps), y compris de ce vivant collectif qu'est le corps social. Elle peut et doit s'appliquer à l'histoire des sociétés, mais en y intégrant la spécificité de l'homme, sa liberté qui modifie considérablement les lois de l'évolution (la preuve, il peut agir sur les gènes), mais sans les annuler jamais.

A. K. – Tout à fait d'accord avec toi sur ce point : la sociobiologie passe sous silence la spécificité humaine. L'homme produit une culture si riche et si progressive que, pour la première fois dans l'histoire du vivant, l'évolution de sa société ne dépend quasiment plus de la biologie. Cela semble une évidence, mais alors comment prétendre que les lois biologiques de l'évolution s'appliquent aussi à ce phénomène de mécanismes si différents? L'homme demeure un être de nature, bien sûr, mais il a aussi acquis les capacités d'introspection et d'accession aux états mentaux d'autrui. Il se voit en proie aux affects, se juge, juge les autres et s'interroge sur ce qu'ils pensent; il enclenche par ce biais un type de développement qui ne peut en aucun cas être réduit à ce qu'assure la sélection naturelle darwinienne.

J.-F. K. – Attention : dire que le mécanisme de l'évolution sociale continue, en partie, le mécanisme général de l'évolution ne signifie nullement que l'humain soit réductible au biologique, mais qu'il y a immense saut qualitatif plus que rupture.

Au fond, plus un homme s'arrache, par la culture et l'intelligence, à ce qui le détermine biologiquement et plus il se libère des mécanismes de sa propre évolution. Mais dès lors qu'il collectivise cette culture et qu'il l'intègre à sa nature, il retrouve les fondamentaux de l'évolution. Sa nature aspire, en quelque sorte, sa culture. C'est vrai en histoire. Et ça a été spectaculairement illustré, hélas, par ce qui s'est passé en Yougoslavie ou par ce qui se passe au Caucase. Dans les deux cas, le «déjà-là» culturel est devenu naturel et a pris le pas sur l'émancipation culturelle. Il y a même des moments extrêmes où la thermodynamique peut rendre compte de comportements humains collectifs, comme les mouvements de foule qui s'amplifient en phénomènes de panique. Dans ce cas, les lois psychiques se ramènent quasiment à la dynamique des fluides. On peut redevenir de simples molécules.

À mesure que croît en nombre l'ensemble des individus analysé, les données qui découlent de notre propre parcours évolutif réémergent, comme lorsque les apports culturels se sédimentent en phénomènes identitaires collectifs, tels qu'un peuple entier se vouant à un même culte. La tendance à l'homogénéisation d'un groupe participe d'un processus évolutionniste naturel. Une religion domine toujours un espace donné, de la même façon que les gnous évoluent en groupe.

A. K. – Tu touches du doigt un phénomène qu'on parvient désormais à bien comprendre. Dans un ensemble, les particularités des individus ont tendance à s'estomper, à être réduites à un « bruit de fond » puisque, diverses, elles ne peuvent s'additionner. À l'inverse, selon le même principe, le tronc commun tend à s'affirmer. C'est sur ce dernier, apporté par les quinze cents bonshommes qui ont quitté l'Afrique voilà soixante-dix mille ans, que portent surtout les lois de l'évolution biologique.

Mais pour moi, le fait que la totalité d'un peuple soit catholique, évangéliste ou nazi est la conséquence d'une particularité humaine qu'explique l'évolution et ne constitue pas un processus évolutif en tant que tel. L'une des grandes spécificités de l'homme, que j'ai déjà rappelée, tient à sa formidable capacité d'imitation, qui lui permet d'apprendre mais le rend aussi fort vulnérable aux ravages de l'idéologie, de la dévotion, du fanatisme.

J.-F. K. – L'homme, meilleur imitateur, comme tu disais, ou le seul qui ait la capacité de faire mieux que celui qu'il imite? La distinction est plutôt là : dans cette faculté de chaque génération à dépasser la précédente. L'hirondelle fabrique un nid admirable, mais c'est toujours le même depuis la nuit des temps.

A. K. – Parce que l'hirondelle n'apprend pas.

J.-F. K. – Alors comment se débrouille-t-elle pour faire un nid?

A. K. – Grâce à son programme génétique. Une hirondelle qui n'aurait jamais vu une autre hirondelle faire un nid en fabriquerait un malgré tout.

J.-F. K. – Tu me l'apprends. Dans ce cas, excuse-moi, mais il y a hérédité des caractères acquis!

A. K. – Non, certains dinosaures, ancêtres des oiseaux, construisaient sans doute eux aussi des sortes de nids. L'animal qui, à la faveur d'une modification aléatoire de gènes gouvernant des circuits neuronaux, a construit son nid de façon plus astucieuse, l'a disposé dans les branches d'un arbre ou sur tout autre support le mettant à l'abri des prédateurs terrestres, lorsqu'il a su voler, a été sélectionné, lui et sa descendance. C'est difficile à prouver, car on trouve peu de fossiles de nids! C'est cependant le scénario le plus probable. De même pour les ailes. Les reptiliens en étaient dépourvus, mais certains présentaient des configurations de membres qui leur permettaient de stabiliser leur course. L'aile n'est pas apparue *de novo*, mais a été rendue possible par un autre avantage. Tout n'arrive pas d'un seul coup : c'est le résultat d'un long perfectionnement antérieur, dont chaque étape s'avère finalement avantageuse.

Les primates, humains et non-humains, disposent, eux, d'une capacité d'apprentissage remarquable.

J.-F. K. – Une culture peut donc être génétiquement programmée?

A. K. – Non, pas une culture; mais un savoir-faire. La culture est un savoir-faire acquis. Un animal maintenu à l'écart de ses congénères présentera certes des troubles du comportement, mais pour l'essentiel ce sera un chien, un cheval ou une hirondelle, qui reproduira de manière innée la plus grande partie des archétypes de son espèce. En revanche, un petit d'homme coupé de sa communauté, élevé par des animaux, n'accédera jamais à ce développement et à cette maîtrise des capacités mentales qui sont le propre de l'humanité et dont nous sommes si fiers. La plasticité cérébrale humaine est bien un produit de l'évolution, mais non l'empreinte à laquelle elle permet au cerveau d'être si sensible.

La vertu révolutionnaire du darwinisme consiste à avoir établi pour la première fois qu'un processus ou un être parfaitement adapté à son milieu ou à son objet résultait d'un mécanisme d'essai/sélection, et non d'une volonté. C'est vrai ailleurs qu'en biologie, par exemple au niveau des idées. L'idéation consiste sans doute à engendrer en permanence une série de représentations mentales, à les relier entre elles selon plusieurs combinaisons et à opérer une sélection, de manière à retenir la plus cohérente, et donc la plus avantageuse. Nos ordinateurs fonctionnent sur ce principe : Deep Blue envisage tous les coups aux échecs avant de jouer le plus efficace. Le monde capitaliste également, en éliminant les entreprises non rentables. Faut-il en conclure, comme les néodarwiniens, que le libéralisme est un produit de l'évolution et obéit aux lois de la nature ? Certainement pas. Il y a une analogie vraie, mais les mécanismes en cause ne sont pas du même ordre. Le prétendre ramène à cette biologisation de la société, dont l'idée est si prégnante de nos jours mais qui, pour autant, m'apparaît irrecevable en raison. J'ai déjà fait la critique de ce type de raisonnement analogique.

J.-F. K. – Intuitivement, je pense que l'important, et tu en seras d'accord, n'est pas tant ce qui change que l'invariance de certaines structures. Paradoxalement, c'est ce qui ne change pas qui autorise le changement. Quand on visite un muséum d'histoire naturelle, on se rend compte que les squelettes d'un vertébré, d'un oiseau ou d'un poisson répondent absolument au même agencement structurel. Des queues ont éventuellement poussé sur des fronts, qui sait, ou des yeux sont peut-être apparus derrière la tête, mais ils n'ont pas été sélectionnés. N'ont été conservées que les variations compatibles avec la structure et qui, dans un premier temps, optimisaient l'efficience de cette structure. En revanche, en raison de bouleversements, climatiques par exemple, des recompositions adaptatives (débouchant sur les membres, les nageoires ou les ailes) se sont produites, mais n'ont nullement remis en cause l'invariance de la structure en tant que telle. Cela a permis, par exemple, à des primates de se dresser sur leurs pieds, ce qui a libéré leurs mains pour se servir d'outils, tout en permettant, grâce au support de la colonne vertébrale, l'augmentation de la taille de leur cerveau. Je ne prétends pas ici énoncer une vérité scientifique, j'esquisse simplement l'appréhension d'une dynamique de changement. Pourquoi une structure se recompose-t-elle ? Parce que, confrontée à une catastrophe, elle ne peut sauver son invariance, condition de sa survie, qu'en la recomposant.

Pourquoi cette proposition ? Pourquoi me paraît-elle essentielle ? Parce qu'elle renvoie au débat entre révolution et réformisme : la substitution d'une structure à une autre est toujours antinaturelle et en cela rejetée. La révolution au sens bolchevique du terme ne se vérifie jamais dans le règne animal ou organique. Elle est vouée à l'échec. C'est comme vouloir donner le jour à une créature dotée d'un œil derrière la tête ! Ce serait pratique, mais c'est impossible, parce que hors structure, attentatoire à l'agencement général. De la même manière, construire une société sans classes, totalement égalitaire, est peut-être admirable mais c'est incompatible avec la nature évolutive de la structure sociale humaine. Quand la Révolution a confisqué les propriétés des aristocrates pour les confier à la bourgeoisie, elle n'a pas substitué une charpente à une autre, une structure à une autre, mais recomposé leur invariance. Et, en cela, elle l'a sauvée, car elle était parvenue à une impasse. Il n'était plus possible que des hommes possèdent seuls des milliers d'hectares de terres sans jamais s'y rendre. Du coup, en 1815, au moment de la « restauration » et du retour des aristocrates, il s'est révélé impossible de restaurer l'ancien système de propriété en rendant les terres aux nobles. Les bolcheviks, eux, en 1917, ont voulu substituer une structure à une autre en abolissant la propriété. Résultat : ils ont échoué et, après la restauration, il a été possible de revenir totalement en arrière. Cela ne condamne pas la révolution, mais montre que toute recomposition, même de ce qui reste structurellement invariant, induit en elle-même une révolution. Le débat se résume donc à une absurdité, car la révolution pure est impossible, mais, rendue nécessaire à la suite d'un bouleversement, la vraie réforme, elle, est révolutionnaire.

A. K. – Je suis content que tu interviennes de cette manière, car voilà pour moi un très bel exemple de raisonnement analogique à deux étages. Je vais les traiter séparément, car je suis relativement d'accord avec le second, et pas du tout avec le premier. Tu proposes un modèle d'évolution rendant compte de la permanence de la forme générale des êtres vivants par une espèce de force luttant contre les variations illégitimes. Le phénomène est plus simple que cela et ne relève en rien du mécanisme que tu avances. L'évolution est certes aléatoire, mais séquentielle. Les ébauches d'yeux ont nécessité vingt, trente, soixante-dix modifications génétiques. Assister à l'apparition d'un œil à l'arrière du crâne relève de la chimère : il faudrait pour cela modifier toutes les étapes antérieures. La seule possibilité évolutive est d'ajouter une innovation à la série de celles qui ont été séquentiellement stabilisées chez les ancêtres, sont transmises selon les lois de la génétique et gouvernent la structure de base. Cette dernière peut s'en trouver modifiée mais le plan général ne saurait être bouleversé.

J.-F. K. – Des monstruosités apparaissent tout de même, comme un troisième bras ou...

A. K. – Oui, mais ce sont typiquement des variations «sur un thème» que la nature ne retiendra pas car elles ne confèrent pas d'avantage.

J.-F. K. – C'est à peu près ce que je dis.

A. K. – Les modifications génétiques ne peuvent simplement pas faire émerger de forme radicalement différente. L'évolution se fait par succession d'innovations sur une base existante. Un troisième bras totalement non fonctionnel, simple ébauche, n'a aucune utilité et constitue un handicap. Il est éliminé. La trompe de l'éléphant, c'est-à-dire une différenciation particulière de la lèvre supérieure, est en revanche fort commode. Elle est apparue progressivement au cours de l'évolution et, avantageuse, a été fixée dans l'espèce.

J.-F. K. – Mais enfin la condition de la persistance est bien la compatibilité à la structure!

A. K. – Toute innovation qui présente un avantage, même si elle ne s'intègre pas à la structure, est conservée. Cependant, les êtres vivants disposent de dizaines de milliers de gènes et seul un très petit nombre d'entre eux peut être modifié à chaque génération. Un nombre si limité de mutations génétiques survenant sur un ensemble stable ne saurait bouleverser l'ordonnancement d'un corps. Ce n'est pas «refusé» : c'est impossible. Aussi, depuis l'apparition de l'ancêtre des animaux à quatre membres, les tétrapodes, il y a quelques trois cent soixante-cinq millions d'années, ce plan corporel a-t-il été conservé, des dinosaures aux salamandres et à l'homme.

J.-F. K. – Nous sommes donc d'accord, même si c'est pour des raisons différentes.

A. K. – Mais ce qui nous sépare est important. Deux aspects sont à prendre en compte lorsque l'on parle du mécanisme de l'évolution : l'observation des faits et l'hypothèse qui en rend compte. Nous ne pouvons que nous accorder sur la première, mais, entre une évolution avant tout fondée sur la sélection ou l'élimination de modifications aléatoires et séquentielles, chacune limitée à une oscillation autour de la norme, et une espèce de force vaguement transcendantale qui s'opposerait à une remise en cause de la structure essentielle, il y a une marge.

J.-F. K. – Exact, voilà le point de désaccord. Car je n'aime pas du tout que tu me prêtes une sorte de croyance en des forces transcendantales : cela sous-entend un néocréationnisme de ma part! C'est exactement ce que j'appelais un certain dogmatisme darwinien d'exclusion de la contradiction. En quoi la pression de l'agencement du tout sur l'évolution adaptative de chacune de ses parties renvoie-t-elle à une force transcendantale? Et en quoi serait-ce plus scientifiquement incorrect que l'idée que l'agencement de l'œil n'est que la résultante d'une succession de coups de dés?

A. K. – Avant de répondre à cette question, j'en viens maintenant au deuxième terme de ton analogie, selon laquelle l'histoire des hommes se déroulerait sur le mode de la recomposition d'invariants antérieurs légèrement modifiés, mimant un peu, nous venons d'en parler, l'évolution biologique. Cette idée-là, je ne la rejette pas. La stabilité des cultures humaines est d'une extraordinaire robustesse. On le voit bien avec la Russie ou la Yougoslavie, qui ont retrouvé si rapidement leurs particularismes et leurs travers après trois quarts de siècle de communisme pour la première, près de cinquante ans pour la seconde. Je ne pense pas, bien entendu, qu'il s'agisse là d'un mécanisme biologique! Celui que tu émets me semble bien plus plausible. La puissance du refus d'un chambardement de nature à remettre en question la structure sociale et culturelle d'une société dont les standards sont devenus essentiels au confort mental et intellectuel des citoyens est colossale. Nous avons besoin de cette stabilité rassurante propice, le cas échéant, à l'exploration de voies nouvelles. Il n'est pas aisé de tout changer en même temps, l'arrière-plan socioculturel et le champ exploré.

J.-F. K. – Ce que tu avances à propos de la culture me semble très juste. Un exemple. Au cours des milliers d'années de l'histoire humaine, la poésie a vu le jour chez tous les peuples. Elle n'obéit pas partout aux mêmes règles, mais les structures rythmiques sont restées invariantes en se recomposant à travers le temps. La poésie, extrêmement populaire, a ensuite évolué vers le poème en prose. Ce fut une révolution au sens de l'abolition d'une invariance structurelle. Plus de règles rythmiques! Je suis moi-même un grand lecteur de ce type de littérature, mais je constate que ce qui faisait que les peuples mémorisaient la poésie et se l'appropriaient, de l'*Iliade* à Aragon, a été déstructuré. Cette désacralisation déstructurante a fait voler en éclats la vertu fédératrice de la poésie. Résultat : on ne la lit quasiment plus! Seule l'ancienne est restée populaire et s'est même réinvestie dans la chanson!

L'autre exemple est musical. Pendant des siècles, la musique a procédé selon le même rapport de tonalités. Cela ne l'a pas empêchée de connaître des révolutions très importantes. Il est évident que Monteverdi en a constitué une par rapport à Josquin des Prés; Beethoven, Wagner ou Debussy ensuite. Les règles harmoniques demeuraient cependant structurellement les mêmes. Puis il y a eu, encore, révolution par abolition de la structure et le public a cessé de s'identifier à la musique concrète, ou dodécaphonique, malgré des chefs-d'œuvre. Il ne l'écoute plus. Pourquoi? Parce que sa propre structuration auditive n'est plus adaptée à cette déstructuration. L'histoire relate que Beethoven ou Schubert ont été incompris, que *Pelléas et Mélisande* de Debussy ou *Carmen* ont été mal accueillis, mais c'est faux! Ça ne durait jamais plus de six ans! Or, aujourd'hui encore, on prétend que Stockhausen appartient à la musique contemporaine, alors que ses œuvres datent de près d'un demi-siècle.

A. K. – Cette forme d'expression a souvent perdu de son universalité. La création artistique a, me semble-t-il, accepté cela. Je ne porte pas de jugement en soi sur cette évolution, mais il faut en accepter les conséquences.

J.-F. K. – C'est qu'il s'agit ici, selon moi, de révolutions au sens bolchevique, et non de réformes induisant une révolution. Dans les deux cas, l'invariance graduellement recomposée d'une structure vieille de trois mille ans a été cassée et, pour l'instant, le rapport au public également.

Sur quoi porte notre désaccord? Sur le fait que la pression sélective est, de mon point de vue, aussi bien interne qu'externe. Je n'affirme pas, comme Lamarck, que la girafe s'est allongé le cou pour mieux atteindre les feuilles des grands arbres. Désolé de ne pas confirmer ce dont tu me soupçonnes! Je pense simplement que, d'une part la propension de toute structure à optimiser sa cohérence, d'autre part la pression de cette cohérence structurelle sur ses propres processus adaptatifs, jouent le rôle d'une sélection interne à côté de la sélection externe : celle du milieu. Mais cette pression interne relève d'une direction, pas d'une force. Il y a tendance à la formation d'une structure, puis à son optimisation, puis à sa complexification, ensuite tendance à exclure toute variation hors du cadre de la structure, et pas simples coups de dés répétitifs sanctionnés par un arbitre extérieur. Voilà mon sentiment.

A. K. – Revenons donc à cette question qui nous oppose. Il y a en effet pression sélective. Le milieu impose un sens à l'évolution, celui d'une adaptation croissante à ses conditions.

Des mécanismes internes ? Parmi les éléments de la pression sélective figure la transformation du monde par les formes de vie elles-mêmes. L'homme, plus encore que d'autres êtres vivants, modifie à tel point son environnement qu'il est un moteur capital de sa propre évolution et de celle du reste de la faune et de la flore. Mais, en dernière analyse, cela reste le milieu externe, qu'il soit naturel ou artificialisé, qui sélectionne les modifications génétiques aléatoires et les traits qu'elles déterminent. Dans le cas de ce que tu as appelé des catastrophes, on a l'impression qu'elles s'accélèrent. Est-ce à dire que, dans ces conditions, comme le pensait Lamarck et comme tu y rêves peut-être encore parfois, les nouvelles propriétés des êtres vivants leur ont été conférées par des événements génétiques ciblés, dès leur apparition, ajustées aux défis à relever ? Il ne le semble pas. D'innombrables expériences militent en faveur du mécanisme de génération au hasard des changements biologiques, suivie de la sélection de ceux qui conviennent et de l'élimination des autres. En revanche, le processus de survenue d'événements génétiques multiples peut s'emballer dans certaines conditions de stress. Davantage de formes de vie surgissent et, par conséquent, augmentent les chances de sélection de l'une d'entre elles par hasard capable, grâce à ses propriétés nouvelles, de surmonter les épreuves rencontrées.

J.-F. K. – Et ce n'est pas une pression sélective interne ?

A. K. – Non, elle peut être appelée de différentes manières, mais en tout cas elle n'est pas interne. Si je forme une équipe de sportifs, j'ai plus de chances d'obtenir la meilleure possible, toutes choses égales par ailleurs, en la sélectionnant parmi le milliard et demi de Chinois que parmi les soixante millions de Français.

D'autre part, s'il y a bien une tendance à l'optimisation, elle répond à la pression sélective du milieu, mais pas à la complexification considérée comme un mécanisme interne des êtres. L'évolution a, rarement, il est vrai, usé d'une perte de matériel génétique aboutissant à une simplification biologique. Les bactéries modernes, organismes prodigieusement adaptés à tous les écosystèmes du globe (et peut-être d'ailleurs, qui sait?), pourraient descendre d'ancêtres plus complexes qu'elles. Lorsqu'il est possible d'optimiser une fonction – survivre, se diviser, fabriquer des protéines – en éliminant ce qui n'est pas nécessaire, la nature n'a pas de raison de rejeter *a priori* cette solution.

XII

Sans plaisirs, pas d'humanité

J.-F. K. – Une chose remarquable dans notre fratrie réside à mon avis dans l'extraordinaire diversité illustrée par nos parcours, nos caractères et nos vies respectives, mais aussi par notre proximité. Nous sommes désormais relativement proches politiquement, nous aimons tous les trois la musique, la cuisine, le bon vin, la peinture, la philosophie, et nous sommes attirés par de nombreux auteurs communs. Je pense naturellement que la culture que nous a transmise notre père...

A. K. – Et notre mère! Ce n'est pas parce qu'elle n'est plus là pour nous engueuler, toi et moi, qu'il faut omettre de la citer!

J.-F. K. – ... et notre mère, en effet, mais j'ai, par la force des choses, sans doute été davantage modelé par papa et moins par maman qu'Olivier et toi. Nous partageons grâce à eux une curiosité et une ouverture qui fonde notre communauté d'esprit.

A. K. – J'ai décelé très tôt qu'un être pensant selon l'idéal classique, attaché à préserver sa raison de toute interférence avec les sollicitations de ses sens, était en fait inhumain. Si l'on parvenait à faire fonctionner un cerveau séparément d'un corps, quelles que soient ses capacités d'idéation, il ne saurait appartenir à l'humanité. Une caractéristique commune à tous les animaux, en tout cas aux mammifères et aux oiseaux, consiste à ressentir des émotions, à être sensible à des impressions. Les primates humains leur assurent un traitement cognitif particulièrement complexe, sont capables de se détacher de leurs sensations pour en analyser la signification et les effets, qu'ils ne peuvent pourtant manquer de subir. C'est du dialogue permanent entre le psychisme et les états du corps, ses perceptions, que naît un esprit humain.

J.-F. K. – C'est pour cela que je suis insensible à Leibniz ou à Malebranche, mais que la statue de Condillac, qui s'éveille peu à peu aux sens, me fascine. Son analyse des sensations me paraît très moderne.

A. K. – La sœur de l'abbé Bésineau m'a beaucoup aidé dans cette découverte du délice des sensations. Elle nous disait à Olivier et à moi, petits garçons, que les plaisirs de la vie – elle pensait en réalité plus à ceux de la chère et du bon vin qu'à ceux de la chair – étaient aussi des dons de Dieu. Papa aimait le vin et les femmes, bien qu'il ne nous en parlât que très peu. Il feignait une parfaite maîtrise de son intellect, coupé du monde des sens perturbant et un tantinet vulgaire à ses yeux. Olivier, professeur à Bordeaux...

J.-F. K. – ... entre Pessac et Léognan, c'est tout dire!

A. K. – ... appréciait également la bonne chère.

J.-F. K. – Nous faisons d'ailleurs la cuisine tous les trois.

A. K. – Un peu plus rarement en ce qui concernait Olivier. Moi, je jubile de cuisiner un repas du début à la fin, à part les pâtisseries qui, à l'exception des tartes fines aux pommes, ne sont pas mon truc.

J.-F. K. – Pareil pour moi.

A. K. – Manger, c'est bon, bien sûr, mais c'est aussi une occasion honorable d'exprimer son humanité. Après tout, même les brillantes civilisations de chimpanzés n'ont rien inventé d'équivalent au bœuf mironton ou au restaurant Troisgros à Roanne. Le mouvement appliqué et gourmand des mâchoires entre deux réflexions profondes au dîner me fait rire. Entre amis, en famille, en galante compagnie, l'émoi partagé des papilles gustatives est favorable à l'empathie et au bien-être. Mes pensées et mes idées seraient à l'évidence différentes si je n'avais accès à ces délices-là, si je n'étais sollicité aussi par d'autres plaisirs auxquels je suis loin d'être insensible.

J.-F. K. – J'aime toutes les saveurs ; je me défie du dogmatisme dans tous les domaines, y compris celui-là. La guerre civile entre tradition et nouvelle cuisine, entre le terroir et la world-cuisine, ne me concerne absolument pas. Je goûte autant les recettes sophistiquées et innovantes que la tête de veau, le petit salé que la poitrine de veau au kiwi. Et si un plat me plaît, j'en mange beaucoup. Je suis à la fois goinfre et gourmet. Ça ne me dérange pas de sauter des repas, je le fais souvent, mais je déteste m'alimenter avec mesure. Ne pas manger, oui ! manger peu, non ! À la campagne, c'est moi qui cuisine, par exemple un canard laqué à l'orange ou une potée au confit émietté. Je suis obligé d'inventer, parce que je ne comprends rien aux termes employés dans les recettes. Tu sais ce que veut dire « déglacer », toi ?

A. K. – « Déglacer » ? Oui, c'est dissoudre la matière adhérente au plat après une cuisson à l'aide d'un liquide, un vin ou un alcool. Pour l'un des derniers repas que j'ai cuisinés à Mussy, je m'étais amusé à tout imaginer aussi. J'avais commencé par de la lotte avec une fondue de poireaux au vin blanc quasiment confite, suivie par du ris de veau aux truffes et une pièce de gibier nappée d'une sauce grand-veneur à ma façon. Après les fromages de Champagne, le tout se terminait par ma spécialité pâtissière, cette tarte ultrafine aux pommes, au beurre caramélisé, cuite au dernier moment et servie encore tiède. Pendant la journée de préparation que demandent de telles agapes, je jouis du plaisir que j'espère procurer à mes convives et d'une semivacuité intellectuelle délicieuse. Mais il ne faut pas exagérer, je ne suis pas comme Gerald Ford : je suis capable de monter les escaliers et de mâcher un chewing-gum en même temps. Je puis préparer une sauce et penser à maintes choses tout en la regardant mijoter.

L'équitation est un autre de mes grands plaisirs. C'est merveilleux, tu peux te balader partout : dans l'eau, en montagne, en forêt... J'adore la campagne. Nombre des idées originales que j'ai pu avoir me sont venues au cours de ces longues heures passées avec l'un ou l'autre de mes canassons, des juments en fait. Le malheur et l'épreuve sont, dit-on, propices à la créativité, mais se sentir bien, être heureux n'est pas mal non plus. Le côté sportif de la pratique équestre me plaît, mais aussi son aspect esthétique, sensuel, parfois presque érotique. L'animal est d'une grande beauté, son corps m'émeut. Le sentir vibrer entre mes cuisses m'est agréable. Un cheval a son caractère, ses réactions, ses émotions, ses attachements ; on développe une tout autre connivence qu'avec un vélo!

Ça me fait penser à une anecdote. Un jour, on est venu me chercher sur mon lieu de travail, au milieu d'une conférence : « Venez vite, on vient d'amener votre frère Jean-François à l'hôpital, il a très mal. » Je me suis immédiatement rendu aux urgences où tu semblais de fait mal en point : tu t'étais cassé deux côtes en tombant de bicyclette. L'ami qui était avec toi, devenu chroniqueur gastronomique de ton journal, m'a raconté comment c'était arrivé : « C'est terrible. Nous avons pris un bon repas et, en sortant, Jean-François a enfourché sa bécane, mis ses cale-pieds, mais, sans doute saisi par une pensée, il a oublié de pédaler!» D'où l'intérêt du cheval, avec qui ça ne peut pas arriver!

J.-F. K. – J'ai totalement arrêté le vélo, hélas, après en avoir beaucoup fait, mais ça n'a rien à voir avec cette histoire! C'est dû à mon opération des yeux, un choc psychologique. Je ne fais plus d'autre sport que de la marche, mais je marche beaucoup, car je n'ai pas de voiture. Et je cours un peu.

A. K. – Deux autres loisirs me plongent dans cet état, propice à l'envol intellectuel. Le premier est la contemplation d'œuvres architecturales. J'ai une passion absolue pour l'église du couvent des Jacobins à Toulouse et ses piliers s'épanouissant en palmes sur lesquelles repose la voûte. L'élévation nervurée de la pierre est un splendide paradigme de ce à quoi j'aspire pour mon propre esprit. J'ai à chaque fois l'impression de me fondre dans cette arborescence, et je suis persuadé que cela m'enrichit. Je suis allé une dizaine de fois à Toulouse, cette année, dix fois aux Jacobins! Entre nos deux maisons de campagne, Mussy et ton moulin de L'Isle-sur-Serein, se trouve aussi la fabuleuse abbaye cistercienne de Fontenay. Son austérité minérale, la pureté de ses lignes, la fraîcheur de ses lieux de vie et de prières, son enchâssement dans un vallon verdoyant que parcourt, bien sûr, un ruisseau, tout cela me plonge dans un ravissement bienheureux qui se renouvelle à chaque visite. Reste que j'ai cela de commun avec Olivier que je suis passionné par le sport cycliste et que personne ne peut ne serait-ce qu'attirer mon attention lors des diffusions télévisées des grandes étapes du Tour de France. Pour moi, l'Espagne, ce n'est pas le Cid, c'est Bahamontes!

J.-F. K. – Je me souviendrai toujours de cette plongée en compagnie de Jean Lacouture dans l'univers d'Angkor au Cambodge : cette fusion des pierres et des arbres au sein d'une effervescence minérale qui statufiait les arbres et faisait verdir la pierre. Bouquets granitiques au milieu desquels surgissent les bras tendus de morts vivants. La forêt y porte des temples qui accrochent à la jungle leurs dentelles : inoubliable! Cela dit, plus près dans ma Bourgogne, j'adore, par exemple, les Hospices de Beaune.

A. K. – Connais-tu l'hospice de Tonnerre, bâti sous l'impulsion de Marguerite de Bourgogne? Superbe, lui aussi, il mérite le voyage...

J.-F. K. – Beaune est l'une des plus belles choses que je connaisse. Dans des genres très différents, j'aime beaucoup, à Paris, la bibliothèque Mazarine et le siège du Parti communiste d'Oscar Niemeyer.

A. K. – En peinture, je me rappelle avoir ressenti une émotion aussi intense qu'inattendue face à un petit tableau de Raphaël, qui se trouve à la pinacothèque de Dresde, une *Vierge à l'Enfant* d'une lumineuse harmonie. Il s'est produit un phénomène assez étrange. On pouvait le distinguer, de loin, à travers l'enfilade de plusieurs salles. Après l'avoir admiré, à chaque nouvelle pièce qui m'en éloignait, je me retournais pour le revoir. Plus la distance qui nous séparait grandissait, plus il m'attirait, et plus son volume me semblait croître, jusqu'à chasser de mon champ de vision conscient toute autre toile. Loin de l'idéal paternel, rechignant à évoquer (sinon à vivre) d'autres plaisirs qu'empreints d'une certaine austérité, ou de celui de Platon qui préconisait de chasser les poètes de la cité idéale au motif qu'ils mentaient, je considère qu'un homme ne peut s'épanouir, y compris dans sa créativité, surtout en elle, qu'en s'ouvrant sans remords aux émotions des plaisirs, qu'en assumant sans complexe leurs manifestations corporelles.

J.-F. K. — J'ai ressenti une impression semblable devant *La Dame à l'hermine* de Léonard de Vinci à Cracovie. La sensation n'est pas seulement d'une confrontation à un chef-d'œuvre, mais d'être comme physiquement projeté dans la chambre forte du secret qui infuse l'évidence qu'il s'agit d'un chef-d'œuvre. Je rencontre beaucoup de gens, et de milieux très divers, grâce à mon métier. Or le nombre de personnes insensibles à ce genre d'émotion est effarant. Servan-Schreiber, qui n'était pas un crétin, n'a mangé toute sa vie que des avocats-vinaigrette!

A. K. — Je ne le savais pas, mais maintenant que tu me le dis, ça ne m'étonne pas!

J.-F. K. — Et attends, il n'avait jamais lu de poème : il trouvait cela ridicule! C'était un truc de femme, pour lui! Il n'écoutait pas de musique non plus. Et je ne te parle pas des reporters qui, dans une ville, ne visitent quasiment rien, surtout pas un musée. Personnellement, où que j'aille, je visite tout, même le zoo et le musée ethnologique.

A. K. — Pendant trente ans, j'ai aussi passé de longs moments à la montagne et y ai puisé les ressorts de certains chocs affectifs et esthétiques qui m'ont marqué. L'un d'entre eux s'est produit en Corse, sur le GR 20. Le temps était magnifique, le paysage grandiose, la luminosité transparente du petit matin ourlait finement, à la Botticelli, les formes diverses qui se découpaient sur les crêtes lointaines. Je me suis mis à sangloter, d'un seul coup, comme écrasé par la splendeur qui m'était offerte et par l'impossibilité dans laquelle je me trouvais de partager cette joie sans pareille avec notre père.

Une autre fois où j'ai pleuré de bonheur et de plaisir, c'était à l'Opéra de Paris...

J.-F. K. — À la fin de *Madame Butterfly*?

A. K. — Non, en écoutant *L'Air de la comtesse* chanté par Margaret Price.

J.-F. K. — Alors, tu es plus intellectuel que moi, parce que je ne peux pleurer que s'il y a une histoire!

A. K. — La beauté de l'air suffit à me faire chavirer.

J.-F. K. – Moi aussi, mais il faut qu'elle renvoie à ce qu'elle évoque, intériorise ou suggère. Quant à mon intérêt pour la chanson, il tient comme je te l'ai déjà rappelé à une sorte de révolte contre papa, qui méprisait cette forme d'art, et s'impose comme un hommage à maman, qui m'en chantait et m'en apprenait sans cesse.

Lorsque j'ai décidé d'animer des émissions de chansons, j'étais éditorialiste politique à la radio. C'est, *a priori*, un statut prestigieux et enviable, mais cette sorte d'enfermement me glace. Je connais trop de gens qui font la même chose depuis vingt ou trente ans, éditorialistes de toute éternité par la grâce de Dieu, et je trouve ça terrible. Je ne sais même pas comment ils peuvent le supporter et se supporter à la longue. J'ai toujours envie de briser cette monotonie. Lorsque j'ai quitté Europe 1 la première fois, je me suis dit que le meilleur moyen de casser le moule, et peut-être aussi de me venger de la politique dont j'étais victime, était de m'occuper de chansonnette. Mais c'était tout à fait dégradant aux yeux de mes pairs et souvent amis. Une quasi-déchéance. Ensuite, ça s'est retourné. C'est presque devenu une marque de fabrique.

D'autre part, je suis passionné, tu le sais, par l'histoire. Or la plupart des documents sur lesquels travaillent les historiens, jusqu'à Louis XV, sont officiels, et en cela mensongers, courtisans ou propagandistes. Le plus bel exemple est celui des rapports des gouverneurs sous Louis XIV. Terrorisés par le pouvoir absolu, ils ne songeaient pas à transmettre une vérité, mais à flatter le souverain. Comment approcher une réalité ? Comment jauger l'état de l'opinion d'alors? L'un des rares moyens de percevoir ce qu'étaient vraiment les sentiments populaires, l'humeur du temps, est la chanson. À la fois à travers ce qu'elle dit et à travers ce qu'elle tait. Toute la Fronde est dans les *Mazarinades* – il y en eut plusieurs milliers – et le crépuscule du Roi-Soleil dans la haine qu'expriment certaines chansons au moment de sa mort. À l'écoute des tubes de 1900 à 1914, on comprend pourquoi nous n'avons pas perdu la guerre et aussi pourquoi elle fut si féroce. À l'inverse, ceux de 1938-1940 renseignent sur les raisons pour lesquelles nous n'avons pas gagné la suivante. Au moment de la montée de Hitler, des accords de Munich et du fascisme étendant son ombre sur toute l'Europe, on chantait *Prosper Yop la boum*, *C'est ma combine*, *Ça vaut mieux que d'attraper la scarlatine* et *Tout va très bien, madame la marquise*! En plein yé-yé, où la façon chansonnière de dire était de ne plus rien dire, est apparu au hit-parade d'Europe le *Potemkine* de Jean Ferrat, comme par hasard à la fin de l'année 1967, six mois avant Mai 68! Un homme politique devrait s'astreindre à écouter les tubes de son époque. Ils lui révéleraient bien plus de choses sur l'état du pays que les sondages. La question des banlieues et des cités dans le rap, tout est dit!

D'une manière générale, je ne peux pas vivre sans musique, cela fait partie intégrante de mon code de vie. Je travaille en musique...

A. K. – Moi aussi.

J.-F. K. – ... j'en ai besoin. L'élitisme de la caste intellectuelle dominante, dont on a beaucoup parlé au cours de ce dialogue, son intellectualisme desséchant dont participait, en partie, papa, est particulièrement illustré par son rapport à la musique. Elle feint de mépriser tout ce que la popularité salit ou dégrade à ses yeux. Les *Quatre saisons* de Vivaldi, le *Faust* de Gounod, de la musique de gare! Beethoven, oui, mais les derniers quatuors! Plus ça permet de se distinguer de la masse, de s'autovaloriser, de s'autodécorer, et plus c'est recevable. *La Grande Fugue*, *Le Clavier bien tempéré*... Admirable, mais assez répétitif! La musique, alors, fonctionne comme un code d'autoprotection sociale. En outre, le masochisme antinational se manifeste particulièrement dans ce domaine. Berlioz fut par exemple considéré comme un génie à Moscou ou à Berlin, mais longtemps totalement ignoré en France. On ne joue pas *Les Troyens*, cette œuvre gigantesque.

A. K. – Si, cet opéra a été donné à Lyon.

J.-F. K. – Mais bien après Covent Garden! Ce sont les Anglais qui nous les ont fait redécouvrir.

Une large part du répertoire lyrique français, de la fin du XVIIe au début du XXe siècle, de Grétry à Chausson, en passant par Boieldieu, Halévy, Meyerbeer, Auber, Saint-Saëns et Reyer, est aujourd'hui pratiquement oubliée en France, alors qu'on continue à le jouer régulièrement à l'étranger. *La Juive* de Halévy, c'est admirable, mais c'est à Berlin que cela se donne. Or, quand il arrive par miracle que ces œuvres soient rejouées, c'est plein, même

Les Huguenots en version concert! Si encore le public n'aimait pas ça, bon; mais non, ce sont les décideurs seuls qui ont décidé qu'il ne fallait pas aimer ça. Je me bats contre cette injustice depuis vingt-cinq ans. Ça commence à porter ses fruits. Quant à l'opérette, y compris celles de Maurice Yvain et Willemetz, occultées pendant cinquante ans, elles redeviennent ultratendance.

Cela dit, l'œuvre qui provoque chez moi la plus vive émotion, c'est le *Quintette pour deux violoncelles*, de Schubert. Elle me déchire jusqu'au malaise.

A. K. – L'œuvre qui me met dans cet état, tu parlais de Berlioz tout à l'heure, est *Harold en Italie*, tu sais cet air...

J.-F. K. – Oui, l'air pour alto...

A. K. – C'est ça, il est sublime. J'ai demandé à mes proches et à mes enfants que ce soit la musique de fond de mon enterrement, peut-être avec *La Jeune Fille et la Mort*, de Schubert. Tu t'en souviendras si je pars avant toi?

J.-F. K. – Promis! J'aurai donc au moins cette satisfaction! En parlant de mort, je ne sais pas pourquoi, mais j'adore *Il neige sur le lac Majeur*, chanté par Mort Schuman! Les chansons dont les paroles ont été écrites par Étienne Roda-Gil m'envoûtent d'autant plus que je n'y comprends rien. Ça dit quelque chose au-delà de ce que ça énonce. C'est comme *Le Faucon maltais*.

Côté chanson actuelle, Bénabar ou Vincent Delerm m'intéressent, mais rien de comparable à Léo Ferré, pour qui j'ai eu une véritable passion.

A. K. — De mon côté, je ne connais presque rien à la chanson. Adolescent et jeune homme, mes idoles n'étaient pas Paul Anka ou les Chaussettes noires. En fait, mes tubes, c'était le *Te Deum*, de Marc Antoine Charpentier et les *Concertos brandebourgeois*, de Bach, et je dois t'avouer, pour te confesser à quel point je suis ringard, une anecdote. Le responsable de la rubrique culture de *Libé* m'a demandé, il y a peu, si je voulais écrire un article sur «le dernier album de Souchon». Je lui ai répondu : «Qui ça? – Euh... Alain Souchon, c'est un chanteur très célèbre.» Comme j'aime bien les défis, j'ai accepté, le disque m'a plu, et j'ai écrit un papier sincèrement flatteur. D'ailleurs, quand j'y pense, quel malheur que tous ces plaisirs possibles dont nous ne soupçonnons même pas l'existence et dont, de ce fait, nous ne jouirons jamais !

Au terme de ce dialogue qui nous a conduits de nos racines communes à notre édification singulière et aux regards que nous jetons sur le monde, celui des gens et des idées, pouvons-nous faire un bilan ? D'abord, une constatation : ce fut là pour nous l'occasion d'une vraie découverte mutuelle. En effet, tout dans notre enfance, notre histoire familiale, notre scolarité et nos parcours a contribué à nous maintenir à distance l'un de l'autre. L'influence intellectuelle de notre père, l'admiration partagée pour le courage et le dynamisme de notre mère, notre connivence à tous deux avec notre frère Olivier ont été les vrais médiateurs de notre relation qui, jusqu'à la préparation ce livre, fut rarement directe. A cette rencontre, nous avons pris, l'un et l'autre, un vif plaisir, doublé d'un commun étonnement : nous nous sommes trouvés, l'historien, journaliste, homme de médias et agitateur d'idées, et le chercheur, médecin biologiste, mandarin engagé dans la réflexion éthique, bien plus de points communs et d'analyses convergentes que de réelles oppositions. Ces dernières ne nous auraient pas gênés, rompus que nous sommes au débat contradictoire d'idées. Cependant, il faut se rendre à l'évidence, nous sommes parvenus, par des chemins différents, à une réelle communauté intellectuelle que nous tentons ici de justifier par nos arguments à tous deux, fondés sur nos itinéraires croisés.

C'est cet exercice intellectuel d'un débat fraternel et argumenté que nous offrons au lecteur, lui apportant – nous l'espérons – tous les éléments nécessaires pour confronter ses opinions aux nôtres.

Si c'est là le moyen pour d'autres de clarifier leurs propres points de vue, en accord ou en opposition avec nos propositions, alors cet ouvrage n'aura pas été utile qu'à nous.

Axel et Jean-François.

Table

Arbre généalogique de la famille Kahn 9

Poème de Jean Kahn, père de Jean-François,
   Olivier et Axel 11

I	Notre père	15
II	Croyants, puis agnostiques	45
III	L'engagement politique et la guerre d'Algérie	75
IV	Mai 68, sa postérité, ses illusions	97
V	De Gaulle	137
VI	Un centrisme révolutionnaire	151
VII	Un sens à nos vies?	181
VIII	De la vérité, du mensonge, du bien, du mal	217
IX	Propos sur la liberté	239
X	Le progrès	255
XI	L'évolution	265
XII	Sans plaisirs, pas d'humanité	287

Axel et Jean-François 301

DES MÊMES AUTEURS

Axel Kahn

Société et révolution biologique.
Pour une éthique de la responsabilité
INRA, 1996

Les médecins du XXIe siècle : des gènes et des hommes
(en coll. avec Dominique Rousset)
Bayard, 1996

Les Plantes transgéniques en agriculture :
dix ans d'expériences de la Commission du génie génétique
(dirigé par Axel Kahn)
John Libbey Eurotext, 1996

Copies conformes : le clonage en question
(en coll. avec Fabrice Papillon)
NiL Editions, 1998
et « Pocket » n° 10531

Et l'homme dans tout ça ?
Plaidoyer pour un humanisme moderne
NiL Editions, 2001
et « Pocket » n° 11424

L'avenir n'est pas écrit
(en coll. avec Albert Jacquard)
Bayard, 2001
et « Pocket » n° 11719

Raisonnable et humain ?
NiL Editions, 2004
et « Pocket » n° 12464

Bioéthique et liberté
(en coll. avec Dominique Lecourt)
PUF, 2004

Doit-on légaliser l'euthanasie ?
(en coll. avec André Comte-Sponville et Marie de Hennezel)
Editions de l'Atelier, 2004

Le Secret de la salamandre :
la médecine en quête d'immortalité
(en coll. avec Fabrice Papillon)
NiL Editions, 2005

Jean-François Kahn

Les Secrets du ballottage
(en coll. avec Jacques Derogy)
Fayard, 1966

Tout commence à Pétrograde
(en coll. avec Pierre Durand)
Fayard, 1967

Chacun son tour
Stock, 1975

Complot contre la démocratie
Flammarion, 1977
Denoël, 1982

On prend les mêmes et on recommence
Grasset, 1978

La Guerre civile.
Essai sur les stalinismes de gauche et de droite
Seuil, 1982

Et si on essayait autre chose
Seuil, 1983

L'Extraordinaire Métamorphose
ou 5 ans de la vie de Victor Hugo : 1847-1851
Seuil, 1984

Les Français sont formidables
Balland, 1987

Esquisse d'une philosophie du mensonge
Flammarion, 1989
et « Le Livre de poche » n°6839

Poèmes politiques
Fayard, 1990

Tout change parce que rien ne change.
Introduction à une théorie de l'évolution sociale
Fayard, 1994

La Pensée unique
Fayard, 1995
et « Pluriel » n° 8792

Le Retour de Terre de Djid Andrew.
Critique de la raison capitaliste
Fayard, 1997

Tout était faux
Fayard, 1998

De la révolution
Flammarion, 1999

Les Rebelles : celles et ceux qui ont dit non
Plon, 2001

Moi, l'autre et le loup
Fayard, 2001

Victor Hugo, un révolutionnaire
suivi de *L'Extraordinaire Métamorphose*
Fayard, 2001

Ce que Marianne en pense
Mille et Une Nuits, 2002

Le Camp de la guerre.
Critique de la déraison impure
Fayard, 2004

Dictionnaire incorrect
Plon, 2005

Les Bullocrates.
Enfermés dans leur bulle, les décideurs coulent
et ils disent que la France coule !
Fayard, 2006

GROUPE CPI

*Ouvrage reproduit par procédé photomécanique
et achevé d'imprimer en janvier 2007*
par **BUSSIÈRE**
à Saint-Amand-Montrond (Cher)
N° d'édition : 90380. - N° d'impression : 62456.
Dépôt légal : février 2007.
Imprimé en France

Collection Points

DERNIERS TITRES PARUS

P1315. Écrits fantômes, *David Mitchell*
P1316. Le Nageur, *Zsuzsa Bánk*
P1317. Quelqu'un avec qui courir, *David Grossman*
P1318. L'Attrapeur d'ombres, *Patrick Bard*
P1319. Venin, *Saneh Sangsuk*
P1320. Le Gone du Chaâba, *Azouz Begag*
P1321. Béni ou le Paradis privé, *Azouz Begag*
P1322. Mésaventures du Paradis
       Erik Orsenna et Bernard Matussière
P1323. L'Âme au poing, *Patrick Rotman*
P1324. Comedia Infantil, *Henning Mankell*
P1325. Niagara, *Jane Urquhart*
P1326. Une amitié absolue, *John le Carré*
P1327. Le Fils du vent, *Henning Mankell*
P1328. Le Témoin du mensonge, *Mylène Dressler*
P1329. Pelle le Conquérant 1, *Martin Andersen Nexø*
P1330. Pelle le Conquérant 2, *Martin Andersen Nexø*
P1331. Mortes-eaux, *Donna Leon*
P1332. Déviances mortelles, *Chris Mooney*
P1333. Les Naufragés du Batavia, *Simon Leys*
P1334. L'Amandière, *Simonetta Agnello Hornby*
P1335. C'est en hiver que les jours rallongent
       Joseph Bialot
P1336. Cours sur la rive sauvage, *Mohammed Dib*
P1337. Hommes sans mère, *Hubert Mingarelli*
P1338. Reproduction non autorisée, *Marc Vilrouge*
P1339. S.O.S., *Joseph Connolly*
P1340. Sous la peau, *Michel Faber*
P1341. Dorian, *Will Self*
P1342. Le Cadeau, *David Flusfeder*
P1343. Le Dernier Voyage d'Horatio II, *Eduardo Mendoza*
P1344. Mon vieux, *Thierry Jonquet*
P1345. Lendemains de terreur, *Lawrence Block*
P1346. Déni de justice, *Andrew Klavan*
P1347. Brûlé, *Leonard Chang*
P1348. Montesquieu, *Jean Lacouture*
P1349. Stendhal, *Jean Lacouture*
P1350. Le Collectionneur de collections, *Henri Cueco*
P1351. Camping, *Abdelkader Djemaï*
P1352. Janice Winter, *Rose-Marie Pagnard*
P1353. La Jalousie des fleurs, *Ysabelle Lacamp*
P1354. Ma vie, son œuvre, *Jacques-Pierre Amette*
P1355. Lila, Lila, *Martin Suter*
P1356. Un amour de jeunesse, *Ann Packer*
P1357. Mirages du Sud, *Nedim Gürsel*

P1358. Marguerite et les Enragés
       Jean-Claude Lattès et Éric Deschodt
P1359. Los Angeles River, *Michael Connelly*
P1360. Refus de mémoire, *Sarah Paretsky*
P1361. Petite musique de meurtre, *Laura Lippman*
P1362. Le Cœur sous le rouleau compresseur, *Howard Buten*
P1363. L'Anniversaire, *Mouloud Feraoun*
P1364. Passer l'hiver, *Olivier Adam*
P1365. L'Infamille, *Christophe Honoré*
P1366. La Douceur, *Christophe Honoré*
P1367. Des gens du monde, *Catherine Lépront*
P1368. Vent en rafales, *Taslima Nasreen*
P1369. Terres de crépuscule, *J.M. Coetzee*
P1370. Lizka et ses hommes, *Alexandre Ikonnikov*
P1371. Le Châle, *Cynthia Ozick*
P1372. L'Affaire du Dahlia noir, *Steve Hodel*
P1373. Premières armes, *Faye Kellerman*
P1374. Onze jours, *Donald Harstad*
P1375. Le croque-mort préfère la bière, *Tim Cockey*
P1376. Le Messie de Stockholm, *Cynthia Ozick*
P1377. Quand on refuse on dit non, *Ahmadou Kourouma*
P1378. Une vie française, *Jean-Paul Dubois*
P1379. Une année sous silence, *Jean-Paul Dubois*
P1380. La Dernière Leçon, *Noëlle Châtelet*
P1381. Folle, *Nelly Arcan*
P1382. La Hache et le Violon, *Alain Fleischer*
P1383. Vive la sociale !, *Gérard Mordillat*
P1384. Histoire d'une vie, *Aharon Appelfeld*
P1385. L'Immortel Bartfuss, *Aharon Appelfeld*
P1386. Beaux seins, belles fesses, *Mo Yan*
P1387. Séfarade, *Antonio Muñoz Molina*
P1388. Le Gentilhomme au pourpoint jaune
       Arturo Pérez-Reverte
P1389. Ponton à la dérive, *Daniel Katz*
P1390. La Fille du directeur de cirque, *Jostein Gaarder*
P1391. Pelle le Conquérant 3, *Martin Andersen Nexø*
P1392. Pelle le Conquérant 4, *Martin Andersen Nexø*
P1393. Soul Circus, *George P. Pelecanos*
P1394. La Mort au fond du canyon, *C.J. Box*
P1395. Recherchée, *Karin Alvtegen*
P1396. Disparitions à la chaîne, *Åke Smedberg*
P1397. Bardo or not Bardo, *Antoine Volodine*
P1398. La Vingt-Septième Ville, *Jonathan Franzen*
P1399. Pluie, *Kirsty Gunn*
P1400. La Mort de Carlos Gardel, *António Lobo Antunes*
P1401. La Meilleure Façon de grandir, *Meir Shalev*
P1402. Les Plus Beaux Contes zen, *Henri Brunel*
P1403. Le Sang du monde, *Catherine Clément*
P1404. Poétique de l'égorgeur, *Philippe Ségur*

P1405. La Proie des âmes, *Matt Ruff*
P1406. La Vie invisible, *Juan Manuel de Prada*
P1407. Qu'elle repose en paix, *Jonathan Kellerman*
P1408. Le Croque-mort à tombeau ouvert, *Tim Cockey*
P1409. La Ferme des corps, *Bill Bass*
P1410. Le Passeport, *Azouz Begag*
P1411. La station Saint-Martin est fermée au public
Joseph Bialot
P1412. L'Intégration, *Azouz Begag*
P1413. La Géométrie des sentiments, *Patrick Roegiers*
P1414. L'Ame du chasseur, *Deon Meyer*
P1415. La Promenade des délices, *Mercedes Deambrosis*
P1416. Un après-midi avec Rock Hudson
Mercedes Deambrosis
P1417. Ne gênez pas le bourreau, *Alexandra Marinina*
P1418. Verre cassé, *Alain Mabanckou*
P1419. African Psycho, *Alain Mabanckou*
P1420. Le Nez sur la vitre, *Abdelkader Djemaï*
P1421. Gare du Nord, *Abdelkader Djemaï*
P1422. Le Chercheur d'Afriques, *Henri Lopes*
P1423. La Rumeur d'Aquitaine, *Jean Lacouture*
P1424. Une soirée, *Anny Duperey*
P1425. Un saut dans le vide, *Ed Dee*
P1426. En l'absence de Blanca, *Antonio Muñoz Molina*
P1427. La Plus Belle Histoire du bonheur, *collectif*
P1429. Comment c'était. Souvenirs sur Samuel Beckett
Anne Atik
P1430. Suite à l'hôtel Crystal, *Olivier Rolin*
P1431. Le Bon Serviteur, *Carmen Posadas*
P1432. Traité de savoir-vivre à l'usage des jeunes Russes
Gary Shteyngart
P1433. C'est égal, *Agota Kristof*
P1434. Le Nombril des femmes, *Dominique Quessada*
P1435. L'Enfant à la luge, *Chris Mooney*
P1436. Encres de Chine, *Qiu Xiaolong*
P1437. Enquête de mor(t)alité, *Gene Riehl*
P1438. Le Château du Roi Dragon. La Saga du Roi Dragon I
Stephen Lawhead
P1439. Les Armes des Garamont. La Malerune I
Pierre Grimbert
P1440. Le Prince déchu. Les Enfants de l'Atlantide I
Bernard Simonay
P1441. Le Voyage d'Hawkwood. Les Monarchies divines I
Paul Kearney
P1442. Un trône pour Hadon. Le Cycle d'Opar I
Philip-José Farmer
P1443. Fendragon, *Barbara Hambly*
P1444. Les Brigands de la forêt de Skule, *Kerstin Ekman*
P1445. L'Abîme, *John Crowley*

P1446. Œuvre poétique, *Léopold Sédar Senghor*
P1447. Cadastre, *suivi de* Moi, laminaire…, *Aimé Césaire*
P1448. La Terre vaine et autres poèmes, *Thomas Stearns Eliot*
P1449. Le Reste du voyage et autres poèmes, *Bernard Noël*
P1450. Haïkus, *anthologie*
P1451. L'Homme qui souriait, *Henning Mankell*
P1452. Une question d'honneur, *Donna Leon*
P1453. Little Scarlet, *Walter Mosley*
P1454. Elizabeth Costello, *J.M. Coetzee*
P1455. Le maître a de plus en plus d'humour, *Mo Yan*
P1456. La Femme sur la plage avec un chien, *William Boyd*
P1457. Accusé Chirac, levez-vous !, *Denis Jeambar*
P1458. Sisyphe, roi de Corinthe. Le Châtiment des Dieux I
François Rachline
P1459. Le Voyage d'Anna, *Henri Gougaud*
P1460. Le Hussard, *Arturo Pérez-Reverte*
P1461. Les Amants de pierre, *Jane Urquhart*
P1462. Corcovado, *Jean-Paul Delfino*
P1463. Hadon, le guerrier. Le Cycle d'Opar II
Philip José Farmer
P1464. Maîtresse du Chaos. La Saga de Raven I
Robert Holdstock et Angus Wells
P1465. La Sève et le Givre, *Léa Silhol*
P1466. Élégies de Duino *suivi de* Sonnets à Orphée
Rainer Maria Rilke
P1467. Rilke, *Philippe Jaccottet*
P1468. C'était mieux avant, *Howard Buten*
P1469. Portrait du Gulf Stream, *Érik Orsenna*
P1470. La Vie sauve, *Lydie Violet et Marie Desplechin*
P1471. Chicken Street, *Amanda Sthers*
P1472. Polococktail Party, *Dorota Maslowska*
P1473. Football factory, *John King*
P1474. Une petite ville en Allemagne, *John le Carré*
P1475. Le Miroir aux espions, *John le Carré*
P1476. Deuil interdit, *Michael Connelly*
P1477. Le Dernier Testament, *Philip Le Roy*
P1478. Justice imminente, *Jilliane Hoffman*
P1479. Ce cher Dexter, *Jeff Lindsay*
P1480. Le Corps noir, *Dominique Manotti*
P1481. Improbable, *Adam Fawer*
P1482. Les Rois hérétiques. Les Monarchies divines II
Paul Kearney
P1483. L'Archipel du soleil. Les Enfants de l'Atlantide II
Bernard Simonay
P1484. Code Da Vinci : l'enquête
Marie-France Etchegoin et Frédéric Lenoir
P1485. L.A. confidentiel : les secrets de Lance Armstrong
Pierre Ballester et David Walsh
P1486. Maria est morte, *Jean-Paul Dubois*

P1487. Vous aurez de mes nouvelles, *Jean-Paul Dubois*
P1488. Un pas de plus, *Marie Desplechin*
P1489. D'excellente famille, *Laurence Deflassieux*
P1490. Une femme normale, *Émilie Frèche*
P1491. La Dernière Nuit, *Marie-Ange Guillaume*
P1492. Le Sommeil des poissons, *Véronique Ovaldé*
P1493. La Dernière Note, *Jonathan Kellerman*
P1494. La Cité des Jarres, *Arnaldur Indridason*
P1495. Électre à La Havane, *Leonardo Padura*
P1496. Le croque-mort est bon vivant, *Tim Cockey*
P1497. Le Cambrioleur en maraude, *Lawrence Block*
P1498. L'Araignée d'émeraude. La Saga de Raven II
Robert Holdstock et Angus Wells
P1499. Faucon de mai, *Gillian Bradshaw*
P1500. La Tante marquise, *Simonetta Agnello Hornby*
P1501. Anita, *Alicia Dujovne Ortiz*
P1502. Mexico City Blues, *Jack Kerouac*
P1503. Poésie verticale, *Roberto Juarroz*
P1506. Histoire de Rofo, clown, *Howard Buten*
P1507. Manuel à l'usage des enfants qui ont des parents difficiles
Jeanne Van den Brouk
P1508. La Jeune Fille au balcon, *Leïla Sebbar*
P1509. Zenzela, *Azouz Begag*
P1510. La Rébellion, *Joseph Roth*
P1511. Falaises, *Olivier Adam*
P1512. Webcam, *Adrien Goetz*
P1513. La Méthode Mila, *Lydie Salvayre*
P1514. Blonde abrasive, *Christophe Paviot*
P1515. Les Petits-Fils nègres de Vercingétorix, *Alain Mabanckou*
P1516. 107 ans, *Diastème*
P1517. La Vie magnétique, *Jean-Hubert Gailliot*
P1518. Solos d'amour, *John Updike*
P1519. Les Chutes, *Joyce Carol Oates*
P1520. Well, *Matthieu McIntosh*
P1521. À la recherche du voile noir, *Rick Moody*
P1522. Train, *Pete Dexter*
P1523. Avidité, *Elfriede Jelinek*
P1524. Retour dans la neige, *Robert Walser*
P1525. La Faim de Hoffman, *Leon De Winter*
P1526. Marie-Antoinette, la naissance d'une reine.
Lettres choisies, *Évelyne Lever*
P1527. Les Petits Verlaine *suivi de* Samedi, dimanche et fêtes
Jean-Marc Roberts
P1528. Les Seigneurs de guerre de Nin. La Saga du Roi Dragon II
Stephen Lawhead
P1529. Le Dire des Sylfes. La Malerune II
Michel Robert et Pierre Grimbert
P1530. Le Dieu de glace. La Saga de Raven III
Robert Holdstock et Angus Wells

P1531. Un bon cru, *Peter Mayle*
P1532. Confessions d'un boulanger, *Peter Mayle et Gérard Auzet*
P1533. Un poisson hors de l'eau, *Bernard Comment*
P1534. Histoire de la Grande Maison, *Charif Majdalani*
P1535. La Partie belle *suivi de* La Comédie légère
       Jean-Marc Roberts
P1536. Le Bonheur obligatoire, *Norman Manea*
P1537. Les Larmes de ma mère, *Michel Layaz*
P1538. Tant qu'il y aura des élèves, *Hervé Hamon*
P1539. Avant le gel, *Henning Mankell*
P1540. Code 10, *Donald Harstad*
P1541. Les Nouvelles Enquêtes du juge Ti, vol. 1
       Le Château du lac Tchou-An, *Frédéric Lenormand*
P1542. Les Nouvelles Enquêtes du juge Ti, vol. 2
       La Nuit des juges, *Frédéric Lenormand*
P1543. Que faire des crétins ? Les perles du Grand Larousse
       Pierre Enckell et Pierre Larousse
P1544. Motamorphoses. À chaque mot son histoire
       Daniel Brandy
P1545. L'habit ne fait pas le moine. Petite histoire des expressions
       Gilles Henry
P1546. Petit fictionnaire illustré. Les mots qui manquent au dico
       Alain Finkielkraut
P1547. Le Pluriel de bric-à-brac et autres difficultés
       de la langue française, *Irène Nouailhac*
P1548. Un bouquin n'est pas un livre. Les nuances des synonymes
       Rémi Bertrand
P1549. Sans nouvelles de Gurb, *Eduardo Mendoza*
P1550. Le Dernier Amour du président, *Andreï Kourkov*
P1551. L'Amour, soudain, *Aharon Appelfeld*
P1552. Nos plus beaux souvenirs, *Stewart O'Nan*
P1553. Saint-Sépulcre !, *Patrick Besson*
P1554. L'Autre comme moi, *José Saramago*
P1555. Pourquoi Mitterrand ?, *Pierre Joxe*
P1556. Pas si fous ces Français !
       Jean-Benoît Nadeau et Julie Barlow
P1557. La Colline des Anges
       Jean-Claude Guillebaud et Raymond Depardon
P1558. La Solitude heureuse du voyageur
       précédé de Notes, *Raymond Depardon*
P1559. Hard Revolution, *George P. Pelecanos*
P1560. La Morsure du lézard, *Kirk Mitchell*
P1561. Winterkill, *C.J. Box*
P1562. La Morsure du dragon, *Jean-François Susbielle*
P1563. Rituels sanglants, *Craig Russell*
P1564. Les Écorchés, *Peter Moore Smith*
P1565. Le Crépuscule des géants. Les Enfants de l'Atlantide III
       Bernard Simonay
P1566. Aara. Aradia I, *Tanith Lee*

P1567. Les Guerres de fer. Les Monarchies divines III
Paul Kearney
P1568. La Rose pourpre et le Lys, tome 1, *Michel Faber*
P1569. La Rose pourpre et le Lys, tome 2, *Michel Faber*
P1570. Sarnia, *G.B. Edwards*
P1571. Saint-Cyr/La Maison d'Esther, *Yves Dangerfield*
P1572. Renverse du souffle, *Paul Celan*
P1573. Pour un tombeau d'Anatole, *Stéphane Mallarmé*
P1574. 95 poèmes, *E.E. Cummings*
P1575. Le Dico des mots croisés.
8 000 définitions pour devenir imbattable, *Michel Laclos*
P1576. Les deux font la paire.
Les couples célèbres dans la langue française, *Patrice Louis*
P1577. C'est la cata. Petit manuel du français maltraité
Pierre Bénard
P1578. L'Avortement, *Richard Brautigan*
P1579. Les Braban, *Patrick Besson*
P1580. Le Sac à main, *Marie Desplechin*
P1581. Nouvelles du monde entier, *Vincent Ravalec*
P1582. Le Sens de l'arnaque, *James Swain*
P1583. L'Automne à Cuba, *Leonardo Padura*
P1584. Le Glaive et la Flamme. La Saga du Roi Dragon III
Stephen Lawhead
P1585. La Belle Arcane. La Malerune III
Michel Robert et Pierre Grimbert
P1586. Femme en costume de bataille, *Antonio Benitez-Rojo*
P1587. Le Cavalier de l'Olympe. Le Châtiment des Dieux II
François Rachline
P1588. Le Pas de l'ourse, *Douglas Glover*
P1589. Lignes de fond, *Neil Jordan*
P1590. Monsieur Butterfly, *Howard Buten*
P1591. Parfois je ris tout seul, *Jean-Paul Dubois*
P1592. Sang impur, *Hugo Hamilton*
P1593. Le Musée de la sirène, *Cypora Petitjean-Cerf*
P1594. Histoire de la gauche caviar, *Laurent Joffrin*
P1595. Les Enfants de chœur (Little Children), *Tom Perrotta*
P1596. Les Femmes politiques, *Laure Adler*
P1597. La Preuve par le sang, *Jonathan Kellerman*
P1598. La Femme en vert, *Arnaldur Indridason*
P1599. Le Che s'est suicidé, *Petros Markaris*
P1600. Les Nouvelles Enquêtes du juge Ti, vol. 3
Le Palais des courtisanes, *Frédéric Lenormand*
P1601. Trahie, *Karin Alvtegen*
P1602. Les Requins de Trieste, *Veit Heinichen*
P1603. Pour adultes seulement, *Philip Le Roy*
P1604. Offre publique d'assassinat, *Stephen W. Frey*
P1605. L'Heure du châtiment, *Eileen Dreyer*
P1606. Aden, *Anne-Marie Garat*
P1607. Histoire secrète du Mossad, *Gordon Thomas*

P1608. La Guerre du paradis. Le Chant d'Albion I
Stephen Lawhead
P1609. La Terre des Morts. Les Enfants de l'Atlantide IV
Bernard Simonay
P1610. Thenser. Aradia II, *Tanith Lee*
P1611. Le Petit Livre des gros câlins, *Kathleen Keating*
P1612. Un soir de décembre, *Delphine de Vigan*
P1613. L'Amour foudre, *Henri Gougaud*
P1614. Chaque jour est un adieu *suivi de* Un jeune homme est passé
Alain Rémond
P1615. Clair-obscur, *Jean Cocteau*
P1616. Chihuahua, zébu et Cie.
L'étonnante histoire des noms d'animaux
Henriette Walter et Pierre Avenas
P1617. Les Chaussettes de l'archiduchesse et autres défis
de la prononciation
Julos Beaucarne et Pierre Jaskarzec
P1618. My rendez-vous with a femme fatale.
Les mots français dans les langues étrangères
Franck Resplandy
P1619. Seulement l'amour, *Philippe Ségur*
P1620. La Jeune Fille et la Mère, *Leïla Marouane*
P1621. L'Increvable Monsieur Schneck, *Colombe Schneck*
P1622. Les Douze Abbés de Challant, *Laura Mancinelli*
P1623. Un monde vacillant, *Cynthia Ozick*
P1624. Les Jouets vivants, *Jean-Yves Cendrey*
P1625. Le Livre noir de la condition des femmes
Christine Ockrent (dir.)
P1626. Comme deux frères
Jean-François Kahn et Axel Kahn
P1627. Equador, *Miguel Sousa Tavares*
P1628. Du côté où se lève le soleil, *Anne-Sophie Jacouty*
P1629. L'Affaire Hamilton, *Michelle De Kretser*
P1630. Une passion indienne, *Javier Moro*
P1631. La Cité des amants perdus, *Nadeem Aslam*
P1632. Rumeurs de haine, *Taslima Nasreen*
P1633. Le Chromosome de Calcutta, *Amitav Ghosh*
P1634. Show business, *Shashi Tharoor*
P1635. La Fille de l'arnaqueur, *Ed Dee*
P1636. En plein vol, *Jan Burke*
P1637. Retour à la Grande Ombre, *Hakan Nesser*
P1638. Wren. Les Descendants de Merlin I
Irene Radford
P1639. Petit manuel de savoir-vivre à l'usage des enseignants
Boris Seguin, Frédéric Teillard
P1640. Les Voleurs d'écritures *suivi de* Les Tireurs d'étoiles
Azouz Begag
P1641. L'Empreinte des dieux. Le Cycle de Mithra I
Rachel Tanner